ワニの町へ来たスパイ

ジャナ・デリオン

JN211239

超凄腕CIA秘密工作員のわたしは、潜入任務でちょっぴり派手に暴れたせいで、狙われる身となり一時潜伏を命じられる。ルイジアナの田舎町シンフルで、“元ミスコン女王の司書で趣味は編みもの”という、自分とは正反対の女性になりすましつつ静かに暮らすつもりが、到着するなり保安官助手に目をつけられ、住む家の裏の川で人骨を発見してしまう。そのうえ町を仕切る老婦人たちに焚きつけられ、ともに人骨事件の真相を追うことに……。人口三百に満たない町でいったい何が起きている？　アメリカ本国で大人気、型破りなミステリ・シリーズ第一弾。

登場人物

レディング（フォーチュン）……ＣＩＡ秘密工作員
サンディ＝スー・モロー……レディングのなりすまし相手、司書
マージ・ブードロー……サンディ＝スーの大おば、故人
ガーティ・ハバート……マージの親友
アイダ・ベル……地元婦人会の会長
ウォルター……雑貨屋の主人
フランシーン……カフェの店主
アリー……カフェの店員
ハーヴィ・チコロン……町の嫌われ者
マリー・チコロン……ハーヴィの妻
メルヴィン・ブランチャード……ハーヴィの従弟
シェリル……マリーの親戚
ベン・ハリソン……ＣＩＡ工作員
カーター・ルブランク……保安官助手

ワニの町へ来たスパイ

ジャナ・デリオン
島村浩子訳

創元推理文庫

LOUISIANA LONGSHOT

by

Jana DeLeon

Copyright © 2012 by Jana DeLeon
This book is published in Japan
by TOKYO SOGENSHA Co., Ltd.
Japanese translation published by arrangement with
Jana DeLeon c/o Nelson Literary Agency, LLC
through The English Agency (Japan) Ltd.

日本版翻訳権所有
東京創元社

ワニの町へ来たスパイ

偉大なルイジアナ州と住民のみなさんへ、
一生書くのに困らないだけのネタをありがとう。
楽しい時間を過ごしましょう《レッセ・レ・ボン・タン・ルレ》！

第1章

わたしが小型ジェット機から民間の飛行場に降り立ったのは、夜が明ける少し前だった。ジェット機に乗っていた時間は十七時間二十六分十五秒。二十四時間前にある男を殺したときに着ていた八百ドルするドレスを着たままだった。靴は片方を砂漠に置いてきてしまったため、もう片方の残骸を右手に、9ミリ口径の拳銃を左手に持っていた。八百ドルのドレスにポケットやホルスターはついていないのがふつうらしく、わたしの場合、胸の谷間を隠し場所として使うのは不可能だ。

滑走路の端にプライバシーガラスを張った黒いキャデラックDTSが駐まっていたので、深呼吸をしてから車に向かって歩きだした。叱りとばされるのを覚悟して。ところが、助手席側のドアを開けて車に乗りこむと、そこにいたのはわたしが予想していた禿げ頭のかんかんに怒った男性ではなかった。若干太り気味、五十がらみのアフリカ系アメリカ人女性が、やれやれと首を振りながら、わたしに向かって顔をしかめた。

「あなた、やらかしたわね」CIAの特命エグゼクティブ・アシスタント、ハドリー・レノルズが運転席から言った。

「あの人、今度のことを聞いて心臓発作でも起こしたの?」わたしは尋ねた。長官が自分で来ずにハドリーをよこしたのはなぜだろう。「わたしを轢き殺すために、自分で来ると思ってたんだけど」

「電話中に心臓発作を起こすかと思った瞬間はあったわ。顔があんまり真っ赤になったから、風船みたいに割れちゃうんじゃないかと心配したんだけど、オフィスから飛び出してくるなりわめいたのよ。これからあなたを迎えにいって、到着したらすぐ、自分のところへ連れてこいって」

ため息。本物の食事とまともな服というはかない希望はついえた。ジェット機には健康的な食べものしか搭載されていなかったばかりか、ほんのわずかなアルコールも用意されていなかった。「途中でハンバーガーとビールの六本入りパックを買うのは論外よね」

「朝の六時よ」

「中東時間では違うわ」わたしは指摘した。

「ここはワシントンDCで、どこかのだだっ広い砂場じゃないの。それに、あなたが長官と会う場所はカフェよ。脂肪と炭水化物なら好きなだけ摂れるわ」ハドリーは肉づきのいい自分の体を見てから、わたしを見て顔をしかめた。「ねえ、こっちはたくさんあなたの頼みごとを聞いてあげてるのに、こっちから何か頼むことはめったにない——それに、やれやれ、あなたが仕事で着せられるそういうサイズ4の服に、あたしは死んでも体を押しこめられないと思うけど――でも、あなた、靴にもう少しやさしくできないの？」

　わたしはプラダの靴の残骸を見おろし、一抹の後ろめたさを覚えた。これが入っていた箱をわたしがCIA本部で開けたとき、ハドリーは気絶しそうに見えた。まるで魔法の靴を見るような目で靴を凝視していた。わたしの反応は彼女と同じとは言えなかった。「ごめんなさい」

　ハドリーが片方の眉をつりあげた。

「本当よ。申し訳ないと思ってる。何もかも、いささかわたしの手に負えない状況になってしまったの。靴をだめにするつもりはなかったんだけど」

　ハドリーはため息をつき、わたしの脚をポンポンと軽く叩いた。わたしがまだ小さかったときからよくやってきたように。「ハニー、そのつもりがなかったのはわかってるけど、あなたはそういう状況になってばかり。いつか棺に入ったあなたを迎えにくることになるんじゃないかと心配だわ」

「これがわたしの仕事だから」

「あなたが冒すリスクは仕事と関係ないし、それは自分でもわかってるはずよ」彼女はしばし口をつぐんだ。「何も証明してみせる必要はないのよ……彼にも、ほかの誰かにも」

　わたしはうなずき、窓の外に目をやった。ハドリーの言った〝彼〟、すなわちわたしの父の話はしたくなかった。父はわたしが十五歳のときに亡くなった。でも、いまだにわたしに向かって顔をしかめ、首を横に振っているところが目に浮かぶ。残念ながら、父を責めることはできない。CIAの凄腕工作員ドワイト・レディングは一度たりとも失敗を犯さず、正体を見破られず、殺害対象者リストに載っていない人間を殺すこともなかった。

ドワイト・レディングは非の打ちどころがなかった。CIAのゴールデンボーイ。

思考回路を変えるため、現状に意識を集中することにした。「どうしてカフェなの?」

「長官は理由を言わなかったわ」

ハドリーの表情をじっと観察したが、嘘はついていないとわかった。そのことがわたしをますます不安にさせた。モロー長官がCIA本部以外の場所で会うことを望んだとすれば、それが意味するのはただひとつ――わたしをクビにするつもりにちがいない。

ゆっくり深呼吸をして、被告側弁論を用意しようとした。向こうに引き金を引く時間を与えず、先手を打つのがベストだ――長官の同情心に訴えるのが。そう、それしかない。もちろん、カフェに着くまでに、長官の同情ポイントをつかめればだけれど。八年間部下として働いてきたあとでも、何も思いつけなかった。

ハドリーが急にハンドルを切ったかと思うと、汚れた窓にその日のおすすめ料理がじかに書かれた薄汚い店の前で車を停めた。「長官がわたしを殺すつもりじゃないのは確か?」わたしは近所をざっと見渡しながら訊いた。銃声が聞こえても誰もまばたきすらしない場所に見える。

ハドリーは首を横に振った。「長官に殺されなくても、この店の料理に殺されるわね」

「安心させてくれてありがとう」わたしは靴の残骸を残して車から降り、カフェへ入っていった。

店の奥のボックス席にモロー長官と工作員のベン・ハリソンが座っていた。ふたり以外に客はいない。わたしに気づくやいなや、モローが眉をひそめた。わたしが近づいていくと、裸足であるのを見てとり、グラスの水を飲みほした。わたしはモローの精神状態について情報を得ようとハリソンのほうを見たが、彼はほとんどわからないほど小さく首を横に振った。よくない徴候。防御態勢に入ったほうがよさそうだ。

「あの男は殺さなければならなかったんです」わたしは言った。わたしがモローの向かいに座れるよう、ハリソンが立ちあがる。「ああするよりほかになかった」

ハリソンがむせたような声を出し、わたしの隣に腰をおろしたかと思うとナプキンで口を押さえて嘘っぽく咳きこんだ。

「きみの人事ファイルは」モローが口を開いた。「そういう〝ああするよりほかになかった〟状況で溢れている。殺人件数はフン族のアッティラ王が平和主義者に見えるほどだ」

「でも、あの男は少女を族長に売ろうとしたんですよ。少女はまだ十二歳で……」

「そいつが子犬と一緒に結合双生児を連れていても関係ない。身元は絶対にばれないようにしなければいかんのだ」長官は指を二本あげた。「二年分の工作が一分もかからずにぶち壊しになった。新記録だぞ、レディング」

「事態はまだ収拾できます。わたしを現地に戻してください」

「どうやって戻せというんだ？　きみは元締めの新しいお気に入り《アイキャンディ》になるはずだったんだぞ。金を届け、ドラッグを受け取り、帰ってくるだけでよかった。ところが、きみは元締めの弟を殺さずにはいられなかった……元締めは〈アメリカン・アイドル〉を観ているときにテレビの前を横切ったというだけで女房を撃ち殺した武器商人だ。その男が、たったひとりの弟を殺されて黙っていると本気で思ってるのか？」

「加えて」ハリソンが言い足した。「ふつうのあばずれは、履いていた靴で人を殺してまわったりしない。きみが頭の空っぽな金目当ての女じゃないことは、おそらく気づかれているだろう」

わたしはハリソンをにらみつけた。わたしに関係したこととなると、彼はやたらと余計なことを言う。「拳銃を隠せる場所がなかったんです……この薄っぺらな服を着なければいけなかったせいで。それにあの靴には大釘《スパイク》がついてました。あんなスパイク、ほかにどんな使い途があるって言うんです？」

「冗談だろ、レディング」ハリソンが声をあげて笑った。「映画や雑誌の広告を……一般人の女性を見たことないのか？　スパイクヒールは女性ホルモンを有する人間のあいだじゃポピュラーな履きものだぞ」

「それはあなたが、そういうものを介して知ったってだけでしょ。わたしは知らないの。次のミッションじゃ、そっちが女を演じればいいわ。わたしより適役みたいだから」

「次のミッションはない」モローが議論をばっさり切って終わらせた。

わたしはくるっと長官のほうを向いた。「わたしをクビにする気ですか？　そんなことできませんよ」

「したければできる。しかし、問題はそこじゃない。今朝、インテルセンターから情報が入った。きみの人相書きがアーマドと取引のある麻薬商人および武器商人全員に送信されたそうだ。きみの死体をやつのところまで運んだ者には百万ドルを渡す、とな。生け捕りにして連れてきた場合は一千万ドル」

「なんてことだ」敵意のすっかり消えた声でハリソンが言った。

わたしは顔から血の気が引いていくのを感じたが、意思の力でそれを戻そうとした。「だから？　工作員が首に賞金をかけられるのは初めてじゃないでしょ」内心より強気に響くことを期待した。

モローが首を横に振った。「ここまでまずいことになったのは初めてだ。この十年で最強の武器商人がきみを殺すと個人的な復讐を誓ったわけだからな。わたしはきみを消すしかない」

「証人保護プログラムは絶対に嫌です。アイダホで銀行の窓口係にされるに決まってます」

「証人保護プログラムを選択肢としない点には賛成だが、きみがやらされる仕事が理由じゃない」テーブルに乗り出したモローの顔には真剣さと心配と、ごくわずかな不安の表情とが入り交じっていた。わたしに息を呑ませたのは、その不安そうな部分だった。

「情報のリークがあった」彼は低い声で言った。「ＣＩＡの内部からということはわかっているが、上層部のどのあたりまでがかかわっているかはわからない」

わたしは言葉を失いながら、モローが言ったことの意味を理解しようとした。ありえない。局内に裏切り者が？

「ありえない！」ハリソンがボックス席から飛び出し、行ったり来たりを始めた。「信じられません」

モローがため息をついた。「わたしも信じたくはないが、現実に誰かがアーマドの部下に密告したんだ。レディングがまだあの船に乗りもしないうちに。あの少女絡みの一件自体が仕組まれたものだった――レディングに自ら身元をばらさせ、確証を得るための。やつらはレディングが銃を携帯していないことは知っていたが、ハイヒールを履いた彼女がどれほど危険かを計算に入れていなかったようだな」

「くそ」ハリソンがボックス席のシートにドサリと腰をおろした。

モローはハリソンを見てからわたしに目を戻した。「ふたりとも、このミッションに関する情報はわれわれのオフィスからしか流出しえないことを知っているだろう。インテルセンターによれば、レディングはそもそもあの船から降りられないはずだった。生きては論外。そこへ来て、ハイヒールの一件で賞金が大幅に引きあげられることになった」

「整形手術を受ければいい」ハリソンが言った。「しょっちゅう行われてることですよね？」

「絶対に嫌よ！」わたしは反論した。

モローが片手をあげて議論を終わらせた。「ハリウッド映画の観すぎだ。整形手術で身長や骨格は変えられない。とにかく、充分には。アーマドは最高級のセキュリティ機器を使っている。カメラで一枚画像を撮っただけで、骨格からレディングだと突きとめるだろう。別の工作員がまだ潜入中でもある。リスクは冒せない」

「それじゃ、わたしはどうすればいいんですか？」事態の深刻さがようやく呑みこめた。「CIA本部でもわたしは安全じゃないってことですよね？　どこへ行けばいいんですか？」

モローがフォルダーを一冊わたしのほうに押してよこした。「わたしに考えがある」ややためらいがちな口調だった。「公式の作戦ではない。知るのはきみとわたし、ハリソンだけだ。きみたちふたりとここで話すことにしたのはそれが理由だ。ほかには誰も信用できないし、わたしのオフィスは盗聴されている可能性がある」

ハリソンはわたしをちらりと見てからうなずいた。「長官がそうお考えなら。わたしはどんな命令でも従います」

「きみへの命令はだな、ハリソン、口を閉ざし、万が一わたしに何かあったときのために、これから話す情報を覚えておくことだけだ。当然ながら、書類を残すわけにはいかない。いっぽうレディングは、これをやってのけるためにいささか巧妙さを求められることになる」

「やってのけるって何を？」

「わたしの姪がつい最近、母方の大おばから家を相続した。夏をそこで過ごし、家財道具を検《あらた》め、売却の準備をする予定だった。姪は一度もその土地を訪ねたことがなく、わたしの理解するところでは、その大おばは写真を飾るタイプの女性ではなかった。つまり、誰かに見破られる危険は非常に少ないということだ」

「見破られるって何をですか、具体的に？」

モローはフーッと息を吐いた。「姪にはこの夏をヨーロッパで過ごさせるから、きみはルイジアナへ行って姪のふりをしてくれ。完璧な隠れ蓑になる。ルイジアナときみを結びつける者はいないだろうし、町の人間は誰も姪に会ったことがない。近所の住人が知っているのは、姪がこの夏にやって来て、家の処分をするということだけだ」

「ルイジアナ……というのは、湿地《スワンプ》とワニと田舎者がいっぱいという意味ですか？」

「愉快な人々が比較的ゆっくりしたペースで暮らしている、小さな町という意味だ。われわれがアーマドを排除するまでのあいだにすぎない。きみが命を狙われているのは個人的な恨みからだ。アーマドがいなくなれば、計画は立ち消えになるだろう」

わたしの頭にさまざまな思いがめまぐるしく浮かんできた。「でも、それには何週間……何カ月もかかるかもしれません。湿地の真ん中で何カ月も暮らすなんて嫌です。いったい何をすればいいんですか？　たぶんケーブルテレビもありませんよ。電気は通ってるんですか？　あ、嘘、〈脱出〉（過疎の自然地帯でのサバイバルを描いたアメリカ映画。一九七二年公開）の撮影が行われたのってそこじゃありませんか？」

モローはわたしをにらみつけた。「きみはライフルと水しか持たずに砂漠を何日も這い進んだ経験があるだろう。髪を青く染めた高齢者や蚊に会っただけで死ぬようなことを言うな。ふだんの任務に比べたら、長期休暇のようなものだ」

フォルダーを指さす。「わたしの姪についての基本情報をまとめてある。姪の大おばはおそらく彼女の話をしているだろうから、町の住民はそこにある人物情報に合った人間を待ち受けているはずだ」

「インターネットはどうです？」ハリソンが尋ねた。「たいていの人間はネットに情報が出まくってますよ」

モローは首を横に振った。「姪はティーンエイジャーのとき、ストーカー被害に遭って震えあがった経験がある。自分のことがネットに載らないよう細心の注意を払ってきた。わたしがすでに調べたが、大丈夫だ」

モローはわたしに目を向けた。「あすには発てるよう準備をしてくれ」

わたしはフォルダーに手を伸ばしながら、モローがわたしの目ではなく、背後の壁へと目をそらしたことに気づいた。よくない徴候だ。不安に襲われつつフォルダーを開き、読みはじめた。

サンディ＝スー・モロー。嘘でしょ。名前を見ただけでわたしは凍りついた。先を読むと、顔から血の気が引くのが感じられた。最後に、わたしは顔をあげた。「できません」

ハリソンが何か深刻にまずい事態になりつつあるのを感じ取り、モローからわたしへと目を移し、ダムの決壊を待った。「おまえはプロだろう」とハリソン。「身元を偽る天才じゃないか――まあ、ある程度は」

「これは」ファイルを振りながら、わたしは言った。「身元を偽るだけじゃすまない。これには生まれ変わりが必要だわ」

「いいか、レディング」モローが口を開いた。

「司書ですよ、彼女は」わたしは彼をさえぎった。「わたしが最後に読んだものといえば、綿棒から消音器を作る方法に関する記事です。検死報告書も読みものに入るなら別ですけど」

「きみは家財の目録を作ることになっているのであって、図書館の運営をするわけじゃない」モローが指摘した。「推薦書を読めとは誰にも言われないから」

「編みものが趣味」

「それなら、万が一に備えて編みものを覚えろ。死体を積みあげる以外に趣味があっても害はなかろう」

ハリソンがやれやれと首を振った。「どうでしょうか、長官。わたしは編み針ってものを見たことがあります。疑うことを知らない人々のあいだにレディングを解き放ち、武器を与えようなんて、本気でお考えですか？　エジプトで起きたＨＢの鉛筆を使った一件、覚えてますか？」

「ばか言わないで」わたしは噛みつくように言った。「あれはシャープペンシル。ＨＢの鉛筆なんかじゃなかったわ」

モローが咳払いをした。「レディングは怒りを抑える方法を学ぶだろう」

わたしはフォルダーを軽くほうるようにして返した。「そのうえミスコン女王！」

「冗談でしょ」ハリソンが笑いの発作に襲われた。「そいつはレディングには無理ですよ。見てください。髪がわたしより短い」

「この髪は仕事上便利なの」わたしは二センチちょいしかないブロンドの巻き毛をかきあげた。

きのうはこの上にセクシーなウィッグをかぶっていたのだ。「それに、ショートカットはいま流行かと思ったけど」

「ショートカットはな」ハリソンが言った。「しかし、おまえのは〝ノイローゼ中のブリトニー・スピアーズ〟スタイルだ。男ウケもミスコンの審査員ウケもよくないだろうな」

わたしは両手をあげた。「この……この人物はたったひとりで女性運動を十年分逆戻りさせてます。編みもの？　司書？　ミスコン女王？　次にわたしが暗殺するのは彼女だって言ってください」

モローが立ちあがり、わたしをにらみおろした。「もう充分だ。わたしの姪は魅力的な娘だぞ。次の指示があるまで、きみはその魅力的な娘になりきるんだ。さもなければ、わたしがきみを撃ち殺す」

「やれるものならどうぞ」わたしはぶつぶつと言った。

「なんだと？」

わたしは唇の内側を噛み、両手を握りしめた。「なんでもありません」

「よろしい。きみの午後の予定はもう決まっている。アクリル製のつけ爪、ペディキュア、つけ毛を施してもらい、化粧のしかた、ハイヒールを履いても人を殺さない方法を学ぶこと」わたしににっこり笑いかけ、モローは店から出ていった。

ハリソンは横目でわたしを見るとボックス席のなかでじりじりと遠ざかり、モローを追って戸口に向かうときには拳銃の上に手を泳がせていた。

つけ毛？　つけ爪？　他人に足をさわられる？　ああもう、わたしの足の爪をピンクに塗る気でしょ？

うめき声をあげてテーブルに突っぷし、わたしは両手で頭を押さえた。ミントキャンディで麻薬王を殺したときよりたいへんな思いをしそう。

そのうえ、あのときほどの満足感は得られっこない。

第２章

蒸し暑い土曜日の夕方、わたしはルイジアナ州罪深き町《シンフル》にバスから降り立ち、自分が地獄に落ちたことを確信した。フォレスト・ガンプは間違っていた。人生はチョコレートの箱じゃない。エックスラックス（チョコレートタイプの便秘解消薬）の箱だ。あれをひと箱服《の》んだような気分になった。

メインストリートを見渡し、顔をしかめた。光の画家トーマス・キンケードの作品とホラー映画の中間といった感じ。通りの端にはレースのような装飾の施されたピンクのかわいらしい店がある。店の前の歩道には鉢植えの花。窓に書かれているのは〝殺した獲物、剝製にします〟の文字。入口の上には寄り目の巨大な鹿の首が飾られている。

隣の店は総レンガ造りで淡いブルーに塗られ、ネイビーの縁飾りが施されている。鉢植えはなし。でも、小さなかわいらしい白い花を咲かせた蔦《つた》が二階のテラスまで絡まり伸びている。

この店の窓に書かれているのはピンクの店を指す矢印と〝獣皮は隣へ、肉は当店へ〟の文字。こちらは精肉店であることを祈った。

「お荷物ですよ、お嬢さん《マーム》」背後からバスの運転手の声が聞こえたので、わたしは〝不思議の国のアリスな瞬間〟から引き戻された。銀色のタッセルがついた鮮やかなピンクのスーツケース二個を見て、こみあげてきた吐き気をこらえた。わたしが美容室の女性スタッフから拷問を受けているあいだに、スーツケースを買いにいかされたのはハリソンだった。このスーツケースは彼の最後の捨て台詞《パーティング・ショット》だ。

9ミリ口径で撃ってくれたほうがまだましだったのに。

バスの運転手に礼を言い、チップをはずんだ。ここから帰れなくなったら、最後にわたしを目撃した場所を、誰かに覚えていてほしかった。大きいスーツケースの伸縮式の持ち手を伸ばし、小さいほうのスーツケースを大きいほうの上に載せた。マニキュアを塗られた長い爪には気づかないふりをしながら。わたしは黒いマニキュアをリクエストしたのだけれど、モローが先に電話をしてスタッフに警告していたのだ。スタッフはわたしにワインとやたらに装飾の凝ったケーキを出し、〝繊細な藤色《デリケート・モーブ》〟か〝太陽のオレンジ色《サンシャイン・タンジエリン》〟でうんと言わせようとしたが、こちらは向こうの魂胆に気づいていた。最終的に双方妥協し、〝魅惑の紅色《ラヴィッシング・レッド》〟で決着した。わたしがその色を選んだのは、それがまさに鮮血の色だったからだ。

おぞましい紫色のスーツのポケットからメモを取り出し、道順を確認する。わたしの〝大おばさん〟の家まではここから一・五キロほど。ふつうの状況だったら問題のない距離だ。ふつうの状況だったら、一・五キロも歩かないうちに独裁政権をわたしひとりで転覆させてみせる。でも、死ぬほど暑いルイジアナでポリエステルのスーツにハイヒールという格好では、メインストリートの端まで歩ければラッキーだった。すべてを終わりにしたいという気持ちから、あの鹿の剝製の枝角で自分を刺し殺したくなりそうだ。

ため息をつき、スーツケースの持ち手を握った。二歩進んだところで足首をひねり、靴のヒールが取れてしまった。こんなものが片方だけで二百ドルもしたのに。前から欲しいと思っているもっと安い値段の消音器のことは考えないようにした。ブラックマーケットで売っていて、わたしの違法な蒐集品リストに加えられたはずの手榴弾のことも。

壊れたヒールを拾い、靴を両方脱ぐと、殺生を推奨する店の裏を流れる汚い川に投げ捨てた。ハドリーが絶対に履けないような法外な値段の高級ハイヒールがまた一足昇天。

「町に着いた初日にバイユーを汚したかどで逮捕したくはないんだが」背後から男性の声が聞こえた。

わたしは勢いよく振り向いた。こんなそばまで近づいた相手がいたのに、気づきもしなかった自分に腹が立った。男がやたら大きなタイヤを履いたとてつもなく大きなトラックを運転しているのを見て、わたしはルイジアナに来てたった五分で焼きがまわってしまったにちがいないと確信した。

男をすばやく品定めする──三十代半ば、身長百八十五センチ、体脂肪率約一二パーセント、左目の中心から四五度に盲点。わたしにとって利用できる弱点だ。

「汚した?」わたしは訊き返した。「あの濁った川の価値をあげてあげただけよ」

男は笑った——男性が自分たちより弱いと勘違いしている異性にだけ向ける、庇護者ぶった作り笑い。「この町の住人の半分にとっては、あの濁った川が日々の糧になってるんだけどね」

「わたしはダイエット中なの」

「あんた、マージ・ブードローの姪だな」

男の口から出た〝ブー・ドロー〟が死亡記事にあった〝Boudreaux〟のことだと気づくまでほんの少し時間がかかった。わたしは絶対あれを正しく発音できなかったと思う。「そうよ」

「どうしてわかったのか不思議だろう」

「あら、この町を構成しているのはたぶん全部で十五人、プラスきのうライフルで仕留めた獲物ってところだろうし、そのうちピンクのスーツケースを引っぱってメインストリートを歩く人なんてひとりもいないだろうから——少なくともわたしはそう願うわ——よそ者だってあなたが気づいたとしても別に驚かない」

男は眉をつりあげた。「あんたのこと、マージはもっと気立てがよさそうに話してたけど。きっと、自分と比べてたんだな。とにかく、まあこうして会ったわけだし……あんたは裸足だし、喜んで家まで送るよ。裸足で砂利道を歩くのはつらいだろう」

わたしは道路を見おろし、自分が立っているのが舗装路ではないことに初めて気がついた。わたしの足の下にあるのは土と貝殻の奇妙な混合物だった。例のペディキュアがパンジーの花を咲かせてなくてよかった。「あら、つらくなんかないわ」

男はほんのわずかも納得したように見えなかったが、南部人の義務は果たしたと考えたようだった。「オーケイ。それじゃまた」車を発進させ、走り去った。トラックのやたらと大きなタイヤに砂漠の嵐にまさる砂埃をあげさせて。

ウィスキーひと口とコンバットブーツがあれば、あの南部男のトラックの後部開閉板《テールゲート》をつかんで、町の反対側までスーツケースに乗っていってやるのに。でも、そんなことをしたら人目を惹いてしまうかもしれない。元ミスコン女王の司書はスーツケースに乗ったりしないだろう。

二十分後、わたしは新居の短い私道を歩いていた。大きなヴィクトリア朝風の家だったが色はネイビーブルーで、わたしが枯らしてしまいそうな花は鉢にも前庭にも植わっていなかったのでほっとした。あとは家のなかに羊歯《しだ》や蔦がなければ問題なし。

あと十五歩で家のなかに入り、人目から逃れ、ふつうの服に着替えられる。そうしたら真夜中まで待って、スーツケースを裏庭で燃やそう。あたりに焚き火のにおいが漂っていることに、わたしはすでに気づいていた。ところが、ポーチに片足を載せるやいなや、玄関の扉が開き、白髪の小柄な年取った女性が現れた。

身長百五十五センチ、バッグも含めて体重五十キロ、キリストよりも年上、挙げたら切りがないほどたくさんの弱点。

「あなたがサンディ＝スーね」女性は前へ出てわたしの手をつかんだ。「ようやく会えて嬉しいわ。バスが遅れたんじゃないかと心配していたの」

「いいえ。時間どおりでした」破滅に向かってまっしぐらって感じに。

「それはよかった。あたしはガーティ・ハバート。あなたの大おばさんの一番古くからの友達よ」

わたしはうなずいた。ポイントは古くからの。

ガーティはタペストリーを縫ったみたいに見える大きなハンドバッグから食品保存袋《バギー》を取り出した。「キャロラインのところで鶏肉事件があったものだから、歓迎のバスケットを用意できなくて、慌てて工夫する必要があったのよ」バギーを差し出す。「プルーンなんだけど？」

「あとでいただきます」わたしは言った。たとえば九十歳になったらとか。

「それじゃ、なかに入ってボーンズに会ってちょうだい。そのおもしろいスーツケースから靴を一足引っぱり出せるかしら。シンフルでは少なくとも四十年前から、女も靴を履くことを許されてるのよ」

わたしは彼女の顔をまじまじと見た。「妊娠することはまだ義務なのかしら？」

ガーティはばかばかしいというように片手を振った。「ザリガニ祭り中の最初の火曜日に生まれて、その日が満月だったらね。でも、あなたはこの町の出身じゃないことや何やらで、たぶん例外よ」くるっと向きを変えて家のなかへ入っていった。

人生で初めて、恐怖心からわたしの背中に小さな震えが走った。どうやらわたしは敵地に足を踏み入れてしまったらしい。唯一の武器をあの濁った川に投げ入れたりしなければよかった。

家に入ったわたしは、そこがアンティークやガラスの置物で溢れていたりしなかったのでほっとし、シンプルな家具と淡い黄褐色の壁に驚いた。タッセルもほんの少しのレースも見当たらない。どうにかここで生き延びられるかも。

「感じのいい部屋」わたしは言った。

「驚いたような口ぶりね」

「ええ――いえ……その、よそのお宅はみんなまるでパステルカラーの絵画みたいに見えたので……」

ガーティはうなずいた。「マージは人と同じことをするタイプじゃなかったから。ガーデニングも掃除も好きじゃなかったわ。だから〝水やりや埃を払う必要のあるくだらないもの〟は置かなかったの」にやりと笑った。「ちょっとフェミニストでね、かなり時代の先を行っていたのよ……なんてことはあなたはもう知ってるわね」

わたしはほんの少し気分があがるのを感じた。もしかしたら、ひょっとしたらだけど、ここでの暮らしはそんなに悲惨じゃないかもしれない。

「コーヒーを淹れたの」ガーティが一緒に来るようにと手を振って、居間の先の廊下を歩きだした。「マージはあなたのことをずっと心配していたのよ」

「わたしのことを?」ガーティのあとをついていったわたしは、日のさんさんと降りそそぐ明るいキッチンを前にして立ち止まった。壁はオフホワイトに塗られ、キャビネットに使われているのはオーク材と本物のハードウッド。ワシントンDCのわたしのアパートメントに使われている模造品なんかとは違う。L字形キャビネットの上のカウンタートップはすべて御影石だ。

「ええ、そうよ」ガーティはコーヒーを一杯注ぎ、わたしの前に置いた。続いてクリームと木の箱に入った砂糖も。

砂糖とクリームは入れずに、わたしはコーヒーをごくりと飲み、喜びのため息を漏らした。車のバンパーの塗装が剝げそうなくらい濃いコーヒーだ。

ガーティはちょっとのあいだわたしをじっと見つめてから、自分にもコーヒーを注いだ。

「マージは、女性としてあなたが持てる力を充分発揮せずに終わるんじゃないかと心配していたのよ。あなたのこと、古い思想の持ち主だと考えていたの」わたしが使わなかった砂糖とクリームを見てからわたしの顔に目を戻し、にっこりした。「彼女の勘違いだったかもしれないわね」

おっと。わたしは大急ぎで言い訳を考えた。ルイジアナに着いて三十分もたたないうちに疑いの目を向けられるなんて。このおばあさんを騙せなかったら、ほかに誰も騙せっこない。

「わたしの、えーと、母はマージ大おばさんとは考え方が違って」

ガーティがさもありなんという顔でうなずいた。「で、あなたは従順な娘らしくお母さんの言うとおりにしたのね。ええ、ええ、よくわかるわ。うちの母も母なりの考えを持っていて。あたしは母にとってずっと悩みの種だった」

「本当ですか？　いったい何をしたんです？」

「結婚して母に孫の顔を見せるということをしなかったの。母親からすると死ぬほど罪深いことだったわ。結婚相手を見つけられない女は憐れみの対象だから」

「あなたは憐れみの対象になんて見えませんけど」

ガーティの目がきらきらと輝いた。「あたしの人生で一番賢明だったのは、男と生きる道を選ばなかったことよ。七十二年間、好きにやってこられたわ」わたしの手をポンポンと軽く叩く。「あなたとあたし、とっても馬が合いそう」

この世のどこかで何かが傾いた気がして、わたしはガーティににっこりほほえみかけた。もしかしたら、ひょっとしたら、ここでの暮らしはぜんぜん悪くないかもしれない。コーヒーのお代わりを頼もうとしたちょうどそのとき、キッチンの隅に置かれた箱のなかで毛布のかたまりが動いたかと思うと持ちあがった。わたしは携帯していない拳銃に手を伸ばしかけ、代わりにキッチンの隅を指さした。

ガーティはまず箱に、次に時計に目をやった。「五時きっかり。ボーンズの運動の時間よ」ガーティは部屋の隅まで歩いていくと、箱から毛布を持ちあげた。ようやく犬の顔が現れた。犬は一瞬わたしの顔をじっと見たので、訓練された攻撃犬かと思った。でも、犬が震える脚で箱から一歩出たとき、老犬であることがわかった。

「ボーンズっていう名前の理由がわかった気がするわ」やせて骨ばった体を見て、わたしは言った。

「あら、そうじゃないのよ」ガーティが言った。「若かったころはものすごくいい猟犬だったの、いまはもう年だけど」勝手口のドアを開けてやると、犬はのんびりと表へ出ていった。ガーティが手招きをしたので、わたしも一緒にボーンズのあとを追った。

犬は茂みの端を念入りに嗅ぎまわってから、ポーチの横にもたれて片脚をあげた。用を足し終えると、裏庭の先を流れる濁った小川まで歩いていった。

「あれは町全体を流れている濁った川？」わたしは訊いた。

「そう、シンフル・バイユー。蚊が発生するのがちょっとした困りもの。蛇もいるわ。でも、アリゲーターが芝生にあがってくることはめったにないから、それについては心配しなくて大丈夫なはずよ」

それはよかった。ここにいるあいだ、何も殺さずにすむかもしれない。

ボーンズはバイユーの浅瀬まで歩いていくと、足を水に浸すようにして立った。頭を垂れ、水面に鼻を近づけたが、水を飲んでいるわけではない。やれやれ。わたしの靴のほかにあそこには何が沈んでいるのやら。

ガーティが眉を寄せた。「またあそこに。あの犬ったら」

「何をしてるんですか？」わたしが尋ねたちょうどそのとき、ボーンズが水中を掘りはじめた。

「あの犬、大丈夫ですか？　いまにも倒れそうに見えますけど」酔っ払いのようにふらふらしながら、予想外のスピードで水と泥をまわりにまき散らしている。

ガーティがしょうがないと言うように手を振った。「しょっちゅうなの。あっちこっちに泥汚れをつけてまわって」

突然、ボーンズは掘るのをやめ、水面ぎりぎりまで鼻を近づけたかと思うと、濁った水にすっぽりと頭をもぐらせた。二秒ほどして勢いよく顔をあげたとき、彼の口には何か大きな白いものがくわえられていた。やたら幸せそうにトコトコとこちらまで戻ってくると、わたしたちの足元にその白いものを置き、ブルブルッと体を振ってバイユーの水をこちらに向かってまき散らした。

わたしは片手で顔を守りつつ下を見おろした。ボーンズはぺたりと腹ばいになり、白い物体の端に歯を立てはじめた。「ガーティ？　これ、骨です」

ガーティは顔を守っていた手をおろし、猟犬《フッター》を見た。「まあ、驚くことじゃないわね。この犬のせいで、墓地のまわりにセメントの根積みを張りめぐらさなければならなかったことを考えると。この犬になんで〝ボーンズ〟って名前がつけられたと思うの？」

わたしは目をすがめてボーンズの前足のあいだにある物体を見つめ、それが最初に考えたとおりのものであることを確信した。「墓地全体にフッターが張りめぐらされてるのは確か？」

「ええ。どうしてそんなこと訊くの？」

「なぜなら、この骨は人間のだから」

第３章

ガーティは骨を見つめてからわたしに目を戻したが、つかの間、彼女自身がプルーンになってしまいそうに見えた。血の気の引いた顔で、彼女はささやいた。「あたしたち、どうすればいいの？」

「あなたが殺したの？」

ガーティは目を丸くして息を呑んだ。「まさか！　あたし……人を殺すなんて……できな……」

「それじゃ、警察に電話しましょう。ここメイベリー（一九六〇年代のアメリカのコメディドラマ〈メイベリー一一〇番〉の舞台の町）にも警察はあるでしょう？」

「もちろん。保安官と保安官助手がひとりいるわ」

「それなら、なかに入って電話しましょ」

「その前にあ……あれはどうしたら？　ボーンズにしゃぶらせておくわけにはいかないわよね。だって、あれは誰かの身内なんだから」

芝生に腹ばいになり、骨をスローモーションでしゃぶりながら、いまにもうとうとしはじめそうな犬をわたしは見た。「あのままでもたいした害はないんじゃないかしら。ボーンズには歯だって一本も残ってなさそうだし」

ガーティは納得したように見えなかったが、わたしが家に入るとあとからついてきた。キッチンカウンターの端に電話があったのでガーティに渡し、わたしはコーヒーのお代わりを注いだ。長い夜になるだろう。

ガーティは電話を受け取り、下唇を噛んだ。「アイダ・ベルに電話したほうがいいかも」

コーヒーカップに口をつけようとしていたわたしは、手を止めてカップの縁越しにガーティをまじまじと見た。「保安官の名前がアイダ・ベルなの？」

「もちろん違うわよ。保安官はずっと昔からロバート・E・リーだもの」

わたしはまばたきをした。いまのはきっと比喩表現にちがいない（ロバート・E・リーは南北戦争時の南軍司令官の名前）。

「それじゃ、どうしてそのアイダ・ベルに電話するわけ？ 保安官よりも先に？」

「アイダ・ベルは〈シンフル・レディース・ソサエティ〉の会長だから」

わたしはもう少し説明が加えられるのを二秒ほど待ったが、ガーティはいまのひと言で充分と考えたようだった。「それで、そのアイダ・ベルが保安官に電話して……覆い布を縫うために骨の寸法を測るとか……何かするわけ？」

「必要なことならなんでもアイダ・ベルがやるわ。〈シンフル・レディース・ソサエティ〉は六〇年代からシンフルの町を取りしきってるの。町長は、町長と町議会にも発言権があると考えているだろうけど、それはみんなが調子を合わせてあげてるだけ」

「なるほど」とわたしは言ったものの、この町がどうなっているのかまったくつかめなかった。「まず保安官に電話して、次にアイダ・ベルに電話するのがいいかもしれないわ。男性の幻想を壊さないために。どう？」

ガーティがうなずいた。「それが無難ね。男を抑えておくには微妙なさじ加減が必要だから」

彼女は電話のボタンを押しはじめてから、いったん手を止めた。「引っかかってることがあって……あなた、どうしてあたしが殺したのかって訊いたの？」

「警察に通報すべきか、それとも死体を隠すのを手伝うべきか知りたかったからよ」

なるほどと言うようにガーティの表情が晴れたかと思うと、笑顔になった。「納得」

わたしはほっとしたらいいのか、不安になったらいいのかわからなかった。

どうやら土曜日の午後はシンフルにおける犯罪活動多発時間帯らしかった。そのため、保安官が現れるまで一時間近く待たされた。保安官はわたしが歴史の本で見たことのあるロバート・E・リー将軍とは似ても似つかなかったが、馬には乗って登場した。いっぽうアイダ・ベルはほんの数分でやって来た。白髪にいくつもの大きなカーラーを巻いてそれを明るいグリーンのスカーフで覆い、紫のバスローブにピンクの室内履きというめちゃくちゃな配色のいでたちで。

彼女は骨を見せてほしいと言った。それは裏庭で眠りこけてしまった猟犬の横に置かれたままだったが、ちらりと見るや、アイダ・ベルはガーティと視線を交わし、わたしのあずかり知らない意思の疎通をはかったように見えた。

「でも――」ガーティが言いかけた。

アイダ・ベルが人差し指をあげてさえぎった。「あとで。あたしはこのカーラーをはずして、頭にもう一度血をめぐらせないと。そうしたらしっかり考えられるようになるはずだ」

「わかったわ」とガーティ。

「今夜ね」アイダ・ベルはピンクの室内履きをくるっと回転させ、来たときと同じように家の横の生け垣を通り抜け、帰っていった。

「今夜って何があるの?」わたしは尋ねた。

「ああ、あら……別になんにも。あたしたちはときどき集まるのよ――〈シンフル・レディース〉のことだけど」

　ガーティが急にそわそわしだしたのが不思議で、わたしは彼女をじっと観察した。彼女は人骨が見つかってもまったく動じなかったように見えたし、保安官へ電話したときも、たいていの人だったらしたはずの騒ぎ方をしなかった。それなのに、身長百六十三センチ程度の高齢女性――それもバスローブ姿で少し足を引きずっていた――に一瞥《いちべつ》されただけで、落ち着きを失うなんて。

「集まるって、具体的には何をするの？」

　ガーティが目を見開いた。「あら、〈シンフル・レディース・ソサエティ〉は秘密の会なの。会合で何をするかは教えられないわ」

「教えたら、わたしを殺さなきゃならないとか？」

「いやね」ガーティは神経質な笑い方をした。「たいていは編みものをするの」

「へえええ」編みものですって？　よく言うわ。実際に何が行われているのかは見当もつかないけれど、ガーティが嘘をついているのは間違いなかった。

「失礼」リー保安官が口を挟んできた。

　わたしは保安官を見た。ほんの一日でも九十歳に足りないことはないはずの、白髪でしわだらけの男性。「はい？」

「バイユーの水位があがってきているから――満ち潮やら何やらで――骨がまた水中へと流さ

れてしまうんじゃないかと心配なんだが」

わたしは彼の顔をまじまじと見た。「それなら、拾えばいいじゃないですか」

保安官は目を丸くした。「いや、それはどうかな。犯罪現場を荒らすことになるし、保安官助手はすべてを記録する必要がある」

「あの犬は骨を優に十分はしゃぶってました。骨を五、六十センチ移動させたところで、証拠がだめになることはないと思いますけど」

保安官はしばしわたしの顔を見つめてから骨に目を戻した。バイユーの水位は骨の端に触れるところまであがってきていた。寝入ってしまった猟犬はすでに五センチほど水につかっており、よく見てみると、半ば水没した口からブクブクと泡を吐いている。

ガーティを肘でつつき、犬を指した。「ボーンズを起こしたほうがいいんじゃないですか？　寝ながら溺れちゃいそう」

「あら、そうね。あなたが起こしてくれる？　あたしは弾性ストッキングをはいてるから。あなたはすでに裸足でしょ」

わたしはため息をついて水のなかに入り、犬を揺さぶった。くたびれた弾性ストッキングなんて、死ぬまで――とりわけきょうは――見たくない。わたしのきょうの不条理メーターはすでに針が振り切れている。

「ボーンズ」大きな声で呼びながら、犬の体を揺すった。ボーンズは大きないびきをかいた。まぶたをぴくりとさせることもない。

「抱きあげないとだめかもしれないわ」ガーティが言った。「ボーンズは死んだみたいにぐっすり眠るから」

「ほんとに？」最後にもう一度揺すってみたが、なんの反応もなかったので、彼をまたいで立ち、おなかの下に手を入れた。持ちあげて立たせれば、ボーンズも目を覚まし、面倒を少し減らしてくれるのではと期待して。わたしが持ちあげようとしたちょうどそのとき、ボーンズがはっと目を覚まし、ひっくり返ってわたしの右脚にぶつかった。わたしはぶざまに手足を広げてバイユーのなかに倒れこんだ。

　ポリエステルのスーツはたちまち五百リットルもの水を吸収し、死ぬほどむずがゆくなった。必死に立ちあがろうとしたが、一種の流砂のような泥のなかに脚が沈んだかと思うと、急速に水位をあげつつあるバイユーのなかでわたしの体全体が十五センチほど沈んだ。とそのとき、訓練の成果が現れた。

　瞬時にわたしは重くなったスーツのジャケットを脱いで、レースっぽい生地のトップスだけになった。ジャケットを自分の前の泥の上に広げ、膝を使って体をその上に押しあげた。短いジャケットの上を這い進むと裏庭の芝生に上陸でき、わたしはそこにぐったりと倒れた。脚全体が泥に厚く覆われ、まるでセメントで固められたみたいに感じた。泥水がしみて目が痛い。なかにどれだけのバクテリアがいたか考えたくなくて、まぶたをぎゅっと閉じた。

　誰かが咳払いしたのが聞こえたため、片目を開けた。ボーンズが隣で骨をくわえ、諸事情を考えるなら非常に満足そうにしていた。ボーンズのすぐ後ろにブルージーンズをはいた脚が二本見えた。上へと視線をあげると、先ほど見かけたモンスター・トラックの男がいた。「このあたりじゃ素っ裸で泳ぐのはよしとされないんだがね」と男は言った。「とりわけ犯罪現場となると」

わたしははじかれたように立ちあがって彼をにらみつけた。「服ならこの……レースのブラウスみたいなものを着てるわ。素っ裸じゃありません」

男は片方の眉をつりあげた。「そのレースのブラウスみたいなものは白くて薄手だ。だから裸に近いと言っていいんじゃないかな」

わたしは自分を見おろし、まったく彼の言うとおりであることに気づいてぞっとした。耐水加工じゃないトップスを作るなんて、衣服製造業者はいったい何を考えているのか。女の子らしい服には我慢がならない。

わたしが言い返すよりも先に、ガーティが彼女の大きなハンドバッグでわたしの胸をはたくようにして隠し、男をにらみつけた。「あなたね、あなたのお母さんは息子をもっと礼儀正しい人間に育てたはずよ。とっとと仕事に取りかかりなさい。さもないと、お母さんに全部言いつけるわよ」

彼はにやりと笑った。映画でしか見ないようなゆったりとしたセクシーな笑い方だったが、視線は片時もわたしから離さなかった。「仕事ならすでにしてますとも。彼女が法律違反を犯したところをつかまえるのは、きょう二度目だ」

「あなた、保安官助手なの？」

どうして驚いたのかわからない。これまでのところ、この町に来てから会ったなかで百歳ラインを大きく下まわる人物は彼だけだ。保安官が馬に乗って現れたことを考えると、モンスター・トラック男はこの町で運転免許を所有できるだけちゃんと機能している唯一の人間かもしれない。

「カーター・ルブランク」と彼は自己紹介した。「シンフル住民の守り手だ」

わたしは人骨を指した。「あの人のことは守れなかったみたいだけど」

彼の顔からうぬぼれた表情がほんのわずかだが薄れた。

「着替えてくるわ」わたしは言った。「もちろん、自分の家で着替えるのもシンフルでは犯罪だっていうなら別だけど」わたしはくるっと向きを変え、家へと歩きはじめた。

「犯罪になるのは水曜日だけよ」ガーティがわたしの背中に向かって叫んだ。

裏手のポーチにあったホースを使い、べたべたした黒い泥を腕と脚から洗い落とした。泥を家のなかに持ちこんで、到着初日からモップがけのような家事をするはめには絶対になりたくない。泥はタールみたいにしぶとく、ひょっとしてスクレイパーでこそげ落とさなければだめなのではと心配になった。果てしなく長い時間がかかった気がしたが、ようやく自分の肌が見えるようになったので、水を止め、大股に家のなかに入った。勝手口のドアをバタンと閉めて、一階をすばやく見てまわったところ、寝室はひとつもないようだった。すべて二階にあるらしい。もちろん、土曜日のシンフルでは寝室は違法とか言わなければだけど。おぞましいピンクのスーツケースをつかむと、わたしはそれを引っぱって階段をあがりながらパラレルワールドに陥ってしまった気分に襲われた。バイユーの流れる深南部《ディープサウス》に自分がどんな予想を抱いていたかわからないが、絶対にいま起きているようなことではなかった。

この町に着いてまだ一日もたっていないのに、わたしは靴を一足だめにし、微罪を二件犯し、保安官助手の前であられもない格好になり、殺人現場かもしれない場所を偶然見つけてしまった。ワシントンを出発して以来初めて、戻っても大丈夫と判断できるまでコンタクトはいっさいなしとモローが決めたことを嬉しく思った。シンフル社会へのわたしの潜入が目立たないにはほど遠いと知ったら、モローは自らここまで飛んできて、わたしを撃ち殺すだろう。

階段をのぼりきったところにスーツケースを置き、二階の部屋をすばやく検分した。裏庭には窓からの脱出を可能にするような木や構造物が家に近いところにいっさいなかったが、勝手口の照明以外は明かりがなさそうだった。家の正面はといえば、前庭の照明は明るそうだが、ポーチの屋根のおかげで二階の窓からの出入りが簡単だった。

脱出オプションを秤にかけた結果、丈夫なロープを買ってきて裏窓から懸垂下降でおりられるようになるまで、家の正面側にある部屋が何かと融通がきくと判断した。モローがここにいたら、真夜中に脱出しなければならなくなる可能性はほとんどないと言っただろうが、おそらく彼は町に着いた初日に遺産である犬が死体の一部を掘り起こすなんてこともありえないと言ったはずだ。

主寝室は家の正面側にあったが、姪のふりをしているのに亡くなった大おばの部屋を使うというのは間違っている気がしたので、もうひとつの部屋を使うことにした。専用のバスルームはついていなかったものの、それは砂漠の場合も同じだ。だから用を足すのに歩かなければならないのはわたしにとってふつうのことだった。それに、諸手を挙げてではないけれど、そのもうひとつの部屋はなかなか好ましいと認めざるをえなかった。

壁には凝った手彫りの装飾が施された本物の木の鏡板が使われていた。壁の一面はとても大きなはめ殺し窓《ピクチャーウインドウ》とクッションの張られたベンチシート、一面は全体が作りつけの本棚になっていて、本がびっしりと並んでいた。マージがこの部屋を何に使っていたかは一目瞭然だった。本好きでないわたしでさえ、この部屋にいるとどれか一冊選んで窓際のベンチシートに座りこみ、夕日をたよりに読書を始めたくなる。

とはいえ、これまでに受けたこの町と住人の印象からすると、壁いっぱいに詰まっているのは聖書と編みものの本だろう。一歩近づいて棚に並んでいる本の題名を見たわたしは、驚きのあまり目を見張った。『脳の研究』『科学捜査のテクニック』『東洋の宗教』『戦場での包帯法』『女性の力』『拳銃の歴史』。

ほかの棚にも目をやり、書名の一部をざっと見ただけで、驚嘆してまばたきをくり返した。見たところフィクションは一冊もなし。どれも年取った独身女性の家にあるとは思えない本ばかりだ。

机に置かれていた写真立てを手に取り、よく見てみた。ライフルを手に巨大な鹿の横に立つ迷彩服姿のがっしりした女性。マージなのだろう。写真立てを机に戻すと、わたしはやれやれと首を振った。どうやらマージとは思ったよりも共通点がありそうだった。きょうは一日驚かされてばかりだ。

ポリエステルのスカートのかゆみに耐えられなくなり、濡れた服を脱ぐとピンクのスーツケースをベッドの上に載せた。図書館司書のミスコン女王でも芝刈りとゴミ捨てはしなければならないという主張をなんとか通してあったので、スーツケースの隅にはジーンズ一本とTシャツ数枚が入っていた。ジーンズを引っぱり出してはくと濡れた肌に張りついた。続いてTシャツを頭からかぶり、テニスシューズとソックスに手を伸ばした。

二分後、わたしは平常心を取りもどしつつあった。

勝手口をノックする音が響いたかと思うと、まもなくガーティがわたしを呼ぶ声が聞こえた。濡れた服を床から拾いあげ、途中にあったバスルームにほうりこんでから階下におりた。あれは燃やす前に乾かす必要がある。

キッチンに入ると、ガーティが例のチャ、ー、ミ、ン、グ、保安官助手と並んで立ち、ひどく不機嫌な顔をしていた。「この人に出直してくるよう言ったんだけど」わたしの顔を見て彼女は言った。「二、三分じゃ若い女性は身支度ができないからって」

「気にしないで。この人、きちんと身支度するだけの価値がある相手とは思えないから」

ガーティは同感のしるしにうなずいた。チャーミング保安官助手のほうはあまりおもしろくなさそうな顔をしている。

「犯罪者の個人的な見解にはめったに興味を惹かれないんだ。しかし、帰る前にふたつほど訊いておきたいことがある」

犯罪者という点については議論の余地があったが、議論したところで彼の滞在が長くなるだけだ。「何かしら」たいして時間がかかるはずはない。わたしには話すことなんて何もないんだから。

「きょう何か妙なことに気づいたかな」

わたしは彼の顔をまじまじと見た。「冗談言ってるの？　バスを降りてから見たもの全部が妙よ。もっと大幅に限定してくれないかしら」

保安官助手はため息をついた。「この家に着いてからあとで」

「それじゃ絞りこみ方が足りないわ。でも、なんとか答えてあげる。何も。だって、わたしが妙だと思うことはすべて、この町ではふつうみたいだから」

「それじゃ、ガーティと一緒に表に出たとき、バイユーにはほかに誰もいなかった？」

ガーティが顔をしかめた。「誰もいなかったって言ったでしょ。あたしは年を取ってるけど、目が見えないわけじゃないのよ」

「外には誰もいなかったわ」わたしは請け合った。

「どうしてわかる？」彼は追及した。「隠れていたかもしれないじゃないか」

「隠れてたなら見えたはずないわよね。でも、それもなかったと思う」

「確かか？」保安官助手はやや疑わしそうな顔だった。

「あのね……こういうことに関して、わたしは第六感が働くの。人にじっと見られるのが耐えられないのよ。外に誰かいたら、気づいたはずだわ」

保安官助手は眉をつりあげた。「ミスコン女王が人に見られるのが嫌いってのは妙な気がするが」

「あれはずっと昔の話。当時のわたしはいまと違ったの」控えめ表現もいいところだ。

「〝ミス・好感度〟の称号は王冠と一緒に過去のものらしいな」

「知ったような口きいちゃって。話はこれで終わり？　わたしはシャワーを浴びて、荷ほどきをしたいんだけど」

「いまはここまでとしよう。だが、この町を出ていくつもりなら、知らせてもらう必要がある」

わたしは両手を宙に突きあげた。「いったいなんのために？　科学捜査についてほんのわずかでも知識があったら、あの骨はしばらくバイユーに放置されていたってわかるはずよ。縁があんなになめらかなのは長いことずっと、表面を水が流れていたからにほかならないわ。ありえないでしょ、わたしが何年も前にこっそりここへ来て人を殺し、死体をバイユーに捨て、いまになって戻ってきて齢《よわい》二百歳の猟犬に骨を掘り起こさせて事件に巻きこまれるなんて」

ガーティにまじまじと見つめられて、彼女の頭のなかで歯車がまわりだすのが見えた気がした。しまった。分析しすぎた。

「司書にしちゃずいぶんと科学捜査に詳しいな」チャーミング保安官助手が言った。

どうしてそんなことを知っていたか、明かすのは賢明ではないだろう。コンゴ川流域で偶然に集団墓地を見つけ、現地の科学者から科学捜査の初歩を教わっただなんて。

あなたは司書。司書なのよ！

「たぶん〝本〟ってものについて聞いたことがあると思うけど」わたしは言った。「図書館に集まってくる傾向があるの。わたしはそれを読むわけ。あなたもそのうち試してみたら」ガーティのほうを見る。「お出迎え、ありがとうございました。さて、よろしければ、わたしは失礼して熱いシャワーを浴びることにします」

キッチンを足早にあとにした。後ろを振り返りもせずに。あの男はなんなの？ あの骨が古いってことがわからないほどほんとに無能なわけ？ やれやれ。地元法執行機関の実力を考えると、この町では殺人を犯しても罰せられずにすむってことが実際にあるのかもしれない。言うまでもなく、保安官の馬は激しい追跡に最適の選択肢にはほど遠い。保安官自身に劣らず高齢に見えたもの。

モローは寛大な措置のつもりでわたしをルイジアナに来させたわけだが、実際は敵地に戻ったも同然だ。それも新たな環境に対する訓練も経験もいっさい積んでいない状態で。シャワーを浴びたらすぐ、ノートパソコンを取り出してルイジアナに関する情報収集をしなければ。

第4章

これまでに赴いたどんな国よりも、ここは変わっている。

つけ爪をばっさり切り落とすには十分間奮闘しなければならなかったが、指先にあんな短剣をくっつけたままキーボードを叩く気は毛頭なかった。アクリル樹脂がこんなに硬いとは知らなかった。将来使える情報かもしれないので覚えておくことにした。体の一部に武器を生やす能力はいつの日か役に立つかもしれない。

真夜中にノートパソコンを閉じたとき、わたしはこれまでになく混乱していた。わたしが読んだルイジアナに関する記事や事実とされることがらは、それぞれ大幅に異なっていた。ここに住む人々はあらゆること――言語、魚の釣り方、料理方法――について意見が合わないようで、法律でさえ合衆国のほかの地域と一致していなかった。

どうやらその場その場で対応していくしかなさそうだ。マージの土地がふたたび犯罪現場となる可能性は低そうなので、たぶん今後は目立たずに暮らしていけるだろう。

夜遅くにドレッサーの上で延々とうるさくリアリティ番組を放映していたテレビを消し、ベッドにもぐりこんだ。寝心地のいいフォームマットレスに体が沈むと、ため息が漏れた。目を閉じようとしたところで、わたしははっと身を起こした。

ゲロゲロ。

いったい何？　拳銃を取ろうとナイトテーブルに手を伸ばし、銃は持ってきていないことを思い出して悪態をついた。サンディ＝スー・モローは拳銃の所持許可を取っていなかったため、銃を航空会社の預け荷物に入れられなかったのだ。モロー長官にとっては嬉しいことに。

ゲロゲロ。

ベッドから飛びおり、窓際まで這っていった。壁に張りつくようにして立ちあがり、外を確認できるだけカーテンを脇にずらす。家の正面に異状はなさそうだ。でも、あの音は空耳じゃない。

ゲロゲロ。

わたしはくるっと方向転換した。音は裏庭から聞こえてくる。バイユーのほうから。少し肩の力を抜いて廊下の反対側の部屋に入っていった。窓の外をのぞいたが、勝手口の照明だけでは裏庭はよく見えなかった。

ゲロゲロ。

まったく、どんどん大きくなってる！

過去四時間のネットリサーチを頭のなかで振り返った。蛙。きっとそうにちがいない。こんなに鳴き声が騒々しいなんて、いったいこの辺の住民はどうやって寝てるんだろう？

ゲロゲロ。

我慢できない。裏庭に物置があるのを〝飼い犬と犯罪現場〟ゲームをしているあいだに見かけていた。うるさい蛙を一匹ぐらい殺せる道具が何かしらあるはずだ。

勝手口から一歩外に出るとまとわりつくような蒸し暑い空気が押し寄せてきたので、わたしは足を止めた。トイレットペーパーを丸めて耳に詰めれば耳栓の代わりになるだろうし、汗をかかずにすむ。

ゲロゲロ。

やっぱりだめだ。数週間にしろ数カ月にしろ、あの音に耐えつづけるなんて無理。それに耳栓で蛙の鳴き声が聞こえなくなったら、誰かが家に侵入した音も聞こえなくなってしまう。最高に警戒心の強い人間としては除外すべき選択肢だ。ため息をつき、物置小屋まで歩いていくと、嬉しいことに鍵はかかっていなかった。ドアを開け、キッチンで懐中電灯を見つけてくればよかったと思いながら、暗闇をのぞきこんだ。かすかな月明かりのおかげで、しばらくすると奥の壁に道具がいくつか吊されているのが見えてきた。真ん中にあるのはシャベルだ。使える。

バイユーまでそろそろと歩いていき、ゆったりと流れる水を見渡して標的を捜した。

ゲロゲロ。

左――生け垣のそば。

できるだけ音を立てないようにして芝生を横断しつつ、うっかりバイユーに足を踏み入れて水音を立てたりしないよう気をつけた。月の前を黒い雲が横切ったため、あたりはほとんど何も見えなくなった。わたしはしばらく立ち止まり、かすかな明かりがほどなく戻ってくるのを待った。二、三秒して、ぼんやりとした月明かりが水面に差すと、岸から六十センチほどのところにふたつのこぶのようなものが見えた。月光がその上を通り過ぎたとき、白目が光ったのが目に入ったが、あたりはふたたび闇に包まれた。

わたしはこぶの正面に移動し、頭の上にシャベルを振りあげた。ところが、打ちおろそうとした瞬間、生け垣から腕が一本突き出してきてシャベルをつかみ、わたしのスウィングを止めた。腕が一本ウェストにまわされたかと思うと、わたしは水際から一メートル半ほど後ろまで引きずられ、そこで放された。

「死体の残りを埋めに戻ってきたのか？」低い声が尋ねた。

わたしはフーッと息を吐いた。チャーミング保安官助手。

こちらは真夜中に、犯罪現場だったかもしれない場所の真ん中に立ち、シャベルを取り返そうとしているところだ。科学捜査が味方してくれるとはいえ、これはいささか疑わしく見えるにちがいない。

「実はあそこにいる蛙を殺そうとしていたのよ、少しでも眠れるように。この辺じゃ蛙にアンプか何かをつけてやってるわけ？」

「あれは蛙じゃない」

「わたしはここの出身じゃないけど、蛙の鳴き声ぐらいわかるわ」

「ああ、うるさく鳴いてるのは蛙だが、あんたが叩こうとしてたのは違う」彼はシャベルを放すと懐中電灯をつけ、わたしの標的を照らした。それは確かにこぶのように盛りあがった目ふたつだったが、その目の持ち主の口には歯がずらりと並んでいて、尻尾のついた長い胴体も見えた。

アリゲーターはスポットライト待遇が気に入らなかったらしく、体長からすると驚くほどすばやく水中で方向転換し、黒っぽい水のなかへと姿を消した。

「あら」いまのニアミスのせいでどれほど動揺しているか気取られたくなかったので、わたしは言った。「運がよければ、いまのが蛙を食べてくれるかもしれないわね」

保安官助手はやれやれと首を振った。「あんたの負けん気の強さははんぱじゃないな、お嬢さん。その点はおれが保証するよ」

突然、自分が殺人能力のあるケダモノの棲息する川のそばに真夜中、裸足で、ハリソンがスーツケースに合わせて選んだピンクのひらひらしたパジャマ姿で立っていることに思いいたった。でも、わたしが興味を惹かれたのはそこではなかった。自分がここにいる理由はわかっている。でも、チャーミング保安官助手はどうしてここにいるのか？

「ところで、あなたは生け垣のなかに隠れていったい何をしていたのか、話していただけるかしら？」

「バードウォッチングだ」

「ふざけないで。あなた、あれは殺人事件だと、そして誰かが残りの骨を探しにくるんじゃないかと考えたんでしょ」

「おもしろいかもしれないと思ったんだ。あの骨の噂が広まったあと、ここに現れる人間がいるかどうか様子を見てみたら」

「噂が広まったって、どうして確信してるわけ？」

保安官助手は声をあげて笑った。「今夜七時に〈シンフル・レディース〉の集まりがあった。八時には町中に知れ渡っていたさ」

「ふうん。それで、やさしいおばあさんたちの一団は、あなたが犯人をいぶり出すのに利用されているって知ってるわけ？」

「ふん。やさしいおばあさんの一団ね。そいつは笑えるな」彼は裏庭から通りへと懐中電灯を向けた。「さてと、犯罪者にしろ無実の人間にしろ、あんたがパジャマ姿でシャベルを振りまわして追い払っちまったみたいだからな、おれは帰るとするよ」

わたしは遠ざかる彼の後ろ姿をじっと見送った。保安官助手は裏庭から家の正面へと向かい、角を曲がって姿を消した。この町でいったいどういう銘柄の狂気が売られているのか知らないが、それには近づかないよう全力で努力しようとわたしは心に決めた。

いまはベッドに戻り、これ以上無理というくらいぐっすり眠る。そしてあすの朝目が覚めたら、きょうという日はなかったふりをする。片手でシャベルを握りしめ、片手で口を覆ってあくびをした。あのすてきなマットレスに戻りたくて体がうずうずしている。

ゲロゲロ。

翌朝、階下から聞こえてる鈍く執拗なドンドンという音にわたしは目を覚ました。耳からコットンボールを引っぱり出すと、誰かが玄関のドアをノックしているのだと気がついた。

午前八時に。

それも日曜の。

玄関ドアを襲撃しているのが誰であれ、わたしが拳銃を持ってこられなかったこと、あるいは昨夜シャベルを家のなかまで持ってこなかったことを幸運に思うべきだ。とはいえ、だからといって即興で反撃できないわけじゃない。すみやかに立ち去らない場合は、キッチンで何か使えるものを見つけられるだろう。

いやいやベッドから出て、のろのろ階段をおり、勢いよく玄関ドアを開けた。驚いたガーティが後ろによろめき、わたしが彼女をつかむのが間に合わなければ、ポーチから後ろ向きに転落するところだった。

「こんな朝早くからなんの用か訊いてもいい?」わたしは家のなかに戻ると、コーヒーを淹れに足を引きずるようにしてキッチンに向かった。早く、あるいは簡単にすむ用件ではない気がする。

「あら、だってきょうは日曜日だもの」ガーティがわたしについてきながら言った。「あなた、きのうの長旅やら騒ぎやらで曜日の感覚が狂って忘れちゃったのね」

わたしはコーヒーメーカーに挽いたコーヒーと水を入れ、スイッチをオンにした。「日曜日? わたしにとってそれが何か意味を持つんだったかしら?」

ガーティが目を丸くした。「日曜日は教会に行く日でしょ、もちろん。何曜日でもかまわないと考える人がいるのは知ってるけれど、〝進歩主義〟はルイジアナ南部じゃあまり感心されないの。無宗教でないかぎり、日曜日は教会へ行くものよ」

わたしは完全なる無宗教であり、ここでもよそでも教会に行きたいとはまったく思わない——そう宣言しようとしたが、ガーティの舌は勢いに乗り、一秒ごとに調子が出てくるようだった。

「あなたが到着したことは町中に知れ渡ってるわ」彼女は言葉を継いだ。「だから、カトリック信者があなたをつかまえる前に早くここへ来なきゃと思ったの」

「なんだか不穏な感じね」コーヒーを一杯注いでガーティの前に置き、それから自分の分を注いだ。「そのカトリック信者に〝つかまる〟と、具体的に何をされるわけ？」

「カトリックの教会に招待されるのよ、もちろん」

「それってそんなにまずいこと？」

「あたしにとってはね。バプティスト信者だから。なにしろ、前回あたしが一時滞在の来訪者を先につかまえてシンフル・バプティスト教会へ勧誘するのに失敗したときなんて、全教会員が一週間毎晩、あたしのために祈りを捧げたのよ――それも声に出して。シンフル・カトリック教会からはサンキューカードが送られてきたわ。あんなばつの悪い思いは二度としたくないの」

わたしは体がすくんだ。一週間声を出して祈りを捧げられるなんて。ガーティが必死になるのも納得だ。「礼拝に参加するのはかまわないけど、こんな朝早くから始まるの？」

「礼拝が始まるのは九時。前は十一時からだったんだけど、バナナプディング戦争以来すべてが変わったの」

「それって南北戦争みたいなもの？」

「あら、ずっと熾烈よ」ガーティは百パーセント真剣だった。「あのね、日曜日にシンフルで営業する店は一軒もないの。〝主の日〟に働くのは罪だから。でも、フランシーンは郡で一番おいしいバナナプディングをこしらえるわけ。だからドン牧師とマイケル神父は〈フランシーンのカフェ〉に、日曜日に営業しても地獄へ行かずにすむ特別の免除を与えることで合意したのよ」

「つまり、その人は日曜日中、町のみんなのために料理をして、その結果地獄へ行くのを免れられるだけなわけ？　なんだかお釣りをごまかされるような話ね」

ガーティはうなずいた。「その点については同意見よ。ともかく、フランシーンはかぎられた量の食材しか冷蔵できないから、用意するバナナプディングの数を制限しているの」

「わかった――食べたい人全員に行き渡る数じゃないんでしょ」

「そうなのよ。以前はどちらの教会も十一時から正午まで礼拝を行っていたんだけど、カトリック信者側が十時半スタートにしたの。早く教会を出て、自分たちのバナナプディングを確保するために。ドン牧師は礼拝を十時からにすることで応戦し、競争がエスカレートしていったから、しまいにフォントルロイ町長が礼拝を九時より前に始めたり、十時より前に終わらせることを違法にしたの」

「この町がどうしてシンフルって名前なのかわかってきた気がするわ。なんでも違法なのね」

「そんなふうに感じるときもあるわね。そんなわけだから、早く着替えてきてちょうだい。予備のバッグを持ってきたの、あなたのテニスシューズが入る大きさの。最後の祝禱のあいだに履き替えて、ドン牧師が〝アーメン〟と言ったらすぐ、フランシーンのお店に向かって全力疾走できるように」

「名案ね」

どのみちすることは何もない。それに、戦争を始めるほどの、そして地獄からの無料救済券が出されるほどの価値があるバナナプディングなら、食べておいて損はないかもしれない。ガーティが全力疾走するところを見られるというおまけもある。さらに、モローからは地元住民に溶けこむよう命じられている。礼拝を欠席したら、例のピンクのスーツケース以上に注目を集めてしまいそうだ。

あらゆる変数を考慮しても、きょうはきのうほど厄介な一日にはならないだろう。

コーヒーを飲みほして二階に急いで戻り、神さまと全力疾走にふさわしい服を探した。わたしのフェミニンなワードローブのなかで一番涼しそうで薄い生地でできているのは、ターコイズブルーのコットンドレスだった。ノースリーブで、スカート部分がフレアっぽくなっている。風通しがいいだけでなく、全力疾走するときに思いきり脚を動かせる。とはいえ、この町の明らかな平均年齢の高さを考えると、実際に全力で走る必要はなさそうだった。

わたしはやせ型で巨乳でもないけれど、ブラを着けた。ノーブラで教会に足を踏み入れたりしたら、炎に焼かれると判断して。いつその場にころがって着衣着火を消す必要に迫られないともかぎらない場合、下着は必須だ。メインストリートで局部を見せることはほとんどの土地で違法だが、シンフルでは死刑を言い渡されるかもしれない。

浴室に飛びこみ、冷たい水でバシャバシャと顔を洗った。いつもの朝だったらそれでおしまいだが、階段へと急ぐ前に若い女性らしくふるまわなければいけないことを思い出した。ため息をついて寝室に戻り、前の晩に荷ほどきしたときに机の上に出しておいたメイクバッグを手に取った。

もう一度浴室に入ろうとすると、そこの鏡にひとりの女性が映っていた。

わたしは手をすばやく腰に動かし、携帯していない拳銃をつかもうとした。次の瞬間、銃を持っていなくて幸運だったことに気づいた。鏡のなかの女性はわたしだ。

鏡の正面に立ち、頭を左右に振ってみた。ブロンドの長いエクステが肩のまわりでふわふわはずむ。坊主頭だとやつれて見える頰骨の高い面長な顔がエキゾチックな印象だ。ターコイズブルーのドレスのおかげで同じ色の瞳がきらめき、ブロンドのエクステがその効果をさらに高めていた。驚きだ。わたしは冗談じゃなく美しかった。

お母さんみたいに。

自分で止めようとするより先に胸が引き裂かれた。メイクバッグを取り落とし、カウンターの端をつかんでシンクを見つめる。母のことはもう何年も考えたことがなかった——考えることを自分に許してこなかった。母の思い出はわたしを無力にする。この仕事で無力な状態に陥ったら殺されかねない。

でも、いまは仕事中じゃない。

確かに。でも、だからといって警戒しちゃいけないことにはならない。深呼吸をして頭を振り、葛藤を振り払おうとした。ガーティがわたしを教会へ連れていくために一階で待っている。母の思い出は必ず父の思い出を連れてくる。そうした思い出は教会にふさわしくない。

メイクバッグを床から拾うと、淡いピンクの口紅を出し、テニスシューズをつかんで階下へと急いだ。口紅は歩きながら塗った。そうするしかなかった。あの顔――母の顔――をまた見るのは耐えられない。

「教会にノースリーブを着ていくのは違法とか言わないわよね？」キッチンに入っていきながら、ガーティに訊いた。

「まさか。あたしたちは信心深いけれど、未開人じゃないわ。ここの蒸し暑さはばかにできませんからね」

ガーティが彼女自身のにそっくりな、とてつもなく大きなゴブラン織りのバッグを手渡してきたので、わたしはテニスシューズとミントキャンディをそこに入れた。「ほかに何かいるものってある？」

「ないと思うわよ。用意ができたなら、出かけましょ。最後列の席を確保したいから」

うなずいてガーティと一緒に表に出た。あたりを見まわしても、車が見えない。「歩き？」

「軽い追突事故を起こしたの」とガーティ。「あたしが悪いんじゃないのよ、もちろん。あんなところに一時停止の標識を設置するのがばかもいいとこなんだわ」

「なるほど」詳細は聞かずにいたほうがよさそうだ。

「ともかく、あたしの車は一週間以内に戻ってくる予定」ガーティはわたしを振り返った。

「あなたにはマージのジープがあるわよ」

「ほんとに？　よかった。ここにいるあいだ車が使えるかどうか知らなかったから」

ガーティはうなずいた。「しばらく乗ってないからバッテリーがだめになってるけど、雑貨屋のウォルターが先週注文しておいてくれたわ」

「助かる」

マージの家はメインストリートから二ブロックしか離れていないので、教会まではそれほど時間がかからなかった。二軒の教会がメインストリートを挟み、真向かいに建っているのを見ておもしろいと思った――宗教的なにらみ合いみたいだ。通りの先を見やると、ブロックのなかほど、カトリック教会側にフランシーンの店の看板が見えた。

「あちらのほうがちょっとだけ有利ね」わたしは言った。「こっちは車をよけなければならないことを考えるととりわけ」

「礼拝の終了時間にメインストリートを車で通行するのは交通違反なの」

わたしは天を仰いだ。「そうに決まってるわよね」

「それに日曜日に馬はいっさい禁止。だって、ほら……フンがね。町長夫人と彼女がフランスからわざわざ取り寄せた高級な靴の事件があって」

なるほど。保安官の馬は昨夜、うちの裏庭で用を足していった。あの山にはコンバットブーツもすっぽり埋まりそうだった。

突然、わたしの体がこわばった。

彼女を見つけるよりも先に視線を感じたのだが、女性がひとり、通りの反対側からわたしをじっと見つめていた。たぶんガーティと同じくらいの年齢で銀髪、黄褐色のパンツスーツを着ている。

身長百六十センチ、体重五十キロ、前世紀の生まれ、左脚が少し悪い。

わたしたちが歩道からおり、バプティスト教会目指して通りを渡りはじめたのと同時に、その女性も通りを渡りだした。おそらくカトリック教会に向かうために。通りの真ん中ですれ違った際、彼女はガーティににんまり笑いかけ、バッグを肩からわずかにずらして中身がわたしたちに見えるようにした。

ガーティがはっと息を呑むと、相手の女性は笑みを大きくしてカトリック教会へと悠然と歩いていった。

「礼拝にスラックスをはいてくるだけでも有利なのに」シンフル・バプティスト教会へと足を踏み入れながら、ガーティが言った。「シーリア・アルセノーったら新しいナイキを買ったのね。あたしたち、おしまいだわ」

「心配しないで。わたしが負かしてみせるから」目隠しされて、這っていかなきゃならなかったとしても。

ガーティは最後列の席に腰を滑らせながらうなずいた。「あなたが通路側に座ってちょうだい、スタートしやすいように。牧師さんが最後の祝禱で〝アーメン〟の〝ア〟を言ったら、飛び出すのよ」

彼女はバッグのなかに手を突っこみ、〝咳止めシロップ〟とラベルが貼られたピンクの壜を取り出した。あおるように飲んでから、わたしに壜を差し出した。

「いいわ。わたしは平気だから」

それに風邪を引いてる人と同じ壜から何かを飲むつもりはない。シンフルでは常識というものをまったく教えないわけ？

教会のなかを見まわしたが、わたしたちのほかにはまだ誰も来ていなかった。腕時計で時間を確認したところ、礼拝が始まるまでにはたっぷり時間がある。あくびをしたら、眠りが足りていない理由を思い出した――礼拝絡みで起こされた以外に。

「ねえガーティ、きのうの夜、妙なことがあったんだけど」

ガーティがポンポンとわたしの脚を軽く叩いた。「そんなふうに感じるでしょうけどね、ほかの場所と比べると、シンフルじゃふつうのことなんてひとつもないのよ」

「そうじゃなくて、あの騒動のあとのことなの。真夜中に蛙のせいで眠れなかったから、殺そうと思って表に出たの。そうしたら例の保安官助手が生け垣に隠れていたのよ」

ガーティは眉をひそめたが、何も言わなかった。

「それでね、アリゲーターがいたり、狩猟中の事故が起きたり、ここは海抜より低くて大きなハリケーンが来たらたぶん水が出ることなんかを考慮すると、バイユーから人骨が出てくる理由って百通りは考えられるでしょ。でも、生け垣に保安官助手が隠れてたとなると、事故や洪水、四本脚の捕食動物が死因じゃないってことよね」

「ええ、そのようね」ガーティはちっとも嬉しそうに見えなかった。

「その線で考えをさらに進めると、保安官助手がこれは犯罪だと判断したなら、それはつまり、あの骨が誰のものか当たりがついているってことでしょ」

「かもしれないわね」ガーティは曖昧な答え方をした。

わたしは目をすがめて彼女を見つめ、聖書に関する乏しい知識を総動員した。「省略することで嘘をつく作戦を続けるつもり？　ここは教会よ」

ガーティはため息をついた。「いいえ。あなたの言うとおり、湿地ではさまざまな事故が起きるわ。たいていは何かしら残っていて、それでその不運な人物が誰かがわかる。でも五年ほど前、ハーヴィ・チコロンがなんの痕跡も残さずに姿を消したの」

「警察は捜索を行ったの？」

ガーティはうなずいた。「それに町の捜索隊が湿地を徹底的に捜したわ。もちろん、当時カーターはまだ海兵隊にいたんだけど、このことは全部、母親から聞いてるはずよ。エマラインは昔からたいへんなゴシップ好きだから」

わたしの自衛レーダーのスイッチが入った。海兵隊？　チャーミング保安官助手の近くでは行動に気をつけないと。見た目ほど単純な男ではないようだ。「それで、ハーヴィの身に何が起きたと考えられているわけ？」

「アリゲーターにつかまって水中に引きずりこまれ、殺されたんだ、だから何も見つからないんだって考えた人もいたわ。女と逃げたって考えた人もね。姿を消したのと同じころにかなりの金額が口座から動かされていたのよ。ハーヴィはしょっちゅうマリーに隠れて浮気をしていたから、ほかの女と一緒にいなくなったとしても誰も驚かなかったわ」

ガーティはやれやれと首を振った。「でも、だいたいのところ、誰も気にかけなかった。ハーヴィはシンプル一卑劣で嫌な男だったの。行方がわからなくなった直後の驚きがおさまると、ほとんどの人が彼がいなくなったことをただ喜んだわ」

「マリーも？」

「あら、マリーは特によ。彼女の母親は生きていたとき暴君みたいな人でね、年季奉公人として売り渡すも同然のやり方でマリーをあのあほんだらと結婚させたのよ」

ガーティはため息をついた。「あたしったら、教会で〝あほんだら〟なんて言っちゃって。五年もたつのに、あの男はあたしのなかの一番嫌な部分を引き出すんだから」

「神さまもハーヴィはあほんだらだってご存じよ」

ガーティはうなずいた。「それは間違いないわ。かわいそうなマリーはあのお母さんとの生活に耐えたあと、さらにたちの悪いハーヴィと結婚生活を送ることになってしまって。あの男が姿を消してから、マリーはようやく六十九年の人生で初めて好きなように考え、行動する自由を手に入れたのよ」

「なんだか四方八方うまくいったみたいに聞こえるけど。それならなんでそんなに心配するわけ？　ハーヴィの身に何が起きたと考えているの？」

「決まってるじゃない、マリーがあいつを殺したのよ」

第５章

頭をよぎった百かそこらの疑問をわたしが連射するよりも先に、礼拝堂の奥の扉が大きく開かれたかと思うと聖歌隊が歌いながら入ってきた。やれやれ。一時間ここに座っているうちに、疑問がさらに二百ほど増えそうだ。

まず第一にどうしてガーティは虐待されていた友人が夫を殺したと考えたのか？　同着に近い二番目の疑問は、ガーティがそのこと自体はなんとも思っていないように見えるのはなぜかということ。毎週欠かさず礼拝に参列する女性であれば、いくら相手が最大級のあほんだらでも、殺されたとなればなんらかの心の痛み――罪悪感とか――を感じるはずだ。

ガーティに脇腹をつつかれて、みんなが立ちあがり、歌っているのに気がついた。わたしはため息をつき、ほかの参列者と同じように起立した。民間人には本当に困惑させられる。ＣＩＡは生え抜きの工作員と元軍人から成る。何もかもが組織化されていて、作戦中に感情に動かされることは禁止されているが、それは正当な理由があってのことだ。民間人のように感情に左右されてしまったからこそ、わたしはルイジアナ州シンフルに飛ばされ、虐待されていた妻が殺人者になった件について考えをめぐらすはめに陥っているのである。

ＣＩＡの工作員は不安や意見、夢を――持っていればの話だが――明かさないし、ほじくり返されるのが心配な秘密もない。もしあったとしても、そうした秘密はいまごろD・B・クーパー（アメリカで起きた未解決ハイジャック事件の犯人とされる男）とビールを飲んでいるんじゃないかと思えるくらいうまく隠している。ＣＩＡで問題とされるのは任務だけ。任務自体は複雑でも、それにまつわることはすべてが白黒はっきりしている。

ルイジアナ州シンフルではグレーゾーンが広すぎて、わたしは色覚異常になりそうだった。

やや音のはずれた合唱が終わると、牧師が話しはじめ、彼の声が頭のなかでだんだんと小さくなっていき、わたしは自分が置かれている状況と、いったいいつまでこの〝バナナプディング・ワールド〟にいなければならないのかについて考えだした。ときどき牧師が説教壇をドンドンと叩いたので、現在に引き戻された。ようやく牧師が全員に地獄行きを宣言し終え、全員がもう一度合唱するために立ちあがった。

歌が終わってすぐ、牧師が祈りを捧げはじめると、ガーティがわたしのほうに体を寄せ、「用意開始」とささやいた。

わたしはテニスシューズをバッグから出し、それまで履いていたヒールの靴を大喜びで脱いだ。二十秒後、作戦行動の準備が整った。

「こうしたことが実現されるよう願います」牧師が言った。

「さあ」ガーティがささやいた。

「アー――」

〝メン〟が聞こえるよりも先に、わたしは教会の戸口から飛び出していた。通りに駆けおりた瞬間、カトリック教会の扉が勢いよく開き、ガーティの強敵シーリアが猛スピードで走り出てきた。午前の中ごろの日差しが彼女の目を直撃したものの、走る速度は決して落とさず、目がよく見えないまま、こちらが想像もしなかった速さで疾走した。

でも、わたしとは比べものにならない。

背中にガーティの声援を受けながら、わたしはドレスのスカート部分をつかんで円錐標識を飛び越えた。歩道の土埃のせいで一、二歩スリップしたけれど、すぐに体勢を立て直すと、フランシーンの店のドアを押し開け、なかに飛びこんだ。一、二秒後、シーリアが憤然と入ってきたかと思うと、ハアハアいいながらわたしをにらみつけた。

頭の上に金髪をこんもりと結いあげた五十がらみの大柄な女性が、片方の眉をつりあげた。

「誰かが助っ人を雇ったみたいね。あなた、息切れもしてないじゃない、お嬢さん」

「ほんのちょっとも」わたしはうなずいた。

シーリアが目をすがめてわたしを見つめるなか、ガーティが小走りに店に入ってきた。グランドキャニオンよりも大きな笑みを浮かべて。

「さあ」彼女はシーリアに言った。「あたしの友達をにらみつけるのはやめてちょうだい。その靴に大枚はたいたのにプディングが食べられないからって」金髪こんもり女性のほうを向く。「フランシーン、十八人分の席をよろしく」

「こちらへどうぞ、ミズ・ガーティ」フランシーンはそう言ってメニューの束をつかんだ。

フランシーンとガーティについていくと、案内されたのはガラス張りの店の正面に面した、細長いテーブルふたつから成る席だった。

「まず注文するのはプディングよね？」フランシーンが尋ねた。

ガーティがうなずくと、彼女は奥の両開きのドアの向こうに姿を消した。バナナプディング十八個の注文に応えるためだろう。

「デザートを最初に食べるの？」わたしは訊いた。

「まさか。なくならないよう最初に注文するだけよ。フランシーンが冷蔵庫に入れられるのは二十五個程度なの。シーリア陣営は十五人いるのよ」

そう言ったときのガーティは見るからに嬉しくてしかたがない様子だった。ナイキのシューズが成果を出せなかったとわかったとき、シーリアの仲間はいったい彼女をどうするつもりだろう。でも、残りのプディングをどのメンバーが食べるか、決めるところはぜひ見たい。

ガーティはわたしに〝主賓〟として上席に座るよう言った。

「ほかに十六人も本当に来るの？」ガーティがほかの誰かと言葉を交わすのを、わたしは見ていなかった。

彼女はうなずいた。「〈シンフル・レディース〉のメンバー全員がまもなくここに来るわ」

「みんな礼拝を欠席したの？」

ガーティはぞっとした顔になった。「礼拝を欠席しておきながら、外で食事をするなんてできやしないわ。町中で一カ月は噂になるでしょうからね」

「みんなカトリック信者とか言わないでね」

「冗談じゃないわよ」ガーティは声をあげて笑った。「まったくびっくりするようなことを考えるわね。メンバーのうち聖歌隊に入っていない人は教会の仕事があるの。きょうのあたしは、ゲストを連れてるから義務を免除されたけど」

マリーが夫を殺したという先ほどの謎めいた発言についてガーティに質問しようとしたとき、テーブルに影が差した。目をあげるとルブランク保安官助手のしかめ面があった。ガーティの顔をちらっと見たところ、彼がここに現れたのはまったく遺憾なようだった。

「おはようございます、ミズ・ガーティ」彼は言った。「ご機嫌いかがですか?」

「悪くないわよ」ガーティは答えたが、保安官助手と目は合わせず、口は固く引き結んでいた。

保安官助手はわたしを完全に無視したが、こちらとしては別にかまわなかった。

「ハーヴィ・チコロンが失踪したとき、あなたはこの町にいましたよね」

「あなたも知ってるとおりにね」

「なんの痕跡も見つからなかったんでしたね? 例の消えた金の件以外」

ガーティは唇をとがらせた。「法執行機関に勤めてるのはあなたでしょ。必要な情報はすべて報告書に書いてあるでしょうに。高校の四年間(アメリカでは地域によって高校が四年制の場合がある)あなたを受け持ったけれど、字は読めたわよね」

「報告書なら読みましたけど、地元住民の意見を聞きたいと思いまして」

「ハーヴィは姿を消し、何が起きたのかは誰も知らない。それ以上のことはわからないわ」

「そんなはずはありません。人がひとり失踪したら、その人物についてよくよく目を凝らしてみる必要がある。たとえば、ハーヴィは好かれていましたか?」

「彼の性格がこの町で最低だったのはよく知ってるでしょうが」

「ふむ。それじゃ、誰もハーヴィを好きじゃなかった?」

「決まってるでしょ」

保安官助手は眉をつりあげた。「マリーも?」

ガーティは憤然とした。「マリーはほかのことで忙しかったと思うわ」

「あなたがどう思うか訊いているんじゃありません。マリーが夫を好きだったかどうか訊いてるんです」

完全な沈黙が長いこと続き、わたしはガーティとルブランク保安官助手のあいだで視線を行ったり来たりさせた。フランシーンがわたしの前にバナナプディングを置いたが、あたりに漂う緊張感はそのバナナプディングよりも分厚く、フランシーンがそれをテーブルに置くやいなや大急ぎで立ち去ったことにわたしは気づかずにいられなかった。まるで厨房が火事みたいに。

「言ったでしょ、ハーヴィを好きな人はひとりもいなかったわ」ガーティがようやく答えた。

ルブランク保安官助手はうなずいた。「彼は両親から油井《ゆせい》を相続したんでしたね? つまり、夫が行方不明になったとき、マリーはきわめて快適な暮らしができるようになったわけだ」

「他人さまの経済状態については訊かないことにしてるの。失礼でしょ」

保安官助手は目をすがめた。「マリーは自分から言いませんでしたか?」

「いいえ」ガーティはぴしゃりと答えた。「経済状態についてなんて一度も。もう訊きたいことは充分？　というのも、あなたは日曜日のあたしの正餐を邪魔しているんだけど」

彼はもう二、三秒ガーティの顔を眺めてからうなずいた。「この場はここまでとしておきましょう。でも、もう一度事件ファイルを調べたら、あとで寄らせてもらうかもしれません。もっと訊きたいことが出てきたら、ですが」

わたしのほうを見て小さく会釈した。「それじゃ」そう言うと、のんびりした足取りで店から出ていった。

「いったいいまのはなんだったの？」わたしは尋ねた。「彼との会話、象の一団も溺れそうなくらい深い含みがあるように聞こえたけど」

「カーターはあたしが日曜日に嘘をつけないことを知ってるのよ。なんとか質問をはぐらかそうとしたけど、それでも、いくらか情報を引き出されてしまったわ」

ガーティの直接的とはほど遠い返事の意味を理解して、わたしはうなずいた。「それで、ハーヴィは財産をいくら持ってたの？」

ガーティは首をかしげた。「あなた、いま聞いてたでしょ、マリーはあたしに経済状態の話はしなかったって」

「ええ。でも、ほかの人から聞いたんじゃないかと思って」

ガーティは笑った。「カーターがあなたほど鋭くなくてよかったわ」

「それじゃ知ってるのね？」

「もちろんよ。マリーがマージに打ち明けて、マージがあたしとアイダ・ベルに話したの。ハーヴィは油井を何年も前に売って、さらに両親から不動産をたくさん相続したの。でも、彼の死亡が公式に宣言されると、すべてマリーが自由にできるようになった――一千五十万ドル全部」

「すごっ《ホーリー・シット》！」

ガーティがナプキンでパシッとわたしを叩いた。「日曜日に聖書絡みの悪態をつくんじゃありません」

「痛い」わたしは前腕の赤くなったところをこすった。高校教師時代のガーティは死ぬほどきびしかったにちがいない。「一千万ドルって、あほんだらを殺したいと思うのに充分すぎる理由よね。だから、あなたはマリーがハーヴィを殺したと思うわけ？」

「もうひとつ理由があるんだけど、その話をするつもりはないわ。ソサエティのみんなと話し合う必要があるから。収拾がつかなくなる前に、この件にどう対処するか計画を練らないと」

表に目をやると、銀髪の女性の一団がこのレストランに向かって歩いてくるのが見えた。全部で十六名。生まれはおそらくジュラ紀。眼鏡着用十四名、人工股関節置換手術経験者七名。肌の色からして高血圧が流行中。

「メンバーの旦那さんはどうしてひとりも礼拝に来ないの？」わたしは訊いた。「それとも、これもまた何かの規則なの？」

ガーティがばかばかしいというように手を振った。「夫がいたら、〈シンフル・レディース・ソサエティ〉には入れないの。あたしみたいな最初からのメンバーはみんな、オールドミスだったのよ。最近ようやく未亡人の入会を許すようになったところ。夫が死んで十年たたないとだめなんだけど」

「どうして十年なの？」

「愚かな男の洗脳から抜けるには、それだけ時間がかかるみたいなのよね」

「それじゃ、マリーはメンバーじゃないのね？」

「いまはまだ。でもあと五年したら入会申請ができるわ」

「刑務所送りになっていなければ」

「そういうことにはならないわよ」ガーティは言った。声は自信に満ちていたけれど、表情が本心をすっかり露呈していた。ガーティは心配している。

アイダ・ベルがわたしの隣にドサッと腰をおろし、ガーティとハイタッチした。「助っ人を呼んでカトリック信者を負かしたのは名案だったね」バナナプディングが盛られた自分の前の大きな深皿を笑顔で見おろす。「シーリアったら、あんな高い靴を買ったりして、あとで地団駄踏むだろうね」

「すでにいま地団駄踏んでなかったらね」とガーティ。「バナナプディングを食べられずにあの靴の請求書を見たら絶対踏むわよ」

アイダ・ベルはうなずき、テーブルを見渡した。「礼儀を忘れちゃいけないよ。みんな、こちらはマージ・ブードローの姪。きょう全員がバナナプディングを食べられるのは彼女のおかげだ。だから今晩祈りを捧げるときは、彼女に特別な感謝の言葉を添えるのを忘れないように」

　メンバーたちは熱狂的に拍手喝采した。カフェの隅からシーリアとその仲間がこちらを振り向き、にらみつけた。「お名前はなんて言うの、あなた？」小柄な老婦人のひとりが尋ねた。

「神さまに正しい名前を伝えたいの」

「彼女の名前はサンディ＝スー」アイダ・ベルが答えた。

　わたしは体がすくみ、おしりから首まで背中全体がこわばるのを感じた。「実を言うと」考え直す前に言ってしまった。「ふだんはみんなにフォーチュンって呼ばれてるんです」

「あら、そうなの？」ガーティが訊いた。「どうして？」

「ええと……」わたしは腰をもぞもぞと動かし、納得のいく返事を考えようとした。〝傭《ソルジャー・》兵《オブ・フォーチュン》〟という――傭われ兵士っぽいわたしの性格からついた――あだ名の略だなんて本当のことを言ったら、サンディ＝スーのイメージにそぐわない。

「いいのよ、あなた」ガーティが言った。「言いにくかったら」

　頭のなかで電球がついたかのように、わたしはひらめいた。「大丈夫。実は母がわたしをそう呼んでいたからなんです。昔から、わたしはいつかたいへんな値打《フォーチュン》ちのある人間になると、よく言っていて――その、ミスコンやら何かに出て。わたしが女優やモデルになるのを本気で期待していたんです。その呼び方が定着しちゃって、わたし、ほかの呼び方をされると反応しそびれたりするんです」

　そんな嘘がすらすら出てきたことに驚いた。〝ミスコン〟〝女優〟〝モデル〟なんて言葉を一度に使っても、吐きそうにならなかったし。でも、もっと驚いたのは、老婦人たちの反応だ。わたしが見た目のよさから成功を期待されても、ぜんぜんおかしくないと感じているみたいだった。この世でしごく自然なことであるかのようにうなずき、ほほえんでいる。

検眼医がここに来たら大もうけできるにちがいない。

「フランシーンったら、どうしてまだきょうのおすすめのメニューを持ってこないのかね？」アイダ・ベルが訊いた。「彼女、また飲んでるのかい？」

アイダ・ベルは首を伸ばし、ガーティ越しに厨房をのぞこうとした。ガーティはテーブルに目を落とし、何も言わなかった。

「飲んでるかどうかは知らないし、わたしは飲酒に反対ってわけじゃないけれど」わたしは言った。「たぶん奥に引っこんでるだけだと思うわ。ルブランク保安官助手がここに来て、お友達のマリーさんについて、ガーティを詰問したあと」

老婦人たちはたちまち静まり返り、わたしを見つめた。こんなに注目されたのは麻薬王のペットのゴールデンレトリーバーを盗んだとき以来だ。

「カーターがここへ来たのかい？」アイダ・ベルが尋ねた。

わたしはうなずいた。「マリーは夫のことを好いていたか、遺産の金額はいくらかって――」

アイダ・ベルは目をすがめた。「カーターになんて話したんだい？」ささやき声でガーティに訊く。

ガーティは青ざめ、下唇を嚙んだ。

「ガーティは何も言わなかったわ」わたしが代わりに答えた。「保安官助手がすでに知っていること以外は、うまくはぐらかして。〝日曜日に嘘はつかない〟ルールを守ってることを考えると、みごとでしたよ」

アイダ・ベルは眉をひそめた。「カーターはそのルールをよく知ってる」

「ところで、どなたか教えてくれませんか？　わたしがきのういったい何に足を突っこんでしまったのか?!」わたしは訊いた。情報を手に入れておけば、それだけ厄介なことを避けやすくなる。

アイダ・ベルがほかの老婦人たちを一瞥《いちべつ》してから首を横に振った。「いまはその時間でも場所でもない」厨房の入口をうろうろしていたフランシーンに手を振った。「よかったら注文したいんだけど、フランシーン」大きな声で呼びかけた。

残りの老婦人たちはそれぞれ、わたしが口を開く前にしていた話へと戻っていった。ガーティがアイダ・ベルの顔を見て何か言おうとしたが、アイダ・ベルに小さく首を振られてふたたび黙りこんだ。

ほかの老婦人たちの手前？　それともわたしの？

第6章

そのあとはまったく波乱なくランチが終了した。ランチ後、老婦人たちは夜の礼拝までにすませておくべき編みものや手紙書き、読書があると言ってすぐに解散した。でも実際は、マリーをめぐる一連の出来事について話し合うため、こっそり集まるんじゃないかとわたしは踏んでいた。

仲間はずれになるのはいっこうにかまわなかったので、よろめきつつ帰途についた。チキンフライドステーキ（フライドチキンのような衣をつけて揚げた牛肉）にマッシュポテトのグレービーソースがけ、〝フライドオクラ〟とかいうもの、いくつだかも忘れたくらいたくさんのロールパン、それに生まれてから食べたなかで最高においしいバナナプディングを大きな皿にたっぷり食べて、おなかがぱんぱんだった。バナナプディングについては、ホイップクリームを使った冷蔵ものしか食べたことがなかったなら生まれて初めての本物だと、ガーティから即座に言い直されたけれど。

とにかく、シンフルにはあまり長いこと滞在せずにすむよう祈った。教会からカフェまで疾走したところで、そのあと摂取したカロリーには遠く及ばなかった。それどころか、いま摂取したカロリーを燃やし尽くすには、十月までエクササイズを続けないとまずいかもしれない。月曜日から始めよう。

〈シンフル・レディース〉はメンバー全員が心理学の格好の研究対象だった。声に出しては礼拝とプディング、そして雑貨店に入荷したばかりの布地に関して話がはずんでいたが、ちらりと交わされる横目、かすかな肯定のうなずき、ほとんど気がつかないほどの否定の首振りから、わたしには内緒のまったく別の会話が進行中であることがわかった。マリーが夫を殺したのではないかという説を、ガーティはすでにほかのみんなに話してあったのだろうか。何か言ってあったのは確かだ。骨の話には誰も触れなかったけれど、シンフルみたいに小さな町では、あの件はいま一番大きな話題のはずだ。

でも、わたしが一番興味を惹かれたのは、老婦人たちがわたしのことをあれこれ訊かなかった点だ。創世記までさかのぼって、人生を語るよう求められると思っていたのに。サンディ＝スーのファイルはすべて読んでいたものの、わたしの基礎知識だけで彼女たちを満足させられるかどうか不安だった。老婦人たちはひとり残らず完全に無害に見えた。とはいえ、表面上と水面下の事実が一致する場合はほとんどないことを、わたしはスパイ活動の経験からよく知っている。

ルイジアナ州シンフルでは何かがたくらまれており、あの老婦人たちがそのど真ん中にいることに、わたしの最後の弾丸ひと箱を賭けてもいい。でも、それはわたしに関係ないことだし、その現状を維持しなければ。レーダーに引っかからないように。モローに命じられたとおり。

この日の残りは例のおぞましいスーツケースから荷物を出し、家の間取りをつかむことに使った。ルブランク保安官助手が招かれずして現れる傾向があることを考えると、スーツケースを燃やすのは賢明ではないだろうと判断し、使っていない部屋のクロゼットにしまいこんだ。そこなら、あれを見ずにすむことだけは確かだ。ここまでの退屈な仕事にかかった時間は三十分。次にわたしはどんな糧食が蓄えてあるか調べに、キッチンにおりていった。

食品貯蔵室のドアを開けると、目を丸くした。缶詰や乾物、保存食品がパソコンで作ったラベルをきれいに貼られ、各段にずらりと並んでこちらを見つめ返していた。大恐慌を生き抜いた人々はこうしたことをしたと聞いている。でも、マージの場合はそこまでの年ではないので、それが理由とは考えられなかった。ああ、そうか。ここはたびたびハリケーンに襲われる土地だ。シンプルの家の食品貯蔵室は、どこも荒天に備えて食料がたっぷり蓄えられているにちがいない。

整然と並べられた食品をもう一度見渡してから、わたしは首を横に振ってドアを閉めた。マージはある日とことん退屈したか、強迫神経症の気があったにちがいない。わたしは冷凍庫を開けて、なかから包みをひとつ取り出した。フリーザーペーパーにくるまれ、〝ステーキ用鹿肉〟という字と日付が書かれている。鹿肉のステーキなんてどう調理したらいいのかまったく見当もつかない。というより、電子レンジに入れればすむもの以外はほとんどがどう調理したらいいかまったく見当もつかないと言っていいんだけど。

ひょっとすると物置にグリルがしまってあるかもしれない。なければなんとかしてグリルを手に入れるか、さもなければここにいるあいだ中、缶詰のフルーツと野菜を食べることになる。電話の横にメモ用紙とペンがあったので、何も書いてない紙に〝肉〟とメモした。雑貨店ではパックになった肉を売っているだろうか？　それとも蛋白質をしっかり摂るには自分で何か殺す必要があるのだろうか？　気になったが、いまはまだそれについて悩むのはやめておくことにした。

人間以外は殺したことないんだけど。

考えてみれば、興味深い。人口の大半については、そして五歳以上のシンフル住民全員に関してはおそらく、その正反対だろう。ひょっとしたらマリーを除いて。ルブランク保安官助手に尋問されていたときのガーティの落ち着かない様子、彼がカフェから出ていったときの不安そうな顔を思い出し、わたしは眉をひそめた。でも、何より印象に残っているのは、マリーが夫を殺したと話したときのガーティの絶対的な確信に満ちた表情だ。

カーターはあたしが日曜日に嘘をつけないことを知ってるのよ。

わたしの体がこわばった。ガーティはハーヴィが妻に殺されたことを事実として知っているのだろうか？　それともただ推測しているだけ？　シンフルで表面化しつつある問題がなんであろうと、なるべくかかわらずにおくつもりではあるけれど、どうしてもその問題について考えはじめてしまう。さらに、わたしが自分について知っていることがあるとすれば、勘が絶対にはずれないということだ。これは警告にちがいない。

寝室へと階段を駆けあがり、ノートパソコンを取り出した。ルイジアナ州シンフルについてもう少し調査したほうがいい。住民についても。いったい自分がどういうことに足を踏み入れてしまったのか、知っておく必要がある。

偽装がばれないように。

窓際のベンチシートに腰をおろし、壁に立てかけてあるクッションにもたれた。ノートパソコンの起動に果てしない時間がかかっている気がして、わたしはいらいらとキーボードを叩いた。シンフルに関する本格的な調査を開始する前に、ハリソンからわたしの復帰について何か知らせが届いていないかチェックしておこうか。どのみち今夜、彼に連絡することになっている。それをいまやってもいいかもしれない。

モローは連絡を禁じたが、ハリソンはわたしのために偽のメールアカウントを取得し、ネットを通じて知り合ったアイダホ娘とやりとりしているように見えるよう設定してくれた。わたしからすると気持ち悪い話だけど、ハリソンによればネット恋愛は近ごろごくふつうのことらしい。彼がスマートフォンを愛用し、公共の場に出かけなくなった理由がわかった気がする。でも、そんなふうに考えていることは賢明に黙っておいた。ハリソンは規則《プロトコル》を破ってまで、わたしに最新情報を知らせてくれようとしているわけだからとりわけ。

パソコンがようやく起動したので、アイダホからのネット接続に見えるよう設定された経路変更のアイコンをダブルクリックした。注意を怠らなければ、見破られる心配はない。そう自分に言い聞かせつづけさえすれば、そう信じるようになるだろう。最後には。

ルート変更のプロセスが完了したところでアカウントにサインインすると、メールが一通届いていた。差出人アドレスを見て、わたしは天井を仰いだ。スパムメールの可能性はゼロ。百パーセント、ハリソンからだ。

TO: farmgirl433@gmail.com
FROM: hotdudeinNE@gmail.com（〝ネブラスカのイケメン〟より）
やあ。そっちはどんな調子だ？　もう夏には慣れたかな？
ネブラスカは暑い。今年は猛暑になりそうだ。涼しくなるのは、早くて八月の終わりごろかもしれない。
時間があったら返事をくれ。

二番目の段落を読んで胸が沈んだ。〝今年は猛暑になりそうだ〟は事態がより深刻化しているという意味だろう。でも、それはアーマドの組織とのあいだでか、それともＣＩＡ局内におけるスパイ捜しという意味でか？
ため息をついた。どちらにしろ、ハリソンは事態の好転は早くて八月末まで望めないとはっきり書いている。わたしは夏中シンフルで無益に過ごさなければならないということだ。
わたしは〝返信する〟をクリックし、文章を打った。

TO: hotdudeinNE@gmail.com
FROM: farmgirl433@gmail.com
もう夏には慣れたわ。そっちがそんなにひどい猛暑になりそうと聞いて残念よ。わたしはいつも穏やかな天候を期待してるの。暑いと成長も全般的に勢いがなくなっちゃうでしょ。でも、わたしたちにはコントロールできないことですものね。

今年はバケーションを取る予定？

近いうちに会えるといいな。


メッセージを読み返し、言いたいことが伝わる文章であることを確認した。要旨は、わたしはこちらに無事到着した、あなたが近々任務でワシントンを離れるかどうか知りたい、そして早くワシントンに戻りたいということだ。無事到着の部分は、シンフルで足を踏み入れてしまった厄介事を考えると、残念ながら真実を伝えてはいない。でもそれに関しては、ハリソンは知ることが少ないほどいい。

〝送信〟をクリックし、窓の外を見やった。たった一日で自分がどんなニュースを期待していたのかわからないが、がっかりせずにはいられなかった。今回のことは本当に短期間――二週間とか――で終わり、何もかも通常どおりに戻るよう祈っていたのに。わたしは至急家に戻らなければならなくなったと口実をでっちあげ、本物のサンディ＝スーがヨーロッパでのバケーションから戻りしだい、人を雇って家財を競売にかければいいと考えていた。そうすれば、誰にも何も気づかれずにすむ。

ところが、現実にはわたしはシンフルに足止めを食ったまま、殺人事件の捜査にかかわらないよう気をつけつつ、地元住民に溶けこむ努力をしなければならないようだ。その地元住民のほとんどが殺人事件の捜査にどっぷりかかわっているみたいなのに。

翌朝、日光にまぶたを直撃されて、わたしは目を覚ました。うめき声を漏らしながら、前夜眠りこんでしまったベンチシートからおりた。少しのあいだ目を〝休める〟ために床に置いたノートパソコンは、置いたままの場所にあった。わたしの目は本当に疲れていたにちがいない。腕時計で時間を確かめると、ベンチシートで六時間も眠っていたらしい。

シンフル住民に関する情報の徹底的欠如のせいで、わたしは頭が麻痺してしまったようだ。ネットで見つけられたのは五人の名前だけ——町長、牧師、司祭、地元のミスコン女王、そして州の特産市で行われたおばけカボチャ・コンテストで表彰された人物。町長と牧師、司祭はルイジアナ州の都市に関する情報サイトに名前が載っていた。町の人口——二百五十三人——以外にそのサイトの一覧に掲載されていたのは彼らの名前だけだった。

ミスコン女王はFacebookページを開設していて、美しくあるにはどれだけの努力が必要か、四時間かける髪の手入れや一日マイナス五十キロカロリーしか食べない食事法について、四六時中世界へ向けて発信しているようだった。読んでいるだけで胸やけがしてきた。Facebookは自己陶酔人間たちにとって、史上最大の遊び場にちがいない。

このミスコン女王がわたしのシンフル到着を小耳に挟んでいないよう祈った。わたしと一緒に美容サロンで何時間も過ごす、もしくは靴を買いにいくべきなどと考えないともかぎらない。彼女には自分は必ず有名になるとの確信があって、去年ハリウッドへ引っ越したとわかったときはほっとした。ネットで見つけられた情報はそこまでだったので、彼女がハリウッドで成功したかどうかはわからなかった。

三時間探した結果、見つかったのは太腿の内側の筋肉を引き締める方法とタミー・フェイ・ベイカー（米国南部出身の歌手・伝道師）でも提供できないほどの豊富なメイクアップ・アドバイスだけだった。CIAの情報データベースが使いたくてうずうずした。この町について神とバナナプディング、そして死者以外のことがわかるはずなのに。

得られたなかで唯一有益だったのはアリゲーターに関する情報だった。間違いなく相手にとって不足のない敵だ。水中にいるところを一度見たけれど、断然向こうが強いとわかった。でも、陸上でも相当動きが速いとは知らなかった。それに、下腹部――アリゲーターがさらすはずのない部位――を除くと、急所は後頭部にある二十五セント硬貨ほどの大きさの場所だけだという。わたしは困難な任務に怖じ気づくタイプではないが、こっちにいるあいだバイユーに近づくのはやめておこうと即座に決意した。勝手口のすぐ先がバイユーであることを考えると、簡単なことではないだろうけど。蛙にいらだって夜の遠足に出るのは絶対になし。

店が開く時間になったらすぐ、ノイズ低減ヘッドホンを買いにいこう。侵入者の物音が聞こえなくなるだろうけれど、初日に死人が見つかったことを除けば、シンフルは保安上の脅威となる町ではなさそうだ。ヘッドホンをすれば、毎晩わが友、例の蛙に悩まされずにすむ。昨夜、彼はひと晩中わたしからするとイタリアオペラとしか思えないものの通し稽古をしていた。

ジーンズの上にTシャツを着て、ボーンズを朝の用足しのために外へ出してやりに階下へおりた。最初は、シンフル滞在中に生きものの世話をするはめになり、少し不安だった。わたしはサボテンさえ枯らしてしまう人間なのである。でも、ボーンズは手がかからなかった。一日に三回表に出て、夜ソフトフードの缶詰をひと缶食べる。それ以外はキッチンの片隅で丸くなり、いびきをかいている。

三十分後、コーヒー、スクランブルエッグ、トーストを手早く食べ終えたところで、誰かが玄関ドアをバンバンと叩く音が聞こえた。月曜の朝に礼拝があるわけはないし、午前七時になろうというころにドアを叩くような不作法な人間はひとりしか知らなかった。まったく、思いっきり文句を言ってやる。

玄関ドアを勢いよく開け、わたしは怒鳴った。「今度はいったいなんの用?」

言ってから、ポーチに立っているのはルブランク保安官助手ではないことに気がついた。立っていたのはガーティとアイダ・ベルで、わたしに向かって眉をつりあげた。

「言ったでしょ、この娘は朝型じゃないって」ガーティがアイダ・ベルに言った。

「そんなの知ったこっちゃないよ」アイダ・ベルがわめいた。「あんたに起こされて、あたしは大急ぎで入れ歯を入れて、コーヒー一杯すら飲まずに家を飛び出してきたんだからね。この娘はとっととあたしたちをなかに入れて、何か飲ませてくれないとね、どうしてあたしたちがここに来たか話せるように」アイダ・ベルは目をすがめてわたしを見た。「さもないと、バイユーでさらに人骨が見つかることになるかもしれないよ」

アイダ・ベルがほのめかしているのがわたしの骨かガーティのかはわからなかったけれど、

危険な賭けをするつもりはなかった。アイダ・ベルがガーティと戦ったら勝てるだろうが、わたしはここにいるあいだに絶対誰も殺したくない。アイダ・ベルがコーヒーも飲まずに家を飛び出してきた理由がなんにしろ、それはコーヒーを淹れ直す理由になるだけおもしろいことかもしれないと考え、わたしは後ろにさがってふたりを招き入れた。

ガーティが先を譲ると、アイダ・ベルは裏手のキッチンへとまっすぐのしのし歩いていった。ガーティとわたしがなかへ入ったときにはすでに自分にコーヒーを注いでいた。一杯目をまるでウイスキーみたいにごくごくと飲んだので、口のなかを火傷しなかったかと気になった。ガーティを見ると、ほとんどわからないほど小さく首を横に振った。アイダ・ベルの気がすむまで何も言わずにおくのが得策なようだ。

アイダ・ベルはコーヒーを自分にもう一杯注ぎ、それからガーティのために一杯注ぎ、わたしにもお代わりを注いでから、コーヒーメーカーをもう一度スタートさせる準備を始めた。わたしは賢明に、彼女の邪魔をしないでおいた。

「七面鳥の話《トーク・ターキー》をしよう」ようやくアイダ・ベルは言ってキッチンテーブルのほうに手を振った。

わたしは自分のマグカップをつかみ、椅子に腰かけた。「料理にしろ狩りにしろ、わたしは力になれないと思うわ。百パーセント電子レンジ派なの」

ふたりは一瞬わたしの顔をまじまじと見た。すぐに意味を理解したらしくガーティの表情が晴れ、アイダ・ベルがクックッと笑いだした。

「ほんとの七面鳥じゃないよ」とアイダ・ベル。「〝この町でいったい何が起こってるのか〟話そうって意味」

「あら」それでも、わたしはまだ用心を怠らなかった。話をするより何かを殺すほうが簡単な場合はよくある。まだまだ安心はできない。

「あの骨はハーヴィのだったわ」ガーティが言った。

コーヒーを飲んでいたわたしは軽くむせた。どうしてガーティはそんな確信に満ちた口調で言うのか、百万通りもの理由が頭のなかを駆けめぐった。「なんでそんなことがわかるの？」

「DNA検査の結果が今朝早く出たのよ。マートル・ティボドーはマリーのまたいとこなんだけど、保安官事務所で夜間の通信係をしているの。彼女がカーターのメールを監視していて、結果がわかるのを待っていたわけ」

「保安官助手のメールをハッキングしたの？」

「あら、ハッキングとは見なされないと思うわ、パスワードに愛犬の名前なんか使ってる場合には」ガーティが答えた。

アイダ・ベルが賛成のしるしにうなずいた。「それに、情報がなくちゃこの町を治められないからね。ルブランク保安官助手はまだちょいと若すぎて、過去三十年間に〈シンフル・レディース〉が維持してきた秩序のすばらしさをわかってない。だからあたしたちに最新情報を教えようとしないんだ」

「市民のひとりが夫を殺して、死体をバイユーに捨てたのよ」わたしは指摘した。「たいして秩序が維持されてきたようには聞こえないけど」

「誰かがハーヴィを殺すのは時間の問題だった——あの男に捨てられた浮気相手、その夫、あいつがつぶした会社のオーナー——ハーヴィには敵が山ほどいて、味方はひとりもいなかった」

「その点は知ってるわ」わたしは言った。「ガーティが教会でハーヴィをあほんだら呼ばわりしたから」

アイダ・ベルがガーティの顔を見た。「あんた、教会で〝あほんだら〟なんて言ったのかい？」

天井を仰ぐ。まるでその先にある天に助けを求めようとするかのように。

「とにかく」わたしは言葉を継いだ。「秩序がないって言ったのは、ハーヴィを殺したことじゃなく、死体の捨て方よ。町は湿地に囲まれているんだから、注意深くやれば、死体の一部がうちの裏庭に打ちあげられることなんて絶対になかったはずだわ」

ガーティは感心したようにうなずいてアイダ・ベルを見た。「ほらね。この娘はあたしたちと違う視点を持ってるって言ったでしょ」

アイダ・ベルは首をかしげ、ちょっとのあいだわたしを観察した。「あんた、わりとずばずば言うね」

わたしは肩をすくめた。そうしたほうがよさそうなら、わたしはふつうの人と同じくらい煮えきらなくなれる。「かもしれない」

「ふん」アイダ・ベルは笑った。「抜け目がないのは気に入った。頭がよくなきゃ抜け目なくなれないからね」ガーティを見てうなずいた。「いい人選だ」

「あんたの協力が必要なんだよ」アイダ・ベルはわたしを見て言った。

「ちょっと手遅れよ。死体を隠すのにもっとましな場所を見つけるには」

「過去を変えられないのはわかってる」アイダ・ベルが言った。「あたしたちに必要なのはマリーを守る計画だ」

「できるかぎり最高の弁護士を雇うこと以外、この時点では誰にも、とりわけわたしには、何もできないと思うわ。好奇心から訊くけど、誰かマリーに彼女がやったのかどうか尋ねた人はいる？　ハーヴィは誰からも嫌われてたって言ったわよね。だったらどうしてマリーがやったって決めつけるわけ？」

「土曜日の夕方ここを出たあと、あたしが訊いたわ」少し青ざめながら、ガーティが答えた。

「それで？」

ガーティはため息をついた。「マリーは何も言わなかった。ものすごく大きく目を見開いて、悲鳴みたいな声をあげると家のなかに駆けもどってしまったの。それ以来、訪ねていっても電話をかけても出ないわ」

「なるほど」わたしは言った。「たぶん無実の人の行動じゃないけれど、動かぬ証拠ってわけでもないわね」

アイダ・ベルがうなずいた。「まさにあたしもそう考えたんだ。動かぬ証拠がないかぎり、勝てる可能性はある。ガーティによれば、あんたは図書館でいっぱい本を読んでいるせいで科学捜査にえらく詳しいそうじゃないか。そこで、マリーから疑いの目をそらすために、あんたの力を借りようって考えたわけ」

　勘弁して。深夜の再放送で見たことのある〈ロー&オーダー〉のエピソードを必死に思い出そうとした。あれのどこかから答えを見つけなければ。だって、読んでいない本から見つかるはずはないから。

「一番理にかなってるのは別の容疑者を見つけることだと思うわ」

　アイダ・ベルがうなずいた。「そうすると不合理ななんとかが生まれるってわけだね?」

「合理的な疑いのこと?」

「それそれ!」アイダ・ベルはご機嫌な顔になった。「あたしたちのために合理的な疑いを見つけておくれ」

「住民を調査して、殺人罪で告発できる人を見つけろっていうの? 秘密の編みものクラブでやればいいじゃない。あなたたち、バナナプディングを食べてから夜の礼拝までのあいだに何か手を考えたはずよ」

　ガーティが首を横に振った。「すべてを知ってるのはアイダ・ベルとあたしだけなの。ソサエティの創設メンバー五人のうち、残っているのはあたしたちふたりだけ。すべての決断はずっと創設メンバーが下してきたんだけど、当面それは変えないつもりよ。でも、あたしたちがシンフル住民を調査するわけにはいかないわ。先入観がありすぎるから。外から来た誰かに関係づけをしてもらう必要があるのよ、陪審と同じような考え方で」

「無理よ。たとえわたしにそういうことをする力があったとしても、危険だと思わない? 殺人罪で告発するために人の弱みを探るなんて」

アイダ・ベルが眉をつりあげた。「おかしいね、あんたは臆病者じゃあ絶対にないと踏んでたんだけど」

たちまちわたしの脈拍が急上昇し、手に力が入りすぎたため、マグカップの取っ手がポキッと折れて、カップの中身がすべてテーブルにこぼれてしまった。ガーティがふきんを取るために勢いよく立ちあがった。アイダ・ベルはこぼれたコーヒーを挟んで向かいに座ったまま、わたしを見つめ……喧嘩を売っていた。

〝かかわり合いになるな〟

モローの声が頭のなかで響く。

わたしは首を横に振りはじめた。

〝人間として最低なのは臆病者だぞ〟

墓場からの声がわたしを引き裂き、モローの懇願を完全にしのいだ。一瞬のうちに、わたしは二十年前の自分に戻ってしまっていた。

「やるわ。でも、予備知識が必要よ。出たとこ勝負でやる気はないから」

ガーティがこぼれたコーヒーの上にふきんをひょいとほうり、手を叩きはじめた。アイダ・ベルがこの朝初めて笑顔を見せた。

「手始めにどうして遺骨がこの家の裏庭に打ちあげられたのか、知りたいわ。どうして何年もたったいまごろになって、どこから流れてきたの?」

「それなら簡単に答えられるわ」とガーティ。「エドガーに掘り起こされたのよ。それで、二週間前に淡水池から水が放水されたときに、バイユーを流れてきてボーンズに見つけられたんだわ」

アイダ・ベルがうなずいた。「あたしもそう思う」

「そのエドガーとやらが掘り起こしたんなら、どうして彼は通報しなかったの?」

ガーティが声をあげて笑った。「エドガーは去年の後半にここを襲ったハリケーンの名前。町中に水が溢れたわ。この家の裏手のポーチからは一週間以上、下におりられなかったくらい。バイユーがそこまで迫ってきてたから。よく太ったバスが籐椅子に打ちあげられてて、何もせずにつかまえられたけど」

アイダ・ベルがうなずいた。「エドガーが来たときは、ありとあらゆるものが地中から出てきた。うちの母親の棺なんて、墓穴からひょっこり現れてメインストリートを流れてきたんだ。あたしは前から言ってたんだよ、あの母さんをおとなしくさせとくことなんてできないってね」

「あなたのお母さん、フランシーンのプディングが大好物だったしね」

わたしはため息をついた。コーヒーがあと何杯も必要になりそうだ。

第7章

「まず最初に別の容疑者を見つけなきゃならないわ」わたしはコーヒーをもう一杯注ぎながら言った。「陪審員が、ハーヴィを殺したかもしれないと考えるような人物。陪審員は先入観を持ってる。だからそれを利用しないと。見た目が怖くて行動がちょっと変、異常なほどの量の銃器を所持している人物を挙げて」

ＣＩＡ工作員は除く。

ガーティとアイダ・ベルが顔を見合わせてからわたしに目を戻した。

「何か問題？」

「それだとシンフルの健康で丈夫な男はほとんど全員当てはまる」とアイダ・ベルが答えた。

「ほんとに？」

「そうね」とガーティ。「カーターは例外。あの子は銃器を持ってるけど、ちょっと癪《しゃく》にさわる感じの魅力があるし」

「癪にさわるっていうのは確かに」わたしは言った。「魅力に関する部分は理解できないけど」

「時間を置いてごらんなさい、ハニー」とガーティ。

そんなことをしている時間はないと答えようとしたそのとき、玄関をノックする音が聞こえた。

「誰か来る予定だったの？」ガーティが尋ねた。

「誰が来るっていうの？　わたしがこの町で知ってるのはあなたたちだけ。それと——」

アイダ・ベルがはっと息を呑み、わたしはキッチンを出て足早に玄関へと向かった。ルブランク保安官助手が正面ポーチに立っていた。でも、いつものちょっと退屈そうな、もしくはおもしろがっているような表情ではなく、怒った顔をしている。

「ガーティとアイダ・ベルと話がしたい。ここに来てるか？」

わたしは後ろにさがり、キッチンに向かって手を振った。地元チームに暗雲。大股に廊下を歩き、キッチンへと入っていくカーターのあとを急いで追った。彼はキッチンの真ん中に立ち、ガーティとアイダ・ベルをにらみつけた。

「マリーはどこだ？」

ふたりが目を丸くした。

「家でしょう？」とガーティ。

「いや。家にはいない。いたら、こんなふうに訊きにこない。さらに、土曜日を最後に彼女を誰も見かけていない。彼女をどこに隠したか話すんだ。話せば、今回は見逃そう」

「でも——」ガーティが返事をしようとしたが、アイダ・ベルの手に口をふさがれた。

「ずうずうしいにもほどがあるね」アイダ・ベルが言った。「ずかずか入ってくるなり、そんなことであたしたちを責めるなんて。それに、たとえマリーが家にいなくても——たとえあたしたちが居場所を知っていたとしても――それのどこが犯罪か、説明してもらおうじゃないか」

「犯罪になる理由はそっちもよく知ってるはずだ」

「実際は」とわたし。「マリーが逮捕されないかぎり、彼女の居場所を知っていて黙っていたとしても、それは罪にはならないわ」

保安官助手はわたしを怒った顔で見た。「あんたは口を出すな」

そのひと言でわたしはキレた。

「あなたはわたしの家でわたしのお客さんを脅迫しているのよ。誰かを逮捕するつもりじゃなければ、出てってちょうだい」

「これは大きな間違いだぞ」彼は言った。「このふたりが何をたくらんでいるにしろ、かかわらないほうが身のためだ」

「このふたりが〝たくらんでいる〟のはコーヒーを一杯飲むことだけよ」わたしは玄関のほうに手を振った。

ルブランク保安官助手はもう一度ガーティとアイダ・ベルを警告の目でにらんでから、立ち去った。玄関ドアをバタンと閉めて。

「ああ、どうしま――」ガーティが言いかけた。

「冗談じゃ――」アイダ・ベルも口を開いた。

「待って！」ふたりが熱くなりすぎる前にわたしがさえぎった。「さっきのすっかり仰天して混乱した顔は、マリーが行方をくらましたのをふたりとも知らなかったって意味？」

「知らなかったわよ」とガーティ。「誓うわ。そりゃマリーは日曜の礼拝に来なかったけど、例の骨が見つかったりあれこれあったから、目立たないようにしているだけかと思ったのよ」

「よくないね」とアイダ・ベル。

「当たり前でしょ、よくないわよ」わたしは同意した。「とことん有罪に見えるもの」

「そうだけど……」とガーティ。

いらいらして、わたしは手を振った。「彼女がたぶん本当に有罪だってことは重要じゃない。重要なのは、マリーが〝わたしがやりました〟って書かれた横断幕を持って走りまわるも同然のことをしていたら、ほかの誰かに疑いの目を向けさせるのは無理ってこと」

「確かに最高の事態とは言えないね」アイダ・ベルが言った。

「最高の事態とは言えない？」わたしはあっけにとられた。「最悪もいいところよ。どっちか、彼女のいそうな場所はわかる？」

ふたりとも首を横に振った。

わたしは怒りがこみあげてくるのを感じ、臆病嫌いをわたしの心に植えつけた父を呪った。アイダ・ベルとガーティを助けることになったのは何もかも、父のせいだし、この町へ来ることに同意したとき、わたしに期待されたこととは無関係だった。これに比べたら、編みものなんて超簡単だ。わたしは深呼吸をし、ふたりとも高齢者で、この田舎町での暮らししか知らないことを忘れないように努めた。むずかしいけれど、そうしなきゃ。

「わかった」とわたしは言った。「困ったとき、マリーは誰に連絡する？」

「娘じゃないわね」とガーティ。「ハーヴィが失踪したあと、養子縁組をした娘がいるんだけど、州外に住んでるし、マリーはあの娘《こ》に心配をかけたくないだろうから。またいとこは、勤め先が保安官事務所ってことを考えると、巻きこみたくないでしょうね」

アイダ・ベルがうなずいた。「ガーティの言うとおりだ。マリーは身寄りが少ない。いまのふたり以外に連絡しそうな相手は、あたしとガーティだけだね。誓っていうけど、ガーティが土曜日に話したのを最後に、あたしたちはどっちもマリーからなんの連絡ももらってないよ」

「いい？　マリーの居所を突きとめて、彼女にみんなの注目を集めるのをやめさせるまでは、ほかに容疑者を見つけようとしても無意味よ。姿を消した理由として作り話をでっちあげることはできるけど、マリーをこの町に連れもどして、自分の口で語らせなきゃなんにもならないわ」

「ハーヴィはナンバー・ツーにキャンプを持ってたわよね」ガーティが言った。「マリーはあそこへ行ったのかしら」

「ナンバー・ツー？」

「この町の北の湿地帯に浮かぶ島」アイダ・ベルが答えた。「ナンバー・ツー・アイランドって呼ばれてるんだよ、島中ひどく臭いから（〝ナンバー・ツー〟は幼児語でうんちの意味）」

「そこへわざわざ出かけていく人がいるの？　テントを張ってキャンプをしに？」

「テントを張るキャンプじゃないよ」アイダ・ベルが言った。「キャンプっていうのは建物で――たぶん小屋と言ったほうが近いね」

「ナンバー・ツーは魚がよく釣れるのよ」とガーティ。「メンソレータムをちょっぴり鼻の穴に塗れば、何時間かは我慢できるわ」

「わたしはパスさせてもらう」たとえ天から槍が降ってこようとも。彼女たちを助けるために湿地に浮かぶ臭い島をほっつき歩くなんて。島のまわりには、この辺で唯一わたしと互角の力を持つ捕食者、アリゲーターがうじゃうじゃいるだろうし。

「パスはなしよ」とガーティ。「マリーを見つけられたとしても、あなたがいなきゃ、シンフルに戻るよう彼女を説得できないもの。あなたはあたしたちにとって最後の切り札なんだから」

「おもしろいわね、わたしがここへ来てたったふつかだってことを考えると。わたしがこの町へ来なかったら、マリーをどうやって助けるつもりだったの?」

「いまごろはブラジルがいい季節だっていうわね」とガーティ。

わたしはため息をついた。ブラジルならフンみたいなにおいもしないだろう。

アイダ・ベルがフォーチュンはナンバー・ツーに行くのにふさわしい服をいっさい持っていないはずだから、まず雑貨店へ行く必要があると主張した。一キロ弱の道のりを、わたしはキャデラックの後部ドアの把手を握りしめて恐怖に耐えることになった。ガーティがおばけセダンのハンドルを握って道路の真ん中を疾走し、ほかの車は彼女を避けるために縁石に寄ったり、私道に入ったりした。

「いい加減におし、ガーティ」助手席に座ったアイダ・ベルが文句をいった。「また眼鏡なしで運転かい。あんた、いつか誰かを殺すよ」

　わたしとか。

「眼鏡ならかけてるわ」とガーティ。

「それは読書用眼鏡だろう」

「あたしに必要なのは読書用眼鏡だけよ」

「ドクター・モーガンはそうは言ってないよ」

　ガーティが顔をしかめた。「ドクター・モーガンに何がわかるっていうの？　あたしはあの人のおしめを替えてやったのよ。それがいまはあたしに老眼ですよなんて言いだす始末。ふん、あたしは老眼なんかじゃありません。読書だってまったくなんの問題もなくできてたんだから、あの人に言われて読書用眼鏡をかけるまでは。いまじゃこれをかけてないと缶詰のラベルも読めやしない」

　アイダ・ベルはわたしを振り向いて目をまわしてみせた。「ああ、それは確かだね――眼鏡のせいでますます見えづらくなってるんだよ」

　ようやく、車は雑貨店の前に到着し、わたしは安堵のため息をつきながら店内に入った。島まで船を操縦するのがガーティじゃありませんように。年配のがっしりした男性が、店の奥のカウンターからわたしに声をかけた。

「いらっしゃい。あんたがマージの姪っ子だね。おれはウォルター。この店の主人だ」

　身長百八十二センチ、体重百キロ前後、視力よし、でも高コレステロール。

「はじめまして、ウォルター」わたしはあいさつした。

彼はうなずいた。「あんたのためにいくつか品物を用意しといたよ」

ガーティとアイダ・ベルを振り返ると、ふたりとも首を横に振った。

「品物って、どんな?」

彼は棚の下から消音ヘッドホンを出してカウンターに置いた。「これを見つけるのに倉庫をひっくり返さないとならんかった。シンフルのハンター相手にはあんまり需要がないんだが、ひとつは置いてたもんだからね。少々埃をかぶってるが、品質はいいよ」

次にかがんで段ボール箱をひとつ抱え、それもカウンターに載せた。「きょう必要なものは一式そろえておいた」

箱のなかをのぞくと、腰まである防水長靴《ウェーダー》、軍手、迷彩柄のパンツとTシャツ、ロープ、狩猟用ナイフ、そしてライフルが入っていた。

わたしはウォルターを見あげた。「あなたのこと好きよ」

ウォルターは声をあげて笑い、アイダ・ベルの顔を見た。「女性がみんなこれぐらい簡単に喜んでくれるといいんだが」

アイダ・ベルがカウンターまでずかずか歩いてくると、ウォルターをにらみつけた。「この若い娘《こ》に関する情報を、誰から手に入れたのか教えな」

わたしがウォルターの顔を見ると、彼はウィンクしてみせた。「たぶん」わたしは言った。

「ルブランク保安官助手からじゃないかしら」

「当たりだ」とウォルター。「きのう、あんたと蛙の件で笑いながらここへ来た。しかし、きょうは笑ってなかったぞ。マリーが姿を消したってかんかんに怒ってた」

「それなら今朝、この目で見ました」わたしは答えた。

「そんなわけで、マリーが姿を消して、アイダ・ベルとガーティがコーヒーの時間よりもずっと早くにあんたのとこにいたんなら、何かくだらんことを無理やり手伝わせるつもりだろうと踏んだのさ。ハーヴィはナンバー・ツーにキャンプを持ってたからな、ふたりはあんたをあそこへ連れていくつもりだろうと思ったわけだ」

レジから請求書を一枚取り出し、アイダ・ベルに渡した。「ヘッドホン以外はあんたにつけといたよ、〈シンフル・レディース〉の用事に使うもんだろうから。おれのボートに給油して店の裏につけといた。ガソリン代もあんたのつけにしてある」

彼は二枚目の請求書をわたしに差し出した。「これはヘッドホン代。サインしてくれれば、また買いものに来たときに一緒に払ってもらうんでいい。ナンバー・ツーには風が強くなる前に行ったほうがいいよ。おまけとしてメンソレータムを入れといた。あんたに同情してるんでね」

わたしはウェーダーほか一式が入った箱にヘッドホンも入れた。「わたしも自分に同情するわ」

店の裏口から外へ出て、船着き場へと歩いていくアイダ・ベルとガーティのあとを追った。

「まったく口の達者な男だね」アイダ・ベルが文句をいった。

「まあね、あなたはウォルターのプロポーズを四十年以上も断りつづけてきたんだから」とガーティ。「彼が癪にさわることを言いだすのは時間の問題だったでしょ」

四十年！　わたしは何に対してもそこまでの関心を抱いたり、夢中になったりすることがない。

「ウォルターはよくわかってるはずだよ、ああしろこうしろって命令するような男を、あたしが四六時中そばに置いとく気になるわけがないってね。四十年たっても〝ノー〟の意味がわからないとしたら、それはあの男の責任だ」

わたしはちっちゃなアルミボートが浮かんでいるのを見て、天を仰いだ。どうか救命胴衣が積んでありますように。「ええと、操縦は誰がするの？」

「あたしだよ」とアイダ・ベル。

ガーティが文句を言おうとしたが、アイダ・ベルが片手をあげて制した。

「文句はひと言も聞くつもりはないからね。眼鏡を持ってきたら、またあんたの操縦で乗ることを考えてやってもいい。でも、それまでは絶対やなこった」

ガーティが胸の前で腕を組んだ。「それなら、今晩の会合には歩いていくつもりなのね」

「あたしもあたしのウオノメも、二ブロックぐらいなんとかなるよ」アイダ・ベルはわたしを見た。「その装備は箱に入れといたってなんにもならないよ。店に戻って着替えてきな。そしたら出発だ。ナンバー・ツーのかぐわしい香りは気温があがると強くなるからね」

すばらしい。

店までとぼとぼ戻りながら考えた。こんな目に遭うなんて、わたしがいったい何をしたというのだろう。スパイクヒールで武器商人の弟を殺したんだった。それを思い出すと何もかももう一度納得いった。これがカルマというものなら、今後は絶対に間違った人間を殺さないようにしよう。

「試着室は左だよ」わたしが店に入っていくと、ウォルターが新聞から顔もあげずに大きな声で言った。

試着室を見つけ、迷彩柄のパンツ、Tシャツ、腰までのウェーダーを身に着けてから、鏡で自分の姿を確認した。生まれてこの方、こんなにばかばかしい光景を目にするのは初めてだ。腰までのウェーダーはピエロの衣装みたいにふくらんで見え、迷彩柄のサスペンダーまでついている。あとはウェーダーにチワワのひと腹子を突っこんで歩きまわりさえすれば、第二のキャリアをスタートできる。

試着室から出て、まっすぐカウンターまで歩いていった。ウォルターが新聞をおろし、わたしを頭から足の先まで眺めてやれやれと首を振った。

「本当にこれが湿地に最適な格好なの？　ジーンズにゴム長靴を履いていくだけじゃだめ？」

「湿地にはところどころ流砂みたいな場所があってな。ふつうの地面に見えるんだが――足を載せたとたん、優に一メートルぐらい沈んじまうんだ。ゴム長なんかじゃ、三メートルも歩かないうちに泥穴のなかで片方なくすことになる。そのウェーダーなら、腰までの深さの穴にはまらないかぎり大丈夫だ」

「走ったりしなきゃいけなくなる可能性はないわよね？　この格好だとすごく動きにくいんだけど」

ウォルターは二秒ほど眉を寄せてから首を横に振った。「暴れ者のアリゲーターに遭遇する可能性はつねにある。だが、フランシーンの店までの走りっぷりを聞いたしな、あんたはアイダ・ベルやガーティよりすばしっこいほうにおれは賭けるよ。アリゲーターも三人まとめては食えないから、あんたは走ることを心配する必要はない」

冗談を言っているのだと思って彼の顔を見つめたが、ウォルターは新聞を持ちあげて風刺漫画の続きを読みはじめただけだった。やれやれ。わたしは無情な人間だと思ってたけど。ひょっとするとウォルターは、アイダ・ベルが考えているよりもプロポーズを断られたことで頭にきているのかもしれない。

わたしは装備品入れをカウンターに載せた。「いま必要ないものは置いていって、戻ったときに引き取るのでもいい？」

「いいとも。カウンターのこっち側に入れとくよ」

「ミラーサングラスなんて置いてないわよね？」

「あるよ。ただ、ボートに乗る人間は偏光サングラスのほうを好むな」

「ボートの上で長時間過ごすつもりはないの。だからミラーサングラスでいいわ」それに相手に気づかれることなく、人をじっくり観察できるから。

ウォルターはカウンターの奥の抽斗をごそごそ捜してサングラスを見つけてくれた。わたしはそれを額の上にあげ、装備品の箱をかきまわして、必要になるかもしれないものを迷彩柄パンツのポケットに入れた。ライフルに弾を詰めはじめてから手を止めた。

「装備にライフルを入れてくれたのはほんとにありがたいんだけど、逃げながら発砲する必要に迫られたら、拳銃のほうが便利じゃないかしら」

ウォルターは新聞をさげてわたしの顔を見つめ、眉を片方つりあげた。「テレビの刑事ドラマのファンか?」

「かもね」ふつう司書が使えないはずの武器を欲しいと言ってしまったヘマが、この返事でごまかせるよう祈った。

ウォルターが目をすがめてわたしを見たので、一瞬ごまかせないかと不安になった。

「あんたみたいに若くてかわいい娘が拳銃について何を知ってるんだ?」

「都会に住む若くてかわいい娘は、暗くなったら護身の手段なしに買いものに行けないのよ」

ウォルターがさらにもうしばらくのあいだわたしの顔を見つめたので、目をそらさずにいた。とうとう彼はため息をついてカウンターの下から拳銃を一挺引っぱり出した。

「拳銃を売るには、あんたの身元調査をする必要がある。十分以内に確認できるわけはないし、あんたはマージの身内だってことを考えて、おれの拳銃を貸すことにしよう。だが、これをなくしたり、アリゲーター以外のもんを撃ったりしたら、これはあんたに盗まれたって証言するからな」

「いいわ」ライフルは装備品入れに戻し、拳銃を受け取った。「あなたもナンバー・ツーって島のこと知ってるのよね？」

「ああ。あそこに釣り用の小屋を持ってる」

「何か特に気をつけなきゃならないことってある？」

ウォルターは鼻を鳴らした。「ああ。あのふたりとボートに乗ることだな」

わたしは迷彩柄パンツに拳銃を突っこみ、気が変わらないうちに店をあとにした。いまにも彼に賛成してしまいそうだった。

アイダ・ベルがちっちゃなアルミボートの船尾に船外機と並ぶようにして腰をおろしていた。救命胴衣を着て船の中ほどのベンチに座っているガーティが、船着き場へと歩いていくわたしを目をすがめて見た。

「もっと大きなボートを借りられないの？」わたしは訊いた。

「これより大きなボートは水路《チャンネル》に合わないんだよ」アイダ・ベルが答えた。

「このボート、ほんとに安全？」

アイダ・ベルがいらいらと手を振った。「いいから乗って、舳先のほうに座りな。なかで踊るつもりじゃなければ、なんの問題もないよ。それと、このボートを岸から押し出してくれないか」

わたしは不安定そうな銀色の物体を見て躊躇《ちゅうちょ》したが、すぐに自分を叱りつけた。ボートが発進するところなら映画で何度も見てるでしょうが。大丈夫よ。

太い杭から舫《もや》いを解き、足で舳先をちょいと押した。停めてあったぬかるみが滑りやすかったにちがいなく、ボートは後ろへ勢いよく動いた。大慌てで、わたしは船首の平らな棚板の上に飛び乗った。ウェーダーをはいていたため、柔道の構えの姿勢で静止する格好になった。

ガーティが満面に笑みを浮かべて拍手した。「すばらしいわ。バイユーに落ちるとばかり思ったのに。落ちたら、あなたを引っぱりあげて、新しいウェーダーを買わなきゃならなくなるところだった」

すばらしい。二十五年にわたる武術の訓練のおかげで、バイユーでおばあさんを楽しませることができた。父はきっと誇らしく思うだろう。

「ウェーダーは防水かと思ったけど」わたしは言った。「どうして水のなかに落ちたら買い換えなきゃいけないわけ？」

「水を漏らさないからだよ」アイダ・ベルが答えた。「ウェストより上まで水につかったとたん、ウェーダーが満杯になって、体が石みたいに沈むんだ。そうなったら、ウェーダーを脱いで捨てるしかなくなる。あとは新しいのを買うしかない」

「そういうことってよくあるの？」

「たぶんあんたが知りたくないほど頻繁にね」

「うーん」

「座ったらどうだい？」アイダ・ベルが訊いた。「さもないと、あんたがジャッキー・チェンのボンネット飾りみたいに突っ立ったまま、バイユーを飛ばしていくことになるんだけどね」

わたしは棚板からおりて船首のベンチに腰をおろした。そうしてよかった。次の瞬間にはアイダ・ベルが船外機のスロットルをひねったので、ボートは水面から優に五センチは浮きあがり、一秒もたたないうちに三メートルほど前に飛び出していた。船底にしっかり足をついていなかったら、顔からアルミ板に倒れこんでいただろう。

いっぽう、ガーティはそれほど運がよくなかった。ショットガンを抱えたまま後ろ向きにベンチからひっくり返り、ウォルターの船着き場の照明を撃ち抜いた。振り返ると、ウォルターが店の裏口に立ち、首を振っていた。

「これもあんたにつけとくからな」店からボートをぐんぐん遠ざからせるアイダ・ベルに向かって、ウォルターは叫んだ。

アイダ・ベルの両親がお金持ちだったか、本人が財を成してから隠退生活に入っているよう祈った。さもないと、彼女はつけを清算するためにウォルターのプロポーズを受けなければならなくなるかもしれない。

わたしは立ちあがるとガーティのところまで二、三歩よろけながら移動し、ショットガンを受け取ってから、彼女がもう一度ベンチに座るのに手を貸した。「これはわたしが預かっておくわ」ショットガンをあごで指しながら言った。

「もう弾が込めてあるなんて」ガーティが眉をひそめてアイダ・ベルを見た。「ショットガンに弾を装塡したままにしておく人がどこにいる?」

「ここにいるよ」アイダ・ベルが答えた。「あたしは先週手首をくじいたもんで、反応時間が遅くなってるんだ」

ガーティが納得した顔になった。「それならそう言ってよ」

ウォルターの警告が正しかった気がしてきた。

「ところで、ナンバー・ツーまではどれくらい？」

「こんだけ凪《な》いでると、二十分はかからないだろうね」そう言いながらアイダ・ベルは波を勢いよく乗り越えたので、わたしの歯がカチカチ鳴った。

「ハーヴィのキャンプは岸辺に建ってるの？」お願い、お願い、そうでありますように。

「この時間だとだめだね。引き潮だから、ハーヴィんとこの桟橋に着けるには水位が低すぎる。五百メートルぐらい歩かないとならない」

思いきりため息をついた。すでに一日分活動した気がしているのに、これからまだぬかるみを歩いていってマリーを見つけ、シンフルへ戻るよう説得し、嫌だと言ったら引きずって帰り、彼女がナンバー・ツーに隠れていた説得力のある理由をでっちあげ、そして彼女以外にハーヴィ殺しの容疑者となる人物を見つけなければならない。

核弾頭を無効化するほうが簡単だろう。

第8章

ナンバー・ツーは見えるよりも先ににおった。それはわたしがボートに後ろ向きに座っていたからだと言いたいところだが、現実にはナンバー・ツーの芳香はボートが狭い水路を曲がって島がはっきり見えてくるよりも先に鼻まで漂ってきた。

怖気《おぞけ》に襲われたところで、ガーティがポケットからメンソレータムを取り出すのが見えた。わたしもウォルターからもらったことを思い出し、迷彩柄パンツのポケットからメンソレータムの容器を取り出した。指でちょっとすくって、鼻腔に塗ってから軽く息を吸った。

もう少しで気絶しそうになった。

ボートが水路を曲がると、わたしはこんな悪臭をまき散らせる場所はいったいどんなところかと振り向いた。切り株だらけの小さな湖の先百メートルほどのところに泥とイトスギから成る島が見えたので愕然とした。風はそよとも吹いておらず、つまり悪臭はその源《みなもと》から百メートル以上にわたって立ちこめているということだ。アイダ・ベルが速度をほとんどゼロにまで落として、切り株を左右によけながら進んでゆく。

この島に隠れたマリーの賢明さがわかってきた。頭の正常な人間なら、こんなところに足を踏み入れようとは思わないだろう。

メンソレータムにもう一度指を突っこみ、今度はたっぷりすくい取って、それを鼻腔に塗りつけた。試しにもう一度においを嗅いでみてから、鼻ごと容器に突っこんだ。

「いつもはここまでひどくないのよ」とガーティ。

「どうしていまはここまでひどいの？」

「夏だから。暑さのせいで香りの熟成が進んでしまうのよ。たいていの人が来るのはもっと涼しくなってから。とっても大きなカワマスが釣れるのよ」

「金メッキされた魚が獲れようとかまわないわ。わたしはここには二度と来ない」

「ナンバー・ツーで一日過ごしたあと、あたしたちがやる夜通しのフィッシュ・フライ・パーティに参加したら、考えが変わるわよ」ガーティが言った。

「頭が麻痺するくらいの量のビールがなければ、ありえないわ」

アイダ・ベルが鼻を鳴らした。「あるに決まってるじゃないか。ビールなしでフィッシュ・フライを食べる人間がどこにいる?」

わたしは眉をつりあげた。「南部のバプティスト信者とか?」

アイダ・ベルがばかばかしいというように手を振った。「それは表向きの話。〈シンフル・レディース〉じゃ関係ない」

ガーティはうなずいてにやにやした。「バプティストが釣りにいくとき必ずふたりで行くのはなんでか知ってる?」

「見当もつかないわ」

「ひとりで行ったら、ビールをひとりで全部飲んじゃうから」ガーティはベンチに座ったまま、体をふたつ折りにしなければならないほど大笑いした。

アイダ・ベルがぐるりと目をまわした。「この冗談はガーティと同じくらい古いんだけどね、いまだにウケずにいられないみたいなんだよ」

「それじゃ、確認したいんだけど」わたしは言った。「あなたたちにはアルコール禁止とか、さまざまな宗教的な規則があるけれど、それを守るのは建前だけってこと？」

「まあ、要約するとそうなるね」とアイダ・ベル。

「でも、主はお見通しでしょ？」

「ああ、ばかばかしい」アイダ・ベルが答えた。「ビールを飲んだからって主は気にしたりしないよ。ああいう規則は人間が本当にまずいことをしでかさないよう、人間によって作られたものだ。酔っ払いはばかな決断をするからね。酒を飲まなければ、ばかをしでかす確率が低くなる」

だいたいにおいては彼女の言うとおりだと思う。でも、自分が完全にしらふのときにばかなことを山ほどしてきたので——いまこの瞬間もその一例に入る——この話は追及しないことにした。宗教は概して男性によって組み立てられたものであるいっぽう、わたしはいまだ論理的な男性に会ったことがない。宗教的な規則を打ち破ろうとすれば、狂気の行程になるのは間違いない。

「もうすぐだ」アイダ・ベルが言った。「フォーチュン、桟橋の杭をつかんでボートを梯子《はしご》のところまで引っぱっておくれ」

振り向いたとたん、わたしは木の杭に顔面からぶつかりそうになった。殺人の訓練を受けた人間の反射神経がなかったら、そのままぶつかっていたはずだ。でも、わたしは両手を顔の前にあげて杭を押さえた。ボートが停まるとロープに手を伸ばし、桟橋に舫《もや》った。

「よくやった」アイダ・ベルが感心した様子でうなずいた。

「もっとちゃんと警告してくれたらありがたかったわ」

「はん。油断しないようにさせてるんだよ。いつ何時ここから速攻で脱出しなけりゃならなくなるかわかんないからね。いい気になってるとろくなことがない」

「信じてちょうだい、ここからは光の速さで帰るつもりだから」そう言って、わたしは梯子を登りだしたものの、板がはずれかかったところにウェーダーの一番上が引っかかってしまった。アイダ・ベルとガーティはただ突っ立って、わたしがゴム素材と腐った木材と格闘し、しまいには桟橋からその板をまるごともぎ取るのを眺めていた。

「わかったわ、ひょっとしたら音速になるかも」わたしは桟橋まで登った。

「ひょっとしたら、彼女に言っておくべきだったかもしれないわね、島の反対側でバナナプディングが待ってるって」ガーティが言った。

わたしは手を伸ばしてガーティからショットガンを受け取ったが、反論はしなかった。きのうメインストリートを疾走したのはバナナプディングのためじゃない。きのうまで、わたしは本物のバナナプディングがどんなものかも知らなかった。メインストリートを疾走したのは、戦いに背を向けられない性分だからだ。わたしにとって大事なのは一番でゴールすることだった。バナナプディングは結果的にすてきなおまけになったけれど、教会にテニスシューズを持っていったのはそのためじゃない。

ショットガンを桟橋の床に置き、ガーティに手を貸そうとしたが、彼女はすでに梯子を登り終え、そのすぐ後ろにアイダ・ベルが続いていた。どうやらふたりは〝ウェーダー着用登攀《とうはん》〟

のノウハウを教えこまれているらしい。でもふたりがやすやすと登ってこられたのは、あの腐った板がすでにもぎ取られていたからだと考えて、わたしは自分を慰めた。

わたしがショットガンを床から拾うより先に、ガーティがそれをすばやく取りあげ、そう簡単に手放さないわよという目でこちらを見た。装塡ずみの銃を持ったお年寄りと取っ組み合いをするつもりはなかった。とりわけ厩肥《きゅうひ》の島の上では。わたしの運のよさからすると、ガーティがボートに穴を開けて、三人そろってここに足止めを食うことになるのが関の山だ。

「次はどこへ?」わたしは尋ねた。

アイダ・ベルが左を指した。「あっち。キャンプは川沿いにある……まあ、水があるときはって意味だけど。土手をたどっていけば入口に出る」

わたしはうなずき、桟橋からおりて、家の裏手にあるバイユーと同じ真っ黒な泥のなかに足を踏み入れた。べたつく泥から足を引き抜き、もう少し硬い地面まで苦労して登った。アイダ・ベルがぬかるみをのろのろと進んで横を通り過ぎ、左の土手を歩きはじめた。ガーティが彼女のあとに続くのを待ってから、わたしもふたりについていった。

「ところで、マリーが帰りたくないって言ったらどうするの?」歩きながら尋ねた。

「それは選択肢にない」口調から、アイダ・ベルがとことん本気であるのは疑いの余地がなかった。

「彼女がいなかった場合は?」

「ほかにどこにいるって言うんだい? ハーヴィのボートが消えてた。マリーが沖釣りに出たとは考えられない。なにしろ、マリーは魚を食べないからね」

「ハーヴィのボートが消えてたって話はしてくれなかったじゃない」

「カーターが今朝あんたのところに乗りこんでくるまで、確認しようと思わなかったんだよ。ガーティが〈シンフル・レディース〉のひとりに電話して、あんたが出かける用意をしているあいだにそのメンバーが確認したってわけ」

「それでもしマリーがボートに乗ってここに来たなら、どうして桟橋にそれが繋留されてなかったわけ？」

「たぶん島の反対側にまわったんだろう、向こう側のほうが藪が茂ってて岸の近くにボートを隠せるから」

「虐待されるがままだった主婦にしては、ずいぶん賢いわね」

「長年のあいだにあたしたちがいくつか教えたことがあったかもしれないわね」ガーティが言った。「もしものときのために」

「夫を殺して身を隠す必要が出たときのために？」

「まさか！　まったく、なんてことを考えつくんだか。ハーヴィがいつにも増して手荒になって、マリーがしばらくのあいだ隠れる必要が出てきたときのためよ。ハーヴィは隠されたボートを捜すほどの頭もまめさもなかったわ。桟橋を調べただけで、マリーはいないと決めつけたはず。あの男がエネルギーを注いだのは、ほかの女の尻を追いかけることだけだったから」

「それならどうしてマリーはハーヴィと別れなかったの？」

「お金のためよ、もちろん。マリーにはいわゆる〝手に職〟ってものがなかったし、彼女の両親は貧乏だったしね。ハーヴィの家族がマリーにサインさせた婚前契約はまったく隙がなくて。ハーヴィの家を出るなら、着の身着のまま出ておしまいってわけ」

「でも、あなたたちが力になったはずでしょ」

「もちろんよ。数えきれないほど何度も手を差しのべたし、かなり粘り強く説得を続けた友達もいたわ。でもマリーはチャーリーのことがあるから耳を貸そうとしなかったの」

「チャーリーって？」

「マリーの弟よ」ガーティは答えた。「お母さんにとっては思いがけなかった子で、マリーとはずいぶん年が離れてたんだけど。あたしが若かったころは、チャーリーみたいな子を〝にぶい〟って言い方をしたわね。もちろんいまは自閉症だってわかってるけれど。トレーニングを受けてからはかなりいろんなことができるようになったものの、マリーが治療を受けさせるまでは本当に惨めな生活を送っていたのよ」

事情がわかってきて、わたしは眉を寄せた。「それでマリーがチャーリーの治療費と生活費を負担していたというわけね」

「当然でしょ。マリーはチャーリーをこの世で一番愛してるんだから。無理もないわ。チャーリーはこれ以上ないくらいかわいいの。でも、いろんな先生に診てもらうにはお金がかかるし、あたしたちじゃチャーリーに治療を続けさせるのは無理だった。生活に困らないお金はあっても、ハーヴィみたいな大金持ちじゃないから、こっちは」

わたしはフーッと息を吐いた。マリーがハーヴィ殺しで有罪になったら、おそらく法廷は相続財産を存命中の一番近い血縁者に与えてしまうだろう。

夫に虐待されていたというだけでもマリーをかわいそうに思っていたのに、ほかに選択肢がなかった——少なくとも経済的に可能なものは——とわかったことで、わたしはかつてないほど深く彼女に感情移入していた。自閉症の弟の面倒を見るために長年人でなしと暮らしてきたなんて。そのままテレビ映画になりそうな話だ。

マリーは英雄であって悪役じゃない。これからはアイダ・ベルとガーティの力になることに文句を言うのはやめよう。ふたりとも根が親切なのは間違いない。マリーが刑務所へ行かずにすむなら、奮闘するだけの価値があるし、わたしの親類ということになっている女性の遺品を整理する仕事より、ずっと意味があるのは確かだ。

わたしは腕時計を見た。十五分近くたっている。そろそろ着いていいはずだ。そう考えたちょうどそのとき、角を曲がったところにキャンプが建っているのが見えた。

わたしの砂漠での経験からすると、キャンプと呼ぶには高級すぎたが、湖畔の家と呼ぶにはぞんざいな作りだし、荒れていた。〝ホラー映画に出てくる丸太小屋〟というのが、わたしが思いついたなかで一番ふさわしい表現だった。木の壁は風雨で傷み、ところどころたわんでいる。嵐にならなくてよかった。さもなければ、マリーは小屋のなかを泳がなければならなかっただろう。

一枚のベニヤ板を——下手に——くっつけただけの入口まで歩いていった。なかから物音は聞こえなかったし、マリーは悪人じゃないとかなり確信していたけれど、それでもアイダ・ベルがドアを押し開けた瞬間はウェストバンドのそばに手を構えた。

「誰もいない」アイダ・ベルが打ちのめされた声で言った。

即座にわたしは腕から力を抜いて脇に垂らした。アイダ・ベルとわたしが一緒になかに入り、ガーティがあとに続いた。なかも外と同じくらい荒れ放題だった。傾いた木のテーブルが片隅に置かれ、欠けた食器やコールマンのバーナーが載っている。テーブルの反対の隅にはしわくちゃの毛布が何枚も積まれた寝台。テーブルの上の間に合わせに作ったような棚には、箱入りの乾物や豆やコーンの缶詰が載っていた。土間にはゴミが散らばっている。

「打ち捨てられた感じね」わたしは言った。

「長いこと誰も使ってないからね」アイダ・ベルが答えた。「マリーは昔から釣りが好きじゃなかった」

「こういうところでは食べものを年中出しっぱなしにしておくの？」

「基本的な食料はたいていね。腐らないものなら」

「動物被害はないの？　この小屋は守りが堅いとはとうてい言えない。動物が入ってきて食べられたりしない？」

アイダ・ベルは首を横に振った。「ナンバー・ツーに動物はいない。鳥も舞い降りないくらいだ」

ため息をこらえた。先見の明のなさの典型。動物が近くに来ないから、小屋を建てるのにいい場所だと考えるなんて。

「さてと、おふたりさん」わたしは言った。「ハズレだったみたいね。マリーはここにはいないわ」

アイダ・ベルが眉をひそめた。「ああ。でも最近、ここに来たのは確かだ」

わたしは勢いよく振り向いて彼女を見つめた。「どうしてそんなことがわかるの?」

「毛布だけはほかのものみたいに汚れてないからだよ」

わたしは毛布を一枚取りあげてにおいを嗅いでみた。確かに、鼻腔を満たしたのは柔軟剤とメンソレータムのにおいだった。

「この島で彼女がほかに行きそうなところってある?」

「ここはハワイかどこかじゃないんだよ」とアイダ・ベル。「ほかの場所も変わんないよ――くたびれたキャンプと泥とイトスギがあるだけ」

「あたしたちが来るのが聞こえて逃げたのかも」ガーティが可能性を述べた。

わたしは表に戻り、小屋の外を調べた。「残ってるのはわたしたちがここへ来たときの足跡だけよ。空を飛べないかぎり、マリーがここを出てから、泥が満ちてきて足跡が消えるだけの時間がたってるわ」

アイダ・ベルがうなずいた。「つまり満潮になる前だね。最後の満潮は八時間ほど前だ」

「ただ、夜中にここを出たとは考えられないわ」わたしは言った。「だから、きのうの夜よりも前と見るのが無難でしょうね」

「そうだね」アイダ・ベルが賛成した。

「それなら、いまはどこにいるのかしら？　あなたたちならこの臭い泥沼以外にも候補を思いつくはずよ」

ガーティが両手をあげた。「さっぱりわからないわ」

「ふたりとも？〈シンフル・レディース・ソサエティ〉には絶大な権力と強みがあるようなことを言っておきながら、ふたりそろってマリーの居場所をまったく思いつけないわけ？」

ガーティが首を横に振った。「言ったでしょ、ほかのメンバーにこのことは話してないって。ことを荒立てたくなかったから」

わたしは目をすがめてふたりを見た。「それじゃ、こう信じろってわけね、あなたたちは土曜日の夜の会合で編みものをしていた——日曜日の礼拝のあともそうしてたって話だったけど」

「日曜日は本当に編みものをしたわよ」とガーティ。

「でも土曜日の夜は違った？」

ガーティの後ろめたそうな表情がそのとおりであることをすっかり露呈していた。アイダ・ベルがガーティをちらりと見てため息をついた。

「人殺しは絶対にやめておきな」彼女はガーティに言った。「犯人はあんただって誰でもすぐに見抜けるからね」

「やっぱり。土曜の夜に編みものはしてなかったのね」

「ああ」とアイダ・ベル。

「それなら、そこまで秘密にしなきゃいけないどんなことをしていたの?」

「酒の密造」

わたしは唖然とした。「冗談でしょ」

「いいや」

「密造酒? 禁酒法時代と白人労働者《レッドネック》と茶色の瓶《ブラウンジャグ》みたいな?」

アイダ・ベルが胸を張った。「違法だったのはずいぶん昔の話だよ。あたしたちはレッドネックにはほど遠いし、密造酒はみんなかわいいピンクの咳止めシロップの壜に入れてる」

日曜日の礼拝の前にガーティが咳止めシロップをごくごく飲んでいたことが思い出された。

「ガーティったら教会で酔っ払ってたの?」わたしは訊いた。

「まさか」とガーティ。「礼拝前に咳止めシロップをちょっとだけ飲むのはね、ドン牧師の退屈な説教と、なんでも調子っぱずれに歌う聖歌隊に耐えるためよ。別に浮かれ騒ぐわけじゃなし」

「牧師さんはあなたたちが教会で咳止めシロップを飲むことについてどう考えているのかしらね?」

「おかげであたしたちが咳きこまずにすむと考えてるんじゃないかね」アイダ・ベルが険しい目でわたしを見た。「あんた、開拓時代の女たちがみんな、差しこみやら頭痛やらをただ我慢したと思ってるのかい? みんな、アヘンチンキを持ち歩いていたのさ。理由はわかるだろう

——男どもは女のすることにまるで関心がなかったからさ」

「でも、あなたたちはみんな独身でしょ」

ガーティの顔がぱっと輝いた。「あら、毎年教会のバザーで咳止めシロップを売るのよ。シンフルに住む女性はひとり残らず、一、二ケース持ってるはずだわ。十年連続で教会への献金額ナンバー・ワンなんだから。フランシーンのバナナプディングを上まわってるのよ」

アイダ・ベルがうなずいた。「シンフルの離婚率はあたしたちが咳止めシロップを売りだしてから二〇パーセントさがったんだよ」

わたしは最後にもう一度小屋を見てやれやれと首を振った。「マリーには二倍の量をあげるべきだったかもね」

第9章

桟橋まで戻る道のりは小屋に向かったときの二倍時間がかかったように感じられた。気温があがるにつれ悪臭がますますひどくなったのは確かだが、時間がかかった理由は別だったと思う。

ガーティとアイダ・ベルは心配していた。それもひどく。密造酒の話をしたのはそのことを隠すためだ。たぶん自分たちが小屋で不安そうに視線を交わしたり、そわそわしたりしていることからわたしの気をそらそうとしたのだろう。でも、わたしは見逃さなかった。人の行動は何ひとつ見逃さないからだ。それができないと、わたしの仕事では命の危険につながる。

状況はマリーにとってますます不利に見えてきた。この時点でわたしに提案できることは何ひとつない。

わたしたちは一列になって桟橋に向かった。ただし今度はわたしが先頭を歩き、ガーティとアイダ・ベルは遅れがちだった。土手沿いに歩きながら、ふたりは低いひそひそ声で話をしていたが、わたしは耳を澄まそうともしなかった。事態はどう見ても殺人事件の裁判が行われる方向へ向かっており、わたしが一番避けなければならないのは、その騒ぎに巻きこまれることだった。たぶん、これ以上何も知らずにいるほうが望ましい。

最後の曲がり角を曲がると、桟橋まで残り二十メートルほどだった。わたしは桟橋にあがったところで、ガーティとアイダ・ベルに手を貸すため、後ろを振り返った。ふたりは五、六メートルほど後ろにいたが、アイダ・ベルのしかめ面とガーティのひどく心配そうな顔を見ると、わたしは今度のごたごたのことを考えてあらためて気分が落ちこんだ。

開豁地《かいかつち》の反対側で沼草がかすかにこすれる音が聞こえ、振り向いた瞬間、アイダ・ベルとガーティの背後の茂みからアリゲーターが飛び出してきた。信じられないほどの速さで。わたしは叫び声をあげて拳銃に手を伸ばしたが、ウェーダーの下からそれを引っぱり出すよりも先に、アイダ・ベルが突進してくる怪物の進路からガーティを突き飛ばし、自分もくるりと身をかわして拳銃を引き抜いたかと思うと発砲し、アリゲーターの後頭部にある例の二十五セント硬貨程度の大きさの急所に命中させた。

三メートルほどもあるケダモノが地面の上でぐったりした。あごを大きく開けたまま。

「びっくりした!」わたしは叫び、ぼうっとしているガーティを助け起こしに走った。

アイダ・ベルを見やると、拳銃を静かにウェストのホルスターにおさめるところだった。

「この目で見なかったら、信じられなかったわ」わたしは言った。

アイダ・ベルは肩をすくめた。「一生バイユーをうろつくつもりなら、身に着けとかなきゃいけない技能ってものがあるんだよ」

「ふざけてるの? わたしはスナ――えーと、腕利きのハンターに会ったことがあるけど、彼らだってあんなふうに命中させられないわよ」〝スナイパー〟と言ってしまうのをなんとか防げてほっとした。ミスコン女王の司書がスナイパーに会うことはあまりないだろう。少なくともそれと知りながらは。

わたしはガーティを見て、アイダ・ベルが冗談を言っているのかどうか確かめようとした。アイダ・ベルはショック状態にあるのかもしれない。三人そろって殺されるのではないかという恐怖に襲われ、最高に運のいいまぐれ当たりを命中させたのかもしれない。ただし、正直にそう言ってガーティを怖がらせたくないとか。

「いまのはまじめな話?」わたしはガーティに向かってささやいた。

アイダ・ベルはまったく無頓着な様子でわたしの横を通り過ぎ、桟橋にあがるとボートの舫《もや》いを解いた。「父親に射撃を仕込まれたんだよ」彼女は言った。「教え方がきびしい人でね」

わたしの胸に痛みが走った。「ああ、わかるわ」

「お父さんはあなたが小さいときに亡くなったんじゃなかった?」ガーティが尋ねた。

「ええ。でも、父に認めてもらえなかったことは、いまだに心に残ってるの」

ガーティはアイダ・ベルをちらりと見た。アイダ・ベルはボートに飛び乗ってモーターをいじり、この話を故意に避けようとしていた。「アイダ・ベルのお父さんはきびしい人でね。息子が欲しかったんだけど、アイダ・ベルのお母さんは娘を産んだときの合併症で、それ以上子どもが産めなくなってしまって」

嘘でしょう。アイダ・ベルとわたしは四十年違いで生まれた双子みたいだ。

わたしは何も言わなかった。口を開いたら、二十年以上ためこんだ失望と怒りが溢れ出し、わたしたち三人を呑みこんでしまいそうだったからだ。でも、いまのガーティの話を聞いて、アイダ・ベルがいい男《ひと》そうなウォルターとも誰とも結婚しようとしないわけが理解できた気がした。

アイダ・ベルが手ぶりで早くしろと促した。「ふたりとも、一日そこに突っ立ってあたしの悲惨な子ども時代をネタに無駄話をしてるつもりかい?　それともこの悪臭におさらばして、熱いシャワーを浴びに帰るかい?」

「熱いシャワーに一票」わたしはそう言ってボートに飛び乗った。

「アリゲーターはどうする?」ガーティが訊いた。

「シンフルに戻ったら、誰かに電話して片づけてもらうよ」アイダ・ベルが答えた。

「あのままじゃいけないの？」わたしは尋ねた。「死体が腐ったところで、ここの香りに違いが出るとも思えないけど」

「シンフルにはあれを有効利用できる人がいるんだよ」とアイダ・ベル。

メインストリートにあった剝製店のことを思い出し、詳しいことは知らずにおいたほうがよさそうだと判断した。

ガーティからショットガンを受け取り、彼女がボートに乗りこむのに手を貸した。それから栈橋を押してボートを出した。アイダ・ベルがエンジンをかけ、湖を縫うようにゆっくりとバイユーへと戻りはじめた。ベンチに腰をおろしたとき、ガーティの顔はまだ紅潮していて、ショットガンを膝に置いた手は震えていた。

わたしはミラーサングラスの下からアイダ・ベルを観察した。不安そうな顔をしているかと思ったら違った。最初は物思いにふけるような表情を浮かべていて、それが途中で決意の表情に変わったが、ストレスや心配、恐怖の色はほんの少しも見当たらなかった。興味深い。彼女はショック状態に陥っていない。でも、いまさっきのアリゲーターとの遭遇は、たいていの人の対処能力が暴走状態に陥る出来事だった。

アイダ・ベルはどこかおかしい。酒の密造をしているとはいえ、鎮静効果のある何かを摂取しているとは思えなかったし、これまでのところ社会病質者であることを示す気配もなかった。とはいえ彼女が頭のいい社会病質者なら、そうした気配はいっさい人に見せないだろう。

湖を出て、曲がりくねるバイユーに入ると、わたしは非ナンバー・ツーな空気を深く吸いこみ、ゆっくりと吐き出した。今後は行動する前にもっと慎重にならなければ。かかわらないほうがいいとウォルターとルブランク保安官助手から警告を受けていたのに、アイダ・ベルとガーティの言うことをすべて信じてしまった。あのふたりの警告にはわたしが考えていた以上の意味があったのかもしれない。

アイダ・ベルとガーティは密造酒以外にも何か隠していることがあるのかもしれない。

石鹸で二回とボディスクラブで一回体を洗い、シャンプーを三回してから、においはわたしの体についているのではなく、鼻腔にしみこんでしまったのだと確信した。シャワーから出て服を着たらすぐ一階に直行し、コーヒーの缶に鼻を直接突っこもう。それで嫌なにおいが消えなかったら、お手あげだ。

体をタオルで拭き終わったところで、玄関を激しく叩く音が聞こえてきた。アイダ・ベルとガーティはわたしをおろしたあと、大急ぎで走り去った。スピードを出しすぎ、ガーティの年季の入ったキャデラックのタイヤがキキーッときしったくらいだ。距離を置かなければと考えたのはわたしだけではなかったようで、そのことには興味を惹かれた。わたしが一歩さがって状況を見きわめようと考えたのは理由があってのことだ。でもアイダ・ベルとガーティは、見きわめられるのを避けるために一歩さがった気がする。

つまり、ドアを叩いているのはルブランク保安官助手ということになる。

激しいノックがふたたび始まり、ドンという音が鳴り響くたび、いらだちが増しているのが感じられた。あの調子で叩きつづけたら、指関節が全滅するだろう。じっくり時間をかけてやろうじゃないの——着るものをゆっくり選び、下着も着けて、ひょっとしたら糊づけされたつけ毛も乾かしてから、玄関へ行こう。そう考えたところで、三ラウンド目のノックが始まったが、今度叩かれたのは窓だった。

体にタオルを巻きつけ、憤然と階下におりた。窓を割られたら、彼を撃たずにいられなくなるかもしれない。そんなことになったら困る。それに、午前中さんざん悪臭に苦しめられたところへこのしつこい騒音と来て、頭痛がしはじめていた。

玄関ドアを乱暴に開け、怒鳴った。「なんの用?」

見たことのない男がわたしをにらみつけた。

五十代後半。腰まわりに贅肉《ぜいにく》、かつ全身ぶよぶよ。この男が脅威になりうる点は不快感だけ。

男はわたしの全身を長いことじろじろ見てから首を横に振った。「弁護士のくそ女《あま》とくれば、こういうやつだって予想しとくんだった。服も着ないで玄関に出てくるとはな。この町にあばずれはこれ以上いらないんだよ」

弁護士ですって? 「それであなたは……?」

「知らないふりはやめときな。そっちの手はお見通しなんだ。おれがここに来たのは、こっちも弁護士を雇ったって、正々堂々と知らせるためだ。あの役立たずの雌犬に思い知らせてやるからな」

わたしはすばやく状況を分析した。この男はわたしが誰でシンプルで何をしているか、明らかに誤解している。とはいえ、この時点で弁護士を必要とする女性は、わたしの知るなかでひとりしかいない。さらに、わたしは弁護士じゃないと反論したところで意味はなさそうだ。ただし、この男をいらつかせたら、何か有益な情報が得られるかもしれない。

わたしはにっこり笑った。「役立たずの雌犬とわたしは、あなたの弁護士さんにお目にかかるのを楽しみにしています。あなたたちが何をどうできると思っているのか、はなはだ疑問ですけど」

「おれはあの雌犬がおれの従兄の遺産からこれ以上金を盗めないようにしてやる。この五年であいつがいったいいくらどぶに捨てたかわかったもんじゃない。慈善事業に寄付したり、あの頭の弱い弟に注ぎこんだり」

わたしはうなずいた。「まったくあなたの言うとおりです。慈善事業に寄付したり家族の面倒を見たりするのは、自分のお金の使い方として最低ですね」

男の首が紅潮し、赤みが顔へとのぼっていった。「偉そうな口をきくんじゃねえ。あの女がおれの従兄を殺して金を手に入れたのは、おまえもよく承知してるだろうが。五年もかかったが、もうすぐ何もかも明るみに出る。おまえらにできることは何ひとつねえ」

「それなら、あなたが訪ねてきた目的がわからないんですけど」

「おれはマリーを捜してるんだ。あの女に渡す書類があるんだよ。これ以上おれの従兄の金を無駄遣いするなって命令する法的な書類だ」

「あなたが横取りできるお金が減っちゃうから？」

「あの金の正当な持ち主はおれなんだよ！　女房がどんなに陰険な女か知ったら、ハーヴィは遺書を書いたはずだ。それどころか、遺書がなかったって言ってるのはあの陰険あばずれだけだからな」

「そうは言っても、それが事実じゃないと証明できないかぎり、それに従うしかありませんよね」

「わからねえぞ。そういうわけで、あの女はどこだ？」

「誰？」

「陰険あばずれに決まってるだろ！」

わたしは肩をすくめた。「さあ」

「おまえがあの女をどっかに隠してるのはわかってんだ。必要とありゃ、おまえを押しのけて家のなかを捜すぞ」

「いや。そうはさせない」家の横から声が聞こえた。

戸口から身を乗り出すと、ルブランク保安官助手が家の角を曲がって前庭へ歩いてくるところだった。機嫌がよさそうには見えない。

男はルブランク保安官助手を嫌悪の目で見た。「おれには権利がある。この女がマリーをこの家に隠して、文書の送達を邪魔するなんてこたあ許されねえんだ」わたしに目を戻した。

「代わりにおまえに送達してやろうか」

「それはお勧めしないわ」

「おまえのお勧めなんて知ったこっちゃねえ」シャツのポケットから書類の束を引っぱり出すとわたしに向かって投げてよこした。「これでおまえとおまえの依頼人に送達したからな」

くるっと背を向けるとドスドスとポーチをおり、くたびれたシボレーのトラックまで戻った。エンジンが数回空まわりしたので男はハンドルを叩いた。エンジンがかかり、車はバックで飛ぶように私道を出たかと思うとタイヤをきしらせ走り去った。

「そこに突っ立ってないでよ」わたしは言った。

ルブランク保安官助手はポーチにあがると、わたしの現在の衣装を初めてしっかりと見た。あきらめと疲労の混ざった表情が浮かんだ。

「おれにどうしろと?」

「わたしの家を襲撃した罪であの男をつかまえて」

「あんたが逮捕されないだけ幸運なんだぞ……またもや不道徳な格好で人前に出た罪で」

「シャワーを浴びてるときにあの男が来たんだもの。服を着てからおりてくるつもりだったけど、あいつが窓を叩きはじめたから頭にきて。ところで、あの男は従兄のハーヴィと違って、遺産を相続できなかったみたいね」

「あの男が父親から相続したのは未払いの請求書とビールの空き缶でいっぱいのいまにも倒れそうな家だけだった」

興味深い。「それじゃ、ハーヴィが行方不明になってマリーがすべてを受け取ったとき、あいつは不満だったわけね」

「不満ていうのは控えめな表現だな」

「行方不明になる前、ハーヴィはあの男にお金を渡してたんじゃないかしら」

ルブランク保安官助手はかぶりを振った。「おれの知るかぎりそれはない。ハーヴィは自分以外にはとことん金をかけない男だった」

「それならどうしてハーヴィ殺しの容疑であの男を調べないのよ？　わたしには第一容疑者に思えるけど」

「調べてないなんて誰が言った？　どのみちあんたには関係ないことだ」

わたしは正面ポーチに落ちた書類を拾った。マリーの資産を凍結する是非について裁判所が裁定を下せるよう、あさって出廷せよとの命令だ。原告の名前は〝メルヴィン・ブランチャード〟とある。

「あんたがそれを持ってるべきじゃない」ルブランク保安官助手は言った。

「わたしに渡すのは賢明じゃないって、あの男に言ったもの。向こうが間抜けなのはどうしようもないでしょ？」わたしは書類をルブランク保安官助手に渡した。「つまり、マリーは出廷する必要がないってことよね。文書は彼女に送達されてないんだから」

「服を着たらすぐ、アイダ・ベルとガーティに報告しにいってふたりを喜ばせてやるんだな」

彼は目をすがめてわたしを見た。「あのふたりに言いくるめられて何をたくらんでるのか知らないが、自ら災いを招いているようなものだぞ。マリーを助けられるのは、腕のいい被告側弁護人だけだ。身を隠してもいいことは何もない」

「わかってるわ」

彼はため息をついた。「わかってるなら、どうしてマリーを隠す手助けをしているんだ？」

「してないわよ」

「そうだろうとも」

わたしは脈拍があがって首から上が赤くなるのを感じた。たとえ日曜日だって、わたしは嘘をつくことに反対じゃないけれど、自分が真実を話したときは人に信じられることを期待する。

「聞いて――わたしはたったいまフンの塊みたいな島をてくてく歩きまわってきたところで、おまけにガーティがアリゲーターに殺されかけたの。わたしの鼻は永久に回復しないかもしれないし、最悪なのは、あの島でマリーを見つけられなかったってこと。彼女の居場所は誰にもわからないわ」

保安官助手はしばらくわたしを観察していたが、ややあって彼の表情の何かが変わった。ようやく、わたしを信じる気になったらしい。かぶりを振ってため息をついた。「アリゲーターはアイダ・ベルが仕留めたのか？」

「ええ。そのせいで彼女を逮捕するなんて言わないでよ」

「言わないよ。ただ、フランシーンにどこでアリゲーターの生肉を手に入れたのか訊かずにすむことは確かだ」

「あれを食べるわけ？　まじめな話？」

質問は聞こえなかったふりをして、ルブランク保安官助手はわたしに指を突きつけた。「司書にしては、あんたはこの町で起きるあらゆる面倒の中心にいるように見える。いいか、おれはすでに一度、かかわるなと言った。今度はちゃんと忠告を聞いたほうがいいぞ」

彼はくるっと向きを変えると大股に家の角を曲がっていった。キッチンへと急ぎ、ブラインドの隙間から外をのぞいたところ、裏庭の芝生に引きあげてあったアルミボートへと彼が歩いていくのが見えた。バイユーの水際で足を止めると、彼はこの家を振り返った。わたしはブラインドの隙間をゆっくりと細くした。

保安官助手は岸からボートを押しやり、みごとなバランスと敏捷な身のこなしで飛び乗った。岸に沿って遠ざかりながら、彼は片手をあげて振った。

わたしはキッチンに入っていったときに片目を開けていたボーンズを見た。「たいした番犬だわね」

ボーンズはあくびをして目を閉じた。

わたしは窓から離れ、フーッと息を吐いた。ルブランク保安官助手はうっとうしいというレベルを超えている。彼の言うとおりであるだけに、いまはなおさらだ。わたしは新聞に、あるいは悪くすればテレビに顔がでかでかと出てしまいかねない事件に巻きこまれている。メイクをしてエクステをつけているとはいえ、アーマドの組織の人間が、報道を見てわたしだと気づく可能性がある。最悪の場合、わたしは殺される。よくても、モローに解雇される。どちらも望ましい選択肢ではない。

でももっと気がかりなのは、仕事熱心な保安官助手がそもそもどうしてうちの裏庭にボートを乗りつけたのかという点だ。生け垣があるせいで、バイユーからこの家の私道は見えない。だから、私道にメルヴィンのピックアップトラックが駐まっているのが見えたはずはない。それにあの男の声は大きかったとはいえ、あいだに家とかなり広い裏庭を挟んでいるのに、ボートのモーター音をしのぐほどだったとは思えない。

そうしたことを考え合わせると、ルブランク保安官助手はバイユーを移動中に口論をやめさせようとしてボートを降りたわけではないことになる。まったく異なる理由からこの家の裏にボートを停めたにちがいなく、そう考えるとわたしはひどく落ち着かなくなった。

裏庭にはなんの手がかりもない。死体はあそこに埋められていたわけじゃない。流れに乗って漂ってきて、ボーンズに掘り起こされただけだ。マージは死んでこの世にいない。だからマリーに関する情報を聞き出すこともできない。

そうなると、何が彼をこの家に引き寄せたかといえば、わたししか考えられない。わたしが殺人事件に関係しているはずがないことは知っていても、隠蔽にかかわっていると疑う根拠は充分ある。ナンバー・ツーへ行ってきた話をしたとき、彼はわたしの言うことを信じたはずだし、すべてウォルターから裏づけが取れる。でも、ガーティとアイダ・ベルが何をたくらんでいるにしろ、それにわたしがかかわっていることを彼は知っているし、今後もそのままだろうと見ていそうだ。

ただし、圧力をかけて、わたしをこの町から追い出せれば話は別だ。

不愉快な策だけれど、頭のいい男ならやるかもしれない。ルブランク保安官助手のことはだいたいにおいて気に入らないが、彼を間抜けと感じたことは一瞬もない。ルイジアナ州の小さな町の仕組みについては詳しくないものの、誰かを追い出すときに効果的な手を三つ知っている。殺す、殺すぞと脅す、もしくは暴露されたくないことを暴露すると脅す。

最初のふたつに関しては心配ない。そしてもしルブランク保安官助手がわたしのスキャンダルが見つからないかと指紋を調べようとしたところで、空振りに終わる。その点はモローが自ら対処ずみだ。連邦政府のデータベースからわたしをたどるのは絶対に不可能。

でも、かけるべき相手二、三人に電話をかければ、本物のサンディ＝スー・モローがヨーロッパを飛行機で飛びまわっていることを彼はつかむかもしれない。そうなったら、わたしの偽装ははかなく崩れ去る。

第10章

ハムサンドを作って居間に行き、テレビの狩猟番組に気持ちを集中しようとした。出演しているいわゆる〝プロ〟狩猟家は、アイダ・ベルに比べたらたいした腕前ではなかった。あらためて感銘を受けると同時に不安になった。わたしは暗殺者になるための訓練を受けているけれど、同じ状況で彼女みたいに急所を直撃できたかどうか自信がなかった。近距離で徒手もしくは靴片手に格闘するのは得意だが、射撃は離れたところからスコープを使用するほうが自信がある。

サンドウィッチの最後のひと口を呑みこむと、サイドテーブルに置いた皿にナプキンを丸めて載せた。わたしときたら、いったい誰のために演技してるわけ？　こんなところに座って、マリーやメルヴィン、ルブランク保安官助手、アイダ・ベルとガーティのことなんて考えてませんてふりをして。それからわたしがシンフルに着いて以来ずっと垂れこめている陰気な暗い雲についても。くだらないテレビ番組を終わりまで観つづけてもいいけれど、それでは問題は解決しない——誰かがマリーを見つけて、いっさいが法制度に従って動きだすまでは。

この件がルブランク保安官助手の任務からはずれて州検事の仕事になるまで、わたしは保安官助手に監視されつづけることになる。

サイドテーブルをいらいらと指で叩きながら、その音のせいで頭がおかしくなりそうに感じた。とうとう、これから食べようと思っていたクッキーの袋をつかむと、椅子から勢いよく立ちあがり、玄関を飛び出した。このあいだの夜ネットで下調べをしたとき、アイダ・ベルとガーティの住所は確認してあったが、電話番号は載っていなかった。

まずガーティの家に行こう。そしてそこにふたりがいなかったら、次にアイダ・ベルの家に行ってみる。わたしの偽装を暴かれないようにする唯一の方法は、見つかりたくないと思っている人物を見つけることのように思えた。それはわたしの本職とたいして変わらない。ミッションの最後に人を殺さなくていいという点を除けば。標的は夫と実母に虐待されてきた心やさしい年配女性だし、わたしはきっと自制できると思う。

ガーティの家はわたしのところから二ブロック先だったので、クッキーを口にひとつほうりこんで通りを歩きだし、角でガーティの家の方角に曲がった。とてつもなく大きな生け垣を曲がるやいなや、ルブランク保安官助手にぶつかった。彼はそこに駐めてあったトレーラーにボートをつないでいるところだった。

わたしは足早に歩いていたうえにまったくブレーキをかけなかったにもかかわらず、保安官助手は背中にぶつかっても身じろぎすらしなかった。彼がすばやく振り向いたので、わたしはそのがっしりした体つきにちょっと驚きつつ後ずさりした。どうやらルブランク保安官助手を当初、ほぼあらゆる面で見くびっていたようだ。

「ごめんなさい」ここは礼儀正しくしておくのが得策と考えた。

「急ぎの用事かな?」

「エクササイズをしてるだけ」

彼はわたしが手に持っているチョコチップクッキーの袋を見おろし、眉を片方つりあげた。「エクササイズをしながらじゃないと食べちゃいけない理由がこのクッキーなのよ」と嘘をついた。「エクササイズをしながらじゃないと食べちゃいけないことにしてるの」

彼は人をなだめようとするような顔でほほえんだ。「なんだかめんどくさそうだな」

「わたしの場合は効果があるのよ」もうひとつクッキーを口にほうりこんだ。「これで走らなきゃいけなくなったわ」

一歩目を踏み出すよりも先に、彼に腕をつかまれた。「そのクッキーはあんたをガーティの家の方角へ連れていこうとしているみたいじゃないか」

「だから？　この町は切手ほどの大きさで、まわりをバイユーに囲まれてるんだもの、最終的にはみんなの家に向かって歩いていることになるでしょ」

「うーん。殺人事件の捜査を邪魔するなっていう、おれの忠告を無視する気じゃないかと思ったんだが」

「まさか」

保安官助手は明らかにわたしの言うことを信じていない様子で、まじまじと人の顔を見つめた。

「ガーティがどこに住んでいるかも知らないもの」

いくらわたしの顔を観察しても、彼に勝ち目はなかった。嘘をつくことはわたしの仕事の大きな部分を占めている。世界最高の法心理学者の訓練を受けた。父だって、ボディランゲージや顔の表情からわたしの嘘を見破ることはできなかっただろう。

ようやくルブランク保安官助手はわたしの腕を放し、一度だけうなずいた。「そいつをあんまり食べすぎないようにな。厄介事があんたの後ろをついてまわってるように見える。あんたが通りを歩きまわってると考えただけで、こっちは不安になる」

「よく言うわ。この辺じゃ裏庭に蛙のふりをする人食い動物がいて、バナナプディング戦争があって、人が行方不明になり、殺人事件は未解決のままになってる。わたしなんて不安から最もかけ離れた人間よ」

彼に言葉を継ぐ間を与えたりせず、どんな顔をしたかも見ずに、わたしは保安官助手の横を通り抜け、すたすたと歩きだした。ひょっとしたら、彼はいまの話について考え、わたしの素性を確認しても時間の無駄と考えるかもしれない。ガーティの家のある通りに近づくと、少し速度を落として車が来ないか見るふりをした。保安官助手の視線をまだ感じていたが、自分の感覚が鈍っていないことを確かめたかった。感覚は鈍っていなかった。

もうっ。

通りを渡って公園に入った。ガーティの家とは反対方向だ。公園を横切ってバイユーまで行き、木立を抜けてガーティの家の裏手に建つ家々のほうへまわろう。そこからガーティの家に向かえばいい。ルブランク保安官助手のトラックのエンジンがかけられ、巨大なタイヤが道路にこすれる音が聞こえた。小さな女の子と母親が砂場で遊んでいたので、わたしは足を止め、彼女たちが連れていたころころして幸せそうな茶色い子犬を撫でた。トラックが公園の前を通るときに速度を落としたのが音からわかったが、最後にはスピードをあげ、不快なタイヤの音が遠ざかっていった。

わたしは子犬と飼い主に別れを告げ、当初の計画どおりにバイユーへと向かった。トラックはいなくなったけれど、ルブランク保安官助手にとって角を曲がったところで車を駐め、わたしの様子をうかがうことは簡単だ。こっそり行く計画を続行するのが賢明だろう。バイユー沿いに公園の端を歩いていると、シンフルの町を囲むこの不毛な湿地が実際いかに広いかがわかってきた。アイダ・ベルが水路《チャンネル》と呼んだ水上の狭い道が波立つクモの巣のようにあらゆる方向に延びている。着いたその日にハーヴィの遺体の一部が見つかったりしなければ、わたしはここを死体遺棄に最適の場所と考えたはずだ。

マリーも同じように考えたらしい。

木立が左にカーブし、それに沿っててくてく歩いていくとシンフルの町の一番端を構成する家々の裏手に出た。必要なのはこの家並みを越えて、その向こうのブロックに達する道を見つけること。そうすればガーティの家に無事に入れる。侵入地点を探して家々の裏庭に目を走らせたが、高さ百八十センチほどの塀がずらりと並んでいるだけだった。家並みの向こうはバイユーが湾曲して行く手を阻んでいる。泳ぎたければ話は別だけど。反対側に戻れば、茂みの陰に隠れているかもしれないルブランク保安官助手の前に身をさらしてしまう。

心を決めて塀に近づいた。たった百八十センチ程度だ。これくらいの塀を登れなかったら、とっとと引退したほうがいい。ガーティの家は、わたしが目の前にしている家並みの向かいにあるブロックの真ん中に位置しているので、わたしは真ん中あたりの塀を選んだ。

クッキーの袋を見おろしてため息をつき、まるごとバイユーに投げ捨てた。次にジャンプして塀のてっぺんをつかみ、体を引きあげて裏庭をのぞいた。一番避けたいのはうるさくて機嫌の悪い犬に出くわすことだ。

裏庭にあるのはバーベキュー用グリルとローンチェア一脚、そして犬小屋だけだった。注意深く観察した結果、犬小屋は空であることが判明したので、わたしは塀の上に体を持ちあげ、塀沿いに植えられた生け垣の向こうに飛びおりた。着地するとすばやくころがって立ちあがり、芝生を縦断しようとした。とそのとき、ドアノブがガチャガチャと音を立てた。わたしは茂みに飛びこみ、そこに隠れることになるのは一時的であるよう祈った。

勝手口から巨大なロットワイラー犬が跳ねるように飛び出してきたかと思うと、芝地の真ん中まで来て自分の縄張りを眺め渡した。侵入者がいないことを確認しているにちがいない。パニックを起こすよりも先に訓練がものを言い、わたしは呼吸を整えて心拍をコントロールしようとした。

じっとして待つのよ。

運がよければ、犬は飼い主が用を足させに外に出しただけで、終わればなかに戻るだろう。ロットワイラーは地面をくんくんと嗅ぎ、次に頭をあげて空気をくんくんと嗅いだ。わたしは筋肉ひと筋すら動かしていなかったので、音から勘づかれることはないと確信していた。でも、においは漂っているはずだ。少なくとも、エクステをつけた髪に使うよう美容室で指示されたアップルの香りつきシャンプーは。ややあって、犬は庭の横の塀まですたすた歩いていき、脚をあげた。わたしは止めていた息をゆっくりと吐いた。

用を足し終えると、犬は勝手口まで走って戻り、ワンワンと吠えた。わたしは安堵がどっと押し寄せてくるのを感じた。飼い主は犬を家のなかに戻し、この一件もガーティの家を訪ねる途中の小さなハプニングというだけですむだろう。ところが、勝手口が開いてみると、犬はなかに戻らなかった。代わりに、飼い主が外へ出てきた。

ルブランク保安官助手！

自分の顔から血の気が引くのがわかった。隠れる茂みはシンフルに数々あるのに、よりによって唯一なんとしても避けたい人物の家の茂みを選んでしまうとは。塀で囲まれた裏庭への侵入がエクササイズの一環だなんて、決して信じてもらえないだろう。

指を一本動かし、もっとよく見えるようにと葉をよけた。ルブランクはたばこを一服するか何かのために出てきただけで、ランボー犬を連れて家のなかに戻るかもしれない。彼がハンバーグのパテが載った皿をグリルの横に置いた瞬間、わたしの希望はついえた。彼はグリルを開け、火をつけた。それからローンチェアに腰をおろし、もういっぽうの手に持っていたビールを口に運び、ひと口飲んだ。

とってもまずい。

ハンバーグのパテが焼きあがるまでのあいだ、わたしが犬に見つからずにいられる可能性は、小さすぎて計算してみるまでもなかった。ローンチェアの横に立ち、ルブランク保安官助手に巨大な頭を撫でてもらっていた犬が、急に体をこわばらせ、わたしの隠れている場所をまっすぐ見た。もし意志の力で茂みの葉になれるなら、わたしはなっていただろう。

腹が立つほど長い時間が流れたあと、犬はようやく緊張を解いて椅子の横の地面に腹ばいになった。そのとき、わたしのポケットが振動しはじめ、わたしは音を立てまいと必死になった。

携帯電話だ。

ワシントンを離れる前に、ハリソンからプリペイド携帯を渡されていた。番号を知っているのは彼だけで、緊急のとき以外は使わないことになっている。狙撃者の呼吸をやめたとたん心拍があがるのを感じつつ、ポケットから携帯電話をそっと引っぱり出した。消音設定になっていたことに感謝の祈りを捧げながら。

画面を見ると、ショートメッセージが一件届いていた——ガーティからだ！

彼女がどうやって番号を手に入れたのかわからなかったし、知りたいとも思わなかった。ただ、たったいまガーティが命綱を投げてくれたことだけは確かだった。ルブランク保安官助手がビールを飲むのをもう二、三分眺めていると、彼はようやくわたしが待っていた行動をとった。ローンチェアから立ちあがり、グリルにハンバーグのパテを並べはじめたのだ。即座にわたしはショートメッセージを開き、ハンバーグを焼くためにルブランクが立てている音のせいで、わたしがショートメッセージを打つ音が聞こえずにすむよう祈った。

〝いまどこ？　話があるの〟

ガーティからのショートメッセージの文面だ。まったく、話があるどころじゃない。片目を犬に注いだまま、両手でメッセージを打った。ブラインドタッチでショートメッセージを打つ技を身に着けておいてよかった。送る前に確認するためちらっと文面を見た。

〝ルブランク保安官助手の家に電話して。理由はあとで説明する〟

送信マークを押して携帯電話をポケットにしまい、祈った。二、三拍して、ルブランク保安官助手の家から電話の鳴る音が聞こえてきた。ルブランクは勝手口を見て眉をひそめた。一瞬、無視するつもりかと心配になった。ようやく、彼はため息をついたかと思うとグリルにふたをし、家のなかに入っていった。残念なことにランボー・ロットワイラーは庭に残して。

ルブランクをどれだけ電話に引き留めておけばいいかはガーティに指示しなかったので、時間はあまりない。時間の制約と犬のことがあるから、裏庭を通って家の表へ抜けるのはまったくの論外だ。わたしは花壇から石をひとつ拾って庭の反対側の塀目がけて投げた。

ランボー犬はその方角に飛ぶように走っていったので、わたしはくるっと向きを変えると塀のてっぺん目指してジャンプした。途中でつけ毛がひと房、茂みに引っかかってしまったことに気がついた。頭が後ろに引っぱられ、目が潤んだが、勢いを止めるには遅かった。わたしは転げ落ちるようにして塀を越え、髪が剝ぎ取られたせいで吐き気がするほどの痛みに涙が出た。

悪態をつきたくなるのを唇を噛んでこらえ、木立へと走った。背後の塀に向かってランボー犬が吠えたてているのが聞こえ、ルブランク保安官助手の家の勝手口がバタンと音を立てた瞬間、わたしは湿地の端の茂みに飛びこんだ。ルブランクが犬を叱りつけるのが聞こえたので、わたしは茂みの後ろで凍りついた。抜けた髪を見つけられたら、わたしはおしまいだ。クレオール人の多い土地柄、この町はブロンドを長く伸ばした女性があまりいない。これまでにわたしが目にした髪はほとんどが銀色か灰色だった。

二、三秒待ってから、茂みを急いで抜けて公園に戻った。わたしが木立から遊び場に飛び出すと、そこにいた全員が遊ぶのをやめて啞然とした。

「バードウォッチングをしていたの」とわたしは言って、急いで立ち去った。

エクステが剝ぎ取られた頭のてっぺんを片手で押さえていたが、指のあいだに血がにじんでくるのが感じられた。いかれた感じの女性が公共の広場で血を流していると保安官のところへ通報が行かないうちに、慌てて公園をあとにした。

ルブランク保安官助手が通りを挟んでガーティの家の真向かいに住んでいるとわかったからには、通りを歩いていって玄関から彼女の家に入る案は間違いなくボツだ。また塀を登ることになるのは嫌だったが、どうやら避けられそうにない。ガーティの家が建つ通りを越え、その次の通りで曲がった。すると、何軒かの家は塀が隣家とつながっていなかったのでほっとした。少なくとも今回は塀を飛び越えずにすみそうだ。

わたしはガーティの家に一番近い家を選び、塀に沿ってなるべく隠れたまま移動するため、茂みから茂みへと突進した。ガーティの家の裏に面した塀まで来ると、あたりを見まわし、誰も見ていないことを確認してから、彼女の家の裏庭に入った。勝手口は開いていたので、キッチンに入った。家の正面からガーティの話し声が聞こえてきたため、廊下をそろそろと進み、角から先をのぞきこんだ。

ガーティは居間に立ち、正面の窓にかけられたブラインドの隙間をのぞいていた。「なんだかいらいらしてるみたいね、カーター」と彼女は言った。「ロバート・E・リーが引退するとき、保安官に選ばれたいなら、そういうところをなんとかしないとだめよ」

わたしは感心して首を振った。まだルブランク保安官助手を電話に引き留めていたなんて。ガーティは凄腕だ。

居間に足を踏み入れるとハードウッドの床がきしったため、ガーティがくるっと振り向いた。見るからにほっとした様子で、彼女は笑顔になった。

「あらやだ、ごめんなさい、カーター」彼女は言った。「あたしの眼鏡、冷蔵庫に入ってたわ。結局のところ、誰かに盗まれたわけじゃなかったみたい」

通話を切ると携帯電話をソファにほうるようにしてからわたしに駆け寄ってきた。「怪我したの？　傷は深い？」

「髪が引っかかって」わたしは答えた。「時間がなくてまだ確認してないの」

「キッチンにいらっしゃい。手当てしてあげるわ。アイダ・ベルにショートメッセージを打っておいたの、カーターと電話しているあいだに。もうすぐ来るはずよ」

ガーティについてキッチンに戻り、ブレックファスト・テーブルの端の席に腰をおろした。ガーティは水道の蛇口をひねり、抽斗から清潔なふきんを取り出した。

「温度がもう少しあがるまで待つわね」ガーティは言った。「そのほうが髪から血が取れやすくなって、傷の具合がよく見えると思うの」

わたしはまだ手で頭を押さえたままだったが、もう血がどんどん出てくる感じはなくなっていた。峠は越えたにちがいない。ガーティが湯でふきんを濡らし、わたしの頭皮から血を拭き取りはじめたとき、アイダ・ベルが勝手口から飛びこんできた。貨物列車みたいにフウフウ言いながら。

「いまいましい車のバッテリーがあがっててね。家からここまで走りどおしで来たんだ」

ガーティが呆れた顔で首を振った。「ここまで一ブロックしか離れてないでしょうが」

「だからなんだって言うんだい？」

「真剣に運動を始めたほうがいいわよ」

「あたしは七十二歳だ。死ぬまでに走らなきゃならなくなる理由がいくつあると思う？」わたしはすらすらと列挙した。「バナナプディング、人食いアリゲーター、ガーティからのショートメッセージ――」

「わかったよ。あんた、頭をどうしたんだい？」そう言ってから、アイダ・ベルは険しい目つきでガーティを見た。「あんたが撃ったのかい？」

わたしは目を丸くしてアイダ・ベルを見た。「それってこの辺じゃ実際にありうることなの？」

ガーティがにらんだ。「ふーん。じゃ、食器洗い機の修理人の件は？郵便配達の一件は事故だったのよ」

ガーティはぶつぶつ言いながら、またわたしの頭皮をふきんでぬぐいはじめた。「不運な出来事が二回あっただけで、レッテルを貼られちゃうんだから」

次の瞬間、わたしのつけ毛がごっそりと彼女の手のなかに抜け落ち、ガーティは悲鳴をあげてそれをほうり投げた。

すでに息があがっていて、明らかに運動不足の女性にしては、アイダ・ベルは警察官に気づいたときの犯罪者さながらすばやく立ちあがった。いささか赤みを帯びたブロンドのエクステがテーブルの真ん中に落ちると、彼女はそれが何か、身を乗り出して確認した。

「これ、あんたの髪？」とアイダ・ベルは訊いてから、目を丸くしてガーティを見た。「フォーチュンの頭の皮を剝いじまうとはね」

「ガーティはわたしの頭の皮を剝いだりしてないわ」手に負えなくならないうちに、話をおさめたほうがいいとわたしは考えた。「この町に来る前に自分で頭を坊主にしたの」

ガーティが身を乗り出してわたしの頭を検《あらた》めた。「確かに、たったいま髪がごっそり抜けたにしては、それほど血が出てないわね。肌がほんのちょっと裂けてるだけ」

「抜けたのはわたしの本当の髪じゃないからよ。エクステなの。わたしの本当の髪に糊でくっつけてあって。本物の髪はあんまり抜けなかったと思うわ」

アイダ・ベルは椅子にもう一度腰をおろし、首をかしげてわたしの顔をまじまじと見た。

「元ミスコン女王がどうして糊でつけ毛をくっつけなきゃならないほど髪を短く刈りこむ必要があったんだい？」

もうっ。急いでもっともらしい説明を考えないと、この穿鑿《せんさく》好きのおばあさんふたりに怪しまれてしまう。頭を高速で回転させたところ、エクステをつけてもらっているとき、美容室に泣きながらやってきた女性のことを思い出した。

「髪を脱色しようとしたら、たいへんなことになっちゃって。全部刈りあげる必要があったの」

ふたりの目が大きく見開かれ、ガーティの口が〝まあ〟と言うように開いた。

アイダ・ベルがうなずいた。「ティリー・モンローが二年前に同じようなことをやらかしたね。赤毛をブロンドに変えようとしたんだけど、緑色になっちまったんだ。そこでなんとかしようとしたら、今度は根元まで焦げたみたいになっちゃってさ。一年はかつらをかぶらなきゃならなかった。そういう糊づけするタイプの高級なつけ毛は、ニューオーリンズまで行かないとできないから」

ガーティはテーブルに落ちたエクステを拾い、わたしの頭の横まで持ちあげた。「抜けたのがこれだけにしては、禿げになってる部分が大きすぎる気がするんだけど」

「抜けたのはこれだけじゃないからよ。そもそも、そのせいで出血しはじめたの」

アイダ・ベルが身を乗り出した。「どこで抜けたんだい？」

「ルブランク保安官助手の家の茂み」

第11章

ガーティとアイダ・ベルがそろって同時に訊いた。

「あなた、カーターの家の庭で何してたの？」

「あたしたちが何かたくらんでるって、カーターに知られちまうじゃないか！」

わたしは片手をあげて彼女たちを黙らせた。「彼の庭に入ろうと思って入ったんじゃないのよ。偶然の結果だったの」それから、ガーティの家をこっそり訪れようと考えたこと、ルブランク保安官助手に見張られているのではないかという不安、他人の家の庭を抜けようという名案、そのあとに起きた喜劇みたいな失敗について説明した。

わたしが話し終えると、アイダ・ベルとガーティは顔を見合わせたが、その表情は読めなかった。と思ったら、ふたりともくすくす笑いだし、と思ったら大きな声で笑いはじめた。しまいにガーティは鼻を鳴らしながら、わたしの隣の椅子にドサリと腰をおろした。笑いすぎて立っていられなくなったのだ。

わたしはテーブルをいらいらと指で叩きながら、この陽気な騒ぎが終わるのを待った。ようやくふたりは何度かあえぎながら深呼吸をし――アイダ・ベルはブラウスの裾で涙もぬぐって――椅子の背にもたれた。

「やれやれ」とアイダ・ベル。「あんた、絶対にこの世で最悪の運の持ち主だね。お母さんがあんたをフォーチュンって呼んだ皮肉ときたら、おなかの皮がよじれるよ」

ガーティがうなずいた。「ミスコン時代に戻って、あなたをミス・フォーチュンて呼ぶべきかもしれないわね。わかる？ 災　難《ミスフォーチュン》とかけて」

ガーティはまた大笑いを始めた。アイダ・ベルは見るからにこらえようとしている様子で顔に力を入れていたが、ややあってブッと噴き出すとふたたび声をあげて笑いだした。わたしはガーティの手からふきんを奪い取り、痛む頭を軽く叩きはじめた。

「いいわよ、ずっと笑ってればいいでしょ。あなたたちはわたしよりずっと早く死ぬもの。そうしたら、わたしはたっぷり平和で静かな時間を過ごせるわ」

ふたりは少しだけまじめな顔になり、笑いもハアハアいうだけになった。

「これだけは確かでしょ」ガーティが息苦しそうに指摘した。「めったにない偶然だわよね。

あなたがカーターの家の庭を選んでしまう確率ってどれくらい？」

「四十分の一ぐらいでしょうね、家の数を考えると」わたしはふたりほど愉快な話だとは思っていなかった。「マンハッタンかどこかで彼にばったり会ったわけじゃなし」

「でも、カーターはあんたがバイユーに靴を投げこんだり、アリゲーターを蛙と思って殺そうとしたり、〈シンフル・レディース〉と日曜のランチを食べたりしてるのを目撃して、あんたの家の庭からは人骨が見つかった」とアイダ・ベルが指摘した。「この町の大きさからしたって、統計学的にありえないことだ。とりわけ、あんたがこの町に来てからの時間の短さを考えると」

わたしは両手をあげた。「それでわたしにどうしろって言うの？　このごたごたに引きずりこんだのはあなたたちなのよ。それなのにいまや何をしても、わたしにスポットライトが当たってしまう」

「あなたが残してきた髪が心配だわね」ガーティが言った。「カーターが見つけたら、あなたの髪だってわかってしまうわ。この辺にプラチナブロンドってあんまりいないし、あたしが眼鏡が見当たらないって、どうでもいいばかげた話で電話に引き留めたでしょ。カーターはもう何か怪しいと考えてるはずよ」

「あの髪を取りもどさないと」わたしは言った。

アイダ・ベルがうなずいた。「それはあんたの言うとおりだね。カーターのとこの茂みに放置しておくわけにはいかない。そのうちカーターは芝生の手入れをするだろうからね。何かじっくり考えたいことがあるといつも芝生を刈るんだ」

ハンバーグとビールのことが思い出された。「お願い、きょうは彼の休日じゃないと言って」

ガーティが唇を噛んでアイダ・ベルを見た。

「残念ながら休日だよ」アイダ・ベルが答えた。「それに、次の休暇は十日後だからね、たぶんきょうの午後、芝刈りをするだろう」

「彼を家からおびき出さなきゃ」わたしは言った。

「どうかしら」とガーティ。「カーターは休日に関してかなり徹底してるのよ。休みは多くないから」

「たとえ通報があっても、きょうは保安官が対応するだろうね」とアイダ・ベルがつけ加えた。

「それでも、彼を自宅から引っぱり出す方法はあるはずよ」とわたし。

アイダ・ベルは少しのあいだ壁を見つめていたが、うなずいた。「ひとつあるね」ガーティを見た。「先週あんたの携帯で撮った写真、まだ持ってるかい？」

ガーティがにんまりした。「あなたって天才だわ！」キッチンから飛び出していったかと思うと、すぐに携帯電話を持って戻ってきた。それを渡されたアイダ・ベルは、ちょっとのあいだディスプレイをいじってからにやりと笑った。

「あとは待つだけだ」とアイダ・ベル。

「待つって何を？」

「長くはかからないよ」アイダ・ベルが答えた。「居間の窓から見張っていよう。カーターが出ていったらすぐ、フォーチュンとあたしが髪を回収しにいく。あたしがカーターんちの塀のところで見張りをして、ガーティは前庭の花に水やりをするふりをしながら通りを警戒すればいい」

彼女は急いで居間に行き、ガーティがすぐ後ろに続いた。彼女たちの言うとおりになった場合に備えて、わたしもついていった。ガーティの隣に立ち、ブラインドの隙間から外をのぞいたちょうどそのとき、ルブランク保安官助手の家の玄関がぱっと開いたかと思うと、彼が飛び出してきた。テニスシューズを片方だけ履き、走りながらもう片方を履こうとしている。とうとうあきらめ、残りの片方をトラックにほうりこむと、自分も飛び乗ってタイヤをきしらせながら車をバックで出した。

彼が通りの角を曲がるやいなやアイダ・ベルが玄関ドアをぐいっと開け、外に走り出た。「何もたもたしてるの？」ガーティがわたしに外へ出るよう手を振った。「行きなさい！　早く！」

わたしは玄関から飛び出し、アイダ・ベルとともに通りを渡った。アイダ・ベルはルブランク保安官助手の家の前庭を囲む生け垣の後ろに隠れた。いったい何が善良なる保安官助手をあんなに大慌てさせたのだろうと少し気になったが、たぶんそれは知らずにおいたほうがいいと判断した。

「犬はいるかい？」アイダ・ベルと並んで生け垣に隠れ、伸びあがって塀の向こうをのぞいた。

「見えないわ」

「それなら急ぎな。カーターが戻ってくるのが見えたら、ガーティがあたしにショートメッセージをよこす。そしたら、あたしは塀を乗り越え、裏庭に入った。

「わかった」わたしは塀を乗り越え、裏庭に入った。

二、三秒じっと動きを止めて、ランボー犬がいないかと庭の隅々まで目を走らせた。でも、茂みのなかに隠れてでもいないかぎり、犬は外に出ていないようだった。裏の塀まで走っていくと、長い金髪が生け垣から飛び出していた。プラチナブロンドの束が日を浴びてアルミニウムのように光っている。端をつかんで引っぱったが、それは茂みにしっかり絡まっていた。

少なくとも、わたしはそう思った。

自分のひどい判断ミスに気づいたのは、もう一度髪の束を引っぱったら、ランボー犬が茂みから頭を突き出して唸ったときだった。その巨大なあごにエクステの反対側の端をくわえて。わたしはエクステを熱くなった火かき棒みたいに慌てて手放すと、庭を走った。ランボー犬が茂みから飛び出し、わたしのすぐ後ろを追ってくる。

わたしは足が速いが、犬につかまらずに正面の塀まで逃げきれる望みはなかった。そこでパティオを目指して走り、ランボー犬の犬小屋の屋根に飛び乗った。犬は小屋の横からジャンプしたものの、ずるずるとパティオに滑り落ちたので、わたしは心のなかで感謝の祈りを捧げた。犬は腰をおろして唸りだした。

騒ぎがアイダ・ベルに聞こえたにちがいない。ややあって、塀を登ろうとして真っ赤になった彼女の顔が、正面の塀の上からのぞいた。

「まずいことになったね」とアイダ・ベル。

「そんなことわかってるわよ」

「猫ってのは必要なときにいないもんだ」アイダ・ベルが文句を言った。「そいつの気をそらすものを探すよ」

塀の上から彼女の顔が消えた。アイダ・ベルの考える〝気をそらすもの〟が銃器を含まないことを祈った。縄張りを守ろうとしているランボー犬を責めるわけにはいかない。これは彼の仕事だ。とはいえ、口からブロンドの束を垂らしている彼は刻々と迫力を失いつつあった。わたしは脱出の選択肢を検討したが、庭にある構造物は犬小屋とグリル、ローンチェアだけだし、ランボー犬の冷たい目が注がれているなか、わたしが塀までたどり着ける可能性はゼロだ。

と考えたところで、ハンバーグのことを思い出した。

精いっぱい身を乗り出すと、グリルの把手にかろうじて指が触れた。後ろ脚に少し重心を移しつつ、もうちょっと身を乗り出してグリルのふたを開けた。思ったとおり、生焼けのハンバーグパテが並んでいた。急いで出かけたとき、保安官助手は忘れずにグリルの火を消したけれど、パテをなかに持って入る時間は惜しんだのだ。

一番手前にあったパテをつかんで一部を小さく裂き、ランボーに向かってほうった。犬は天を見あげるようにわたしに目を注いだまま、頭を低くして肉のにおいを嗅いだ。次の瞬間、とてつもなく大きな舌が突き出されてパテの切れ端をパティオの床からすくい取ったが、その間《かん》エクステは彼のあごから垂れたままだった。

おとり作戦でいくしかない。

犬小屋の屋根にしゃがみこみ、ランボーが肉のにおいを嗅げるところまで手を伸ばした。ランボーは耳をぴんと立て、すぐさま近づいてきた。成功のチャンスは一度だけ。それに、すばやくやらなければならない。少しでもしくじったら、わたしの手はあのプラチナブロンドのエクステと同じ運命になる。

できるだけ体勢を安定させて身を乗り出し、行動を起こす準備をした。残りのパテを突き出し、エクステをつかめるところまでランボーをおびき寄せようとする。犬はまだ疑っている様子でわたしを見つめていたが、とうとうハンバーグの味が勝利し、最後の一歩をわたしのほうへ踏み出した。

犬がパテを目指してジャンプした瞬間、わたしはエクステをつかんで引っぱり、パテを後ろにほうり投げた。ランボーは迷わず、パテを追いかけた。わたしは犬小屋から飛びおり、塀に向かって走りだした。犬が肉を嚙んでから呑みこんでくれるよう祈りながら。立ち止まって後ろを確認することもせず、塀の上によじ登った。後ろでガチャンという大きな音がしたので振り返ると、ランボーがグリルにタックルをかけ、残りのハンバーグパテをパティオにまき散らしたところだった。わたしは塀を乗り越えて生け垣のなかに飛びおり、枝を何本か折りつつ、びっくりしているアイダ・ベルの隣に着地した。

わたしたちは手足が絡まり、ひとつの巨大なボールのようになって茂みから芝生の上へところげ出た。わたしが上になっていたので、アイダ・ベルを殺してしまったのではないかと心配になり、慌てて立ちあがった。アイダ・ベルの口からつぎつぎと悪態が飛び出したので、わたしは口元が緩んだ。少なくとも死んではいなかった。手を差しのべて彼女を立ちあがらせ、通りを見やった。

ガーティが片手にホースを持ち、もういっぽうの手で耳に携帯電話を当て、前庭に立っていた。ホースの先端が彼女の車の開いた窓のなかに入ってしまっていて、ドアの下から水が流れだしているのが見えた。彼女は口をあんぐりと開けてこちらをまっすぐ見つめていた。わたしたちの曲芸に驚いたのかと思ったら、急に携帯電話を取り落とし、一心不乱に手を振りはじめた。

「急いだほうがよさそう」わたしは言った。

アイダ・ベルがスラックスから汚れを払うのをやめ、わたしについて通りを大急ぎで渡った。ガーティはホースを手放したが、ホースは助手席側のサイドミラーに引っかかり、先が車のなかに入ったままになってしまった。ガーティは携帯電話をつかみ、玄関まで走ってドアを開けた。アイダ・ベルとわたしがなかに駆けこむと、ガーティもあとに続いてからドアを閉めた。窓から外をのぞいたちょうどそのとき、ルブランク保安官助手が角を曲がってきたのが見えた。

「ガーティ、ホース！」わたしは叫んだ。

ガーティはほんの一瞬、ぽかんとした顔になったが、すぐにうめいた。「ああ、しまった！」

「いまはだめ！」戸口へ向かおうとするガーティの腕をアイダ・ベルがつかんだ。

ルブランク保安官助手は私道に車を入れると、トラックのドアを乱暴に閉め、急いで家のなかに戻った。

「危ないところだった」わたしは言った。

「怒った顔だったね」とアイダ・ベル。

「これからもっと怒るわよ、犬にハンバーグのパテを全部食べられたと知ったら」

「それで犬の気をそらしたのかい?」アイダ・ベルはうなずいた。「名案だったね」

「もうっ」ガーティが携帯電話のディスプレイを操作しはじめた。

「どうかした?」わたしは訊いた。

「マーガレットに電話して、猫を連れてこないでもいいって言わなきゃ」


道路を挟んでいるにもかかわらず、ガーティの家のなかまでルブランク保安官助手の激怒した声が聞こえてきた。彼が怒鳴っているのをガーティはチャンスととらえ、表に出てホースの水を止め、車のドアを開けた。舗装された道に水がドドッと溢れ出た。アイダ・ベルが重曹が入っていると思われる大きな箱を持って走っていき、車のドアを全部開けて中身を車中にまいた。わたしはガーティの車にはしばらく乗らないようにしよう、と頭のなかにメモをした。ひょっとしたら十年かそれ以上。

ガーティは重い足取りで屋内に戻ると、キッチンへと向かった。水を吸った靴がハードウッドの床に濡れた足跡を残していく。その後ろをアイダ・ベルがふきんで水を拭き取りながら追いかけていった。わたしはふたりを追ってキッチンに入り、アイダ・ベルの向かいに腰をおろした。ガーティはコーヒーメーカーをスタートさせた。

「焼き菓子なんてないかしら」わたしは訊いた。「さっき袋入りのクッキーを捨てちゃったの。ルブランク保安官助手の家の塀を越える前に」

ガーティがうなずいた。「あなたが返信してきたとき、ちょうどパウンドケーキが焼けたところだったの。コーヒーに合うはずよ」

アイダ・ベルがガーティの足元を指さした。「その濡れたスニーカーを脱いで、勝手口の階段に干しといたほうがいいよ。やらなきゃいけないことがあるときに、あんたに風邪を引かれたらたまらないからね」

ガーティはテニスシューズを脱ぎ、勝手口の階段にひょいと置いた。「フォーチュン、あなたどうしてここへ来ようと思ったのか、まだ話してくれてなかったわよね」コーヒーを注ぎはじめる。「電話をかけるほうが簡単だったでしょうに」

「簡単だったと思うけど、電話番号は知らないし。あなたがわたしの番号をどうやって手に入れたのかも不思議だわ」

ガーティはわたしとアイダ・ベルの前にマグカップを置き、自分もカップを片手に腰をおろした。「あなたの携帯電話は日曜日にキッチンカウンターの上に置いてあったから。必要になったときのために番号を調べて、あたしとアイダ・ベルの番号をあなたの連絡先に登録しておいたのよ。そういえばあなたの連絡先、空っぽだったけど」

「前の携帯が故障しちゃって」わたしは嘘の言い訳をした。「まだ登録し直す時間がなかったの」

ガーティはうなずいた。「これからはおたがい、番号が登録されてるとわかったんだから、あたしたちと連絡を取るのに危険を冒す必要はないわ」

「フォーチュンにどの番号を教えたんだい？」アイダ・ベルが訊いた。

ガーティは気分を害した顔になった。「秘密の番号に決まってるでしょ」

「ふたりとも秘密の電話番号を持ってるの？」

「当然だろう」アイダ・ベルが答えた。「あたしたちの名前で登録された電話も持ってるけどね、政府《ビッグ・ブラザー》があっという間に通話記録を入手できるご時世だから、プリペイド携帯も持っておくことにしたんだよ。月に一回ニューオーリンズまで車で行って、通話時間を現金で買ってくるのさ。そうすれば、追跡されないから」

「どうして追跡不可能な携帯電話が必要なのか、わたしは知らないほうがいい？」

「たぶんね」アイダ・ベルが答えた。

彼女が正しそうだったので、この問題は追及しないことにした。「わたしがここに来たのはハーヴィの従弟とひと悶着あったからよ」ドアがバンバン叩かれたこと、それに続くやりとり、召喚状の無効な送達、そして一連のやりとりに対するルブランク保安官助手の見解について説明した。

「どうしてあの男のことを話してくれなかったの？」わたしは訊いた。「ほかの容疑者を探して時間を果てしなく浪費するところだったわ。あいつが目の前にいるのに。あの男、怒りのコントロールに関して深刻な問題を抱えてるわ」

アイダ・ベルが首を横に振った。「警察は一番にメルヴィンを調べたんだよ。でも、あの男にはハーヴィが行方不明になったとき、鉄壁のアリバイがあった」

「完全に鉄壁な？」

「メルヴィンはニューオーリンズ刑務所で一年の刑期を勤めてたんだよ。ハーヴィがいなくなったときは七カ月勤めたところで、そのあと五カ月服役してた。その間ハーヴィがずっと生きてて、メルヴィンが出所してからハーヴィを見つけて殺したんなら別だけど、メルヴィンが犯人てことはありえないね」

「もう」またもや名案がボツだ。

わたしは指でいらいらとテーブルを叩いたが、別の可能性がひらめいた。

「メルヴィンに仲間がいた可能性は？　服役中っていうのは完璧なアリバイだわ。もしかしたら、それを利用したのかも」

アイダ・ベルが眉をつりあげた。「そいつは悪くない考えだね」ガーティを見る。「メルヴィンは誰とつるんでたっけ？」

ガーティはしばらくアイダ・ベルの顔を見つめていたが、ゆっくりと首を横に振った。「殺人の計画を打ち明けられるような相手はいなかったと思うわ。メルヴィンの友達も身内も、テレビのくだらない犯罪番組に出てくるようなのばかり」

「その人たちがメルヴィンにちょっとでも似てるなら」とわたしは言った。「百パーセント、ガーティに賛成するわ。でも、メルヴィンは違う相手と――身内でもふだんの仲間でもない誰かと手を組んだかもしれない。ハーヴィの財産が手に入ると思ったら、かなりの額を払えたはずだし」

「なるほど」とアイダ・ベル。「メルヴィンは上流の人間とつき合ってたとは言いがたい。だから、手を組む相手を見つけたっていうのは大いにありうるね」

わたしはうなずいた。「一番可能性が高いのは、彼が刑務所で出会って、でも彼よりも先に仮釈放された人間ね」

ガーティとアイダ・ベルの顔がぱっと明るくなったが、わたしは急に自分の仮説の欠点に気づき、ため息をついた。

「いまのは忘れて」

「どうして？」とガーティ。

「メルヴィンが誰かにハーヴィを殺させたなら、自分が服役しているあいだに死体を発見させたかったはずよ。そのほうが、マリーに嫌疑がかかる可能性がずっと高かったし、ハーヴィの財産もとっくの昔に手に入れられたはずだわ」

アイダ・ベルが眉をひそめた。「ひょっとしたら、計画は立てたけど、何かがうまくいかなかったのかもしれないね」

「たとえば？」

「メルヴィンたちは死体がすぐに発見されないようにしたかったのかもしれない。死亡推定時刻の幅が広がって、マリーがすべての時間のアリバイを証明するのは無理になるように」

「つまり、彼らは死体を隠したはずだと考えるわけ?」

アイダ・ベルはうなずいた。

「どこに?」

「湿地のどこかだろうね」アイダ・ベルが答えた。「でも、アリゲーターがそれを見つけたら……うん、それでハーヴィの遺体の一部が出てくるまでに五年もかかったのかもしれない」

わたしはフーッと息を吐いた。「説得力に欠けるわ。欠けすぎ」

「容疑をマリーからそらすためにはってこと?」ガーティが訊いた。

わたしはうなずいた。「推測だけじゃだめよ」

「何が必要?」

「手始めに、グルになった可能性のある人物ね」

アイダ・ベルが唇をすぼめた。「メルヴィンが刑務所で仲間を作ったっていうあんたの考え、いい線いってるんじゃないかね。その手のことはニュースで聞くから、よくあるにちがいない」

「ええ、でも、メルヴィンが誰と刑務所で会ったか知る必要があるし、そんな情報をどうやって手に入れたらいいか見当もつかないわ」

「あら、そんなの簡単よ」とガーティ。

「ほんとに?」

「マートルに調べてもらうわ。少なくとも誰と同房だったかは記録が残ってるでしょ?」

「それってマリーのまたいとこで保安官事務所で働いてるって女性よね？ ルブランク保安官助手に見つかったら、ひどく面倒なことになると思うわ。彼女がやりたくないって言ったらどうするの？」

「いや、やるよ」とアイダ・ベル。

その口ぶりからすると、マートルに選ぶ権利はなさそうだった。アイダ・ベルは何か彼女の弱みを握っているのだろうかと少し気になった。アイダ・ベルがそれを利用しても、少しも不思議ではなかった。彼女がそういうタイプの女性であることはすでに知っている。アイダ・ベルがシンプルで怒らせてはいけない相手なのは間違いない。

彼女はマフィアの首領《ゴッドファーザー》。白髪頭で女性、それに南部人だけど。

第12章

ガーティの家でパウンドケーキの非常に大きな塊を――お代わりまでして――食べたにもかかわらず、帰途についたときにはわたしはおなかが鳴りはじめていた。あれだけのパウンドケーキを食べ、その前にサンドウィッチを食べていても、ランボーから逃げるのに使ったカロリーは補えなかったようだ。

またサンドウィッチを食べる気分ではなかったし――最近の運の悪さを考えたら――料理を

してみようとは絶対に思わなかったので、急いで家に帰ると髪を洗った。禿げた部分は髪をおろしていると簡単に目につくけれど、後ろに引っぱってポニーテールにするとうまく隠せた。どのみち、ポニーテールは好みのヘアスタイルだ。女性らしくしていなければならないあいだは。

　アイダ・ベルが話していた〝高級なつけ毛〟をしてくれるニューオーリンズの店まで行って、これを直してもらわないと。誰かが気がついて、不審に思う前に。となるとウォルターにマージのジープのバッテリーがいつ届くか訊かなければ。全部で四ブロックしかないシンフルを移動するのに車は必ずしも必要じゃないけれど、ニューオーリンズまでは歩けない。

　汚れをすべて落とし、ふたたび人前に出られる格好になると、寝室で見つけた独立戦争時代の武器に関する本を持って、メインストリートのフランシーンの店に向かった。月曜日だからバナナプディングはないけれど、日曜日に食べたチキンフライドステーキを思い出しただけで唾が湧いてきた。あれはぜひともう一度食べたいし、デザートに深皿で焼いたフルーツパイ《コブラー》をつけてもいいかもしれない。コブラーは毎日あるし、どれもおいしいとガーティが言っていた。ガーティのパウンドケーキを上まわるにはとてつもなくおいしくないとだめだ。でも、科学的な研究のために、わたしは喜んでこの胃を差し出そう。

　フランシーンの店は、隅の席に白髪の男性がふたり座っているのを除けば空っぽだった。男性ふたりはわたしが入っていくと興味を惹かれた様子で顔をあげ、それから身を乗り出してひそひそ話しはじめた。この十年、三十歳以下の人間を見たことがないのだろう。それでたぶんどんな人種か憶測をめぐらしているにちがいない。

フランシーンがオーブンのところからわたしに向かって手を振り、伝票用紙を持って歩いてきた。「あたしの料理も〈シンフル・レディース〉との時間も、あなたを殺さなかったみたいね」

「まだね。でも〈シンフル・レディース〉についてはまだ判断保留中」

「あら、呑みこみの早い人ね。あなた、カトリック信者に狙われるわよ。日曜日の短距離走のせいで」

わたしは目をしばたたいた。しまった、その展開については考えてもいなかった。やれやれ、このうえ、カトリック信者にも襲われないよう気をつけなければならないなんて。「この町で静かに暮らすのってむずかしいんでしょうね」

フランシーンは声をあげて笑った。「そうね、小さな——それも南部の——町で暮らしたことのない人はみんな、ここをのんびりした場所で、にこにこして親しみやすい、いい人がいっぱいいる町って考えるわね。人についてはだいたい当たってるけど、でもこの町って劇的な出来事には事欠かないのよ。することがあんまりないせいで、みんな何かと意見を対立させてるだけかもしれないって、あたしは思うけど」

「かもしれないわね」とわたしは言ったものの、確信はしていなかった。殺人事件は退屈に対する反動としてはいささか極端すぎる。でも、この老人の国に激震をもたらしたことは確かだ。

「何か食べにきたんでしょ、ハニー」

「ええ。チキンフライドステーキとマッシュポテトのグレービーソースがけ、コーン、それからロールパンをお願い」

フランシーンはうなずいて、注文を伝票に書きつけた。「飲みものは？」

「ビールはある？」

「ないわ。シンフルは禁酒の町だから」

「冗談でしょう」でも、考えてみると、サンドウィッチの材料とクッキーを買ったとき、雑貨店でアルコール飲料はいっさい見かけなかった。〈シンフル・レディース〉の〝咳止めシロップ〟の必要性がますます理解できる気がしてきた。

「冗談だったらいいんだけどねえ。ビール二本とかワイン一杯ぐらいなら、なんの害もないのに。でも、法案が通せないんだわ。住人はメインストリートにバーができるんじゃないかと心配なわけ。バーは近くに二軒あるのよ。でも、この町から三、四キロ離れたところまで車で行かないとならないの」

「なるほどね。この町の信仰心の篤さをどうしても忘れがちで」

「あら、信仰心とは関係ないわよ。この話が持ちあがるたび、それが口実にされるけど。シンフルにバーができてほしくないのは男たち。いまある二軒が閉店に追いこまれるだろうし、そうしたら、彼らが町の外で奥さんに隠れて何をしてるにしろ、それを町の真ん中の、みんなの目の前でやらなきゃならなくなるでしょ」

「女性はバーに行かないの？」

「ちゃんとした人はね」フランシーンは注文伝票をエプロンのポケットにしまった。「出せるもので一番近いのはルートビア」

「それならルートビア・フロートにして」アイスクリームを浮かべたルートビアは完全無欠の飲みものと言っていい。

「了解。食事は十分程度で用意できるわ」フランシーンは厨房へと戻っていった。

「急いでないから」わたしはそう声をかけると、本の昨晩最後に読んだところを開いた。独立戦争時代に使われていた武器のお粗末さには驚きだ。いまある道具を使わずに、わたしの仕事をこなすなんて想像できない。この国を勝ちとった農民たちはおそろしく肝っ玉が太かったにちがいない。

本に夢中になるあまり、わたしは彼が店に入ってきたのにまったく気づかなかった。

「ミズ・モロー」ルブランク保安官助手の声がすぐそばから聞こえたので、わたしは跳びあがった。

「驚かさないでよ。あなた、いつもそうやってこっそり人に近づくわけ?」

「あんたにそんなことを言われるとは不思議だな。だがまあ、それは置いておこう」彼は料理を持って近づいてくるフランシーンを見た。

フランシーンはわたしの前に皿を置いてからルブランク保安官助手を見た。「何か食べる?」

「スペシャルをもらうよ」

フランシーンは当惑した顔になった。「休日はいつも家でバーベキューかと思ったけど」

ルブランクがしかめ面になった。「実は、誰かが、ジュニア・ベイカーにかみさんがジュニアのいとこと素っ裸で泳いでる写真を送ったんだ。ジュニアといとこは〈スワンプ・バー〉で取っ組み合いの喧嘩を始めたんだが、おれが向かってる途中でみんな帰った、乱闘は終わったって連絡が入ってね。そうこうしているあいだにタイニーがおれの肉を食っちまったんだよ。おれが飛び出したとき、グリルに載っけたままにしておいたやつを」

あの犬がちび《タイニー》ですって？　ふざけてるの？

フランシーンが呆れた顔で首を振った。「彼女のせいでそのうち死人が出るわね」

「たぶんあんたの言うとおりだな。誰がいなくなるといいかは決めかねるが。ところで、フランシーン、おれのディナーはミズ・モローにつけといてくれ」

フランシーンは目を丸くしたが、何も言わずに厨房へと急いで戻っていった。

「いったいなんでわたしがあなたにディナーをおごらなきゃならないわけ？」わたしは訊いた。

「その裸の写真を送ったのがわたしだなんて思ってないでしょうね。わたしはその人たちを知りもしないのよ」

「写真の送り主については個人的に当たりがついてるんだが、おそらく証明はできないだろう」

「だったら、どうしてわたしがあなたに借りがあるみたいに思うのかしら」

ルブランクはポケットに手を突っこみ、プラチナブロンドの髪を三本引っぱり出した。「うちの犬の歯に挟まってたんだ。おれのディナーの残りと一緒に。あんたがつぶした生け垣はたぶん生き延びるだろうが、せめて食事はおごってもらわないとな。あんたが怒らせたりしなければ、あいつはおれの肉を食ったりしなかった」

やだ、まずい！　自分に〝あなたは訓練を受けたプロなのよ〟と言い聞かせながら、わたしは必死にわけがわからないという顔を通した。

「なんの話か見当もつかないんだけど」

彼はおもしろがっているような笑みを浮かべた。「それが精いっぱいの演技か？」

身を乗り出すと、声を低くした。「いいか、他人の家をのぞくのは違法だ。しかし、あんたがそこまでしてもおれをちらりとでも見たいっていうなら、知らせてくれ。かわいい女性にはいつでも便宜をはかるよ」

ウィンクをして髪をわたしの本の上に置くと、のんびりした足取りで店の隅にいる老人ふたりと話しにいった。わたしは首筋が熱くなるのを感じ、必死に自制を働かせようとした。なんてずうずうしい男なの。わたしが彼の下着姿か何か見たさに茂みに隠れていたみたいに。うぬぼれもいいところ！

「お代わりいる？」フランシーンの声が横から聞こえた。

もう、わたしは間違いなく勘が鈍りはじめている。公共の場で、ふたり続けて人に忍び寄られるなんて。

顔をあげるとフランシーンが空になったジョッキを指していた。「ええ、お願い」とわたしは答えた。ルートビア・フロートをもう一杯飲んだら、気分がよくなるかもしれない。

二、三分してフランシーンが戻ってきたとき、わたしはまだかっかしていた。

「あの人っていつもあんなにうぬぼれが強いの？」ルートビア・フロートをテーブルに置くフランシーンに訊いた。

彼女は気遣わしげにルブランク保安官助手をちらっと見てからうなずいた。「カーターは昔からなんでも一番って感じだったのよ。成績優秀でフットボールのスター選手、狩猟の腕も一番……シンフルの女の子はみんな、夢中になって彼を追いかけたわ。カーターが海兵隊に入ったのは、彼女たちから逃げたかっただけなんじゃないかって気がときどきするくらい」

「納得」わたしはぼそぼそと言った。「それで、彼の取り巻きはいまどこに？」

「そうね、大部分は待ちきれずにほかの男と結婚したり、もう少し大きな夢を抱いて町を出たり。でも、何人かはまだカーターの注意を惹こうとがんばってるわよ」

フランシーンは首をかしげ、わたしをしばらく見つめていた。「もちろん、カーターが誰かに注意を向けてるのは見たことないけど。あなた以外は」

「やだ、やめて！　わたしはチャーミング保安官助手なんかにこれっぽっちも興味ないわ。それどころか、マイナスの興味なんてものがあるなら、わたしが持ってるのはそれよ」

「チャーミング保安官助手ね。気に入ったわ、その呼び方」

「このごろ皮肉っぽくなってるの」

フランシーンは肩をすくめた。「そんなに悪くないと思うのよ。あなたがここにいるのは夏のあいだだけってことだけど、ひと夏の恋は誰も傷つけないわ。あ、モーリーン・トンプソンは別だけど。でも、あの娘《こ》は妹の旦那と寝てるし」

フランシーンはくるっと向きを変えて厨房へと戻っていき、わたしはルートビア・フロートを飲みながらひとりでかっかしていた。事態はかえって悪化してしまった。エクステを取りもどすために命の危険を冒したのに、結局タイニーは——なんてばかげた名前だ——証拠をくわえたままだったし、そればかりかルブランク保安官助手はわたしが彼に好色な興味を抱いているために裏庭に侵入したと思いこんでいる。悪夢としか言いようがない。

デザートを食べ終えたらすぐ、まっすぐ家に帰ってベッドに入り、きょうは一日外に出ないことにしよう。火事にでもならないかぎり。きょうという日は収拾がつかなくなっている。リラックスして態勢を立て直す時間が必要だ。

いったい何がわたしにルブランク保安官助手のほうを見るよう仕向けたのかわからない。とにかく、まるでそうせずにいられないような感じだった。彼は相変わらず老人ふたりと座っていたが、わたしがちらりと目をやると、こちらをまっすぐ見て、そのあとウィンクした。ため息。家に帰る前にガーティのところに寄って、例の咳止めシロップを少しもらってきたほうがいいかもしれない。

第13章

小さいグラスに咳止めシロップを注いでいたとき、家の電話が鳴った。死んだ女性の電話に出るというのはなんだか変な感じがしたので、わたしは一瞬動きを止めた。でも、彼女が死んだことはみんなが知っているし、そのうえで誰かが電話をしてきているなら、たぶんわたしと話すためだろう。腕時計を見た。八時。きっとガーティかアイダ・ベルからだろうと思いながら電話に出たが、聞こえてきたのは礼儀正しい男性の声だった。

「ミズ・モローですか?」

「はい」

「こんな夜分に申し訳ありません。アルバート・ウォーリーです。〈ウォーリー・アンド・ピカード〉の弁護士の」

召喚状の件だ!

「すみません、ミスター・ウォーリー、でもマリーを見つけるお手伝いはできません。彼女とは面識もないんですから」

ちょっとのあいだ完全な沈黙が流れたので、電話が切られたのかと思った。とそのとき、咳払いが聞こえてきた。

「よくわからないのですが、ミズ・モロー。わたしは亡くなられた大おばさまの弁護士です」

「あら。あら！　ごめんなさい、ミスター・ウォーリー。大おばの家に着いてから、ちょっとした騒ぎがあったものですから、違う用件でかけていらしたものとばかり」

ミスター・ウォーリーは空咳をした。「何もかも問題ないとよいのですが……」

「何もかも大丈夫です。ちょっとした誤解があっただけで。何かわたしにできることがありますか？　まだ遺品の目録作りも始めてないんですけど」

「その件は急ぎません。大おばさまは株への投資を非常にうまくやっていらしたので、すべてを片づけるまで滞在されても、費用は遺産でまかなえます」

「そうですか。まあ、夏が終わる前に何もかも片をつけられたらと願ってるんですけど」

「それでかまいませんよ、ミズ・モロー。こちらとしては急いでいただく必要がないことをお伝えしたかっただけです。大都市にお住まいとうかがってますが、小さな町では何かと進み方がゆっくりですので」

「そう聞いています」実際の経験とは異なるけれど、まだ望みは捨てていなかった。

「電話をかけましたのは、大おばさまが、亡くなったあとであなたに渡してほしいとおっしゃっていた書類を預かっているからなんです」

「どういった書類でしょうか？」

「残念ながらわからないのです。保管のために当方へお持ちになったとき、封がしてありましたので。われわれへの指示は、大おばさまが亡くなられたあと、あなたにお渡しするようにとのことでした。ニューオーリンズのわれわれの事務所まで取りにいらしていただけるなら、それで結構です。あるいは、そちらにわたしがうかがうこともできます。小包として送りたいところですが、遺産ファイルにサインをいただく必要がありますので」

やれやれ。法的な文書にサンディ＝スーの署名を偽造するなんて、一番避けたいことなのに。それに、マージが何を書き残したにしろ、それは姪に読ませるためで、わたしにじゃない。

「今週の予定がまだわからないんです、ミスター・ウォーリー。大おばのジープはいま故障中なんですけど、まもなく直ると期待しています。修理ができたら、ニューオーリンズまで行く用事があるんです。あらためてお電話して、日にちをお知らせするのでもいいでしょうか？」

「もちろんです。さっきも言いましたとおり、急ぐことではありません。ニューオーリンズにいらっしゃるときにいつでもお渡しできますので。それでは、ミズ・モロー、失礼いたします」

電話を切ると、わたしは咳止めシロップの壜とショットグラスを携えて二階に向かった。すでに一杯飲んでいたけれど、もう一杯飲んだほうが効きめがあると考えたからだ。こんなに早くベッドに入る場合はとりわけ。わたしは早寝タイプとは言えない。一杯目で声帯が焼き切れそうになったので、血流にどんな変化が生じているかは想像するのを控えた。パジャマに着替えてベッドに入ってから二杯目を飲もう。それで意識を失えれば、この環境でも、わたしはいくらか睡眠を取れるかもしれない。

階段を半分のぼったところで携帯電話が鳴りだしたので、わたしはうめいた。歩くトラブルのシニア女王ふたりと深夜の遠足に出かける気分ではぜんぜんない。ポケットから電話を取り出したとたん、心拍が一気にあがった。ハリソンからだ。

「いったいそっちで何が起きてるんだ？」電話に出るやいなや、ハリソンの声が響いた。

わたしは階段の途中で立ち止まった。「どういう意味？」

「連邦データベースの検索システムに警報《アラート》を設定しておいたんだ。きのうの夜、おまえの死んだ大おばさんについて検索したやつがいる」

「あ！」ルブランク保安官助手は思った以上に行動が早かった。

「自然死した人物に関して調べるやつがいるのはどうしてだ？」

わたしは人骨をめぐる状況を――ハリソンが卒中を起こすといけないので――シンフルのシニア住民マフィアとのかかわりについては触れずに説明した。

「なんてこった、レディング。磁石みたいに死人を引きつけるやつだな。頼むから、おまえは事件にかかわってないと言ってくれ」

「どうしたらかかわれるっていうの？　この男が殺されたのはずっと昔なのよ。わたしにやれたわけがないでしょ」

「だが、ルブランク保安官助手ってやつは、マージ大おばさんがそれについて何か知っていたとにらんでいるようだな。そうじゃなかったら、どうして彼女のことを調べる？」

「死んだ男の奥さんと親しかったからよ。それに住民の話じゃ、死んだ男は暴力を振るう金持ちの人でなしだったんですって。ルブランク保安官助手は、彼女の友人が問題の解決に手を貸したと考えているのかも」

「この件について地元住民と話してるのか？　やめろ！　ごたごたに巻きこまれるのはまずい。遺品の整理と花の水やりとか、そっちでみんながふつう何をするのか知らないが、それ以外はやるな」

「知らないほうが身のためね」わたしはぶつぶつと言った。

「なんだって？」

「なんでもない。信じて、どんなことにも首を突っこまないようにしてるから。でも、まるで好奇心を持たなかったら、そのほうが変でしょ。質問はしないけど、みんなが噂話を始めたら、その話はやめてとは言えない」

しばし沈黙が流れた。そのあと、ハリソンのため息が聞こえた。「わかった。いいだろう。それなら噂話を聞け。でも、意見や何かは言うな」

「意見は心の内だけにとどめておくわ」それとアイダ・ベルとガーティだけに。

それで思い出した。「えーと、ハリソン、ほかにもいくつか名前が浮上してくるかもしれない。亡くなった女性は、この町を仕切ってるらしい老婦人組合みたいなもののメンバーだったの」

「わかった。老人の名前が浮上してきたら、その保安官助手が釣りをしてるってわけだな」

「わたしの状況について何か新しいことは？」

「残念ながら。アーマドは地下に潜った。諜報員からの連絡は途絶えている。金曜日以来ロックオンしていない」

「でも、殺害命令は出たままなのね？」

「ああ。既知のブラジル人暗殺者二名との通信を傍受した。ふたりが入国したのはわかっているが、居場所は突きとめられていない」

「わかった」それ以上は声に落胆がはっきり出てしまうとわかっていたので言えなかった。

「いいか、レディング。今回のことは本当に残念だと思ってる。おまえとはつねに意見が一致するとは言えないが、それは仕事に関してで、個人的なことじゃない。おれはおまえをそこから解放するために、全力を尽くしてるってことを知っておいてくれ。モローもだ」

「わかってる」それは本当だった。ハリソンとわたしは憎み合っている元恋人同士みたいに喧嘩するし、モローからはわたしの亡き父とチャネリングしてるんじゃないかと感じるような非難や譴責《けんせき》を受けることがある。でも、ふたりとも今回の件をわたしに劣らず解決したいと思ってくれているのは確かだ。

「ならいい」ハリソンが言った。「この回線はあんまり長く使いたくないんだ。状況が変わらないかぎり電話はしない。だが、メールはチェックしてくれ。安全に接続できるときに最新情報を送る」

「ありがとう――ハリソン？」

「なんだ？」

「いろいろと感謝してるわ」

「わかってる」わたしの返事を彼もくり返した。

電話を切ると、のろのろと階段をのぼった。いまのところルブランク保安官助手の調査はわたしにまで及んでいない。当然だ。ハーヴィが姿を消したとき、サンディ＝スーはシンフルの近くにいなかったのだから、調べる論理的理由がない。でも、いつ何時、好奇心が勝って経歴チェックをしてみようと思わないともかぎらない。

考慮すべきことがありすぎて、頭痛がしはじめた。パジャマに着替え、本を持ってベッドに入ろう。それから咳止めシロップをもう少し飲む。運がよければ昏睡し、それでわたしの問題はすべて解決するだろう。

ヘッドホンをつけようとしたちょうどそのとき、頭上から板のきしる音が聞こえた。即座にヘッドホンをベッドに置き、上掛けの下からするりと出た。夜気はひどく蒸して風がまったくなく、だからいまの物音の原因が風であるはずはなかった。

誰か屋根裏にいる。

最初にこの家をざっと見てまわったとき、廊下の端に屋根裏に通じる階段があるのを見つけた。初めはクロゼットかと思ったが、現れたのはこれ以上ないほど狭い階段だった。屋根裏に大きなものはいっさいしまわれていないはずだ。階段を通り抜けられないから。

足音がしないようソックスをはいてから、階段室の入口まで行った。息を止めてドアをそっと開けると、音がしなかったのでほっとした。狭い空間に入り、屋根裏部屋がのぞける位置まで忍び足で階段をのぼった。

屋根裏は端に窓がひとつだけあり、満月の明かりがそこから差しこんで、部屋の真ん中に輝く小道を作っていた。暗がりで動くものはないかと、屋根裏全体を注意深く見渡したが、何もかも静止したままだ。

空気がかすかに動くこともなかったので、一瞬、わたしの勘違いだったかと不安になった。そのとき、部屋の反対側からまた音がした。

床板がきしらないよう祈りつつ、屋根裏部屋に足を踏み入れた。つかの間、動きを止めたが、こだまするのは静寂のみだった。音の主がなんであったにしろ、それはなりをひそめている。たぶん、わたしがここにいることを知っているのだ——気配を感じたか、においがしたか、見えたか。奇襲という手はなくなったけれど、わたしにはまだ拳銃という手がある。

警戒をマックスにして、忍び足で移動した。戦闘態勢に入り、自分が有利に立つために五感をフル活用する。屋根裏の壁には小さな家具や箱が並んでいた。シーツで覆われているものもあって、ホラー映画に出てくる家を彷彿させる雰囲気だ。

そんな場所で、パジャマを着た金髪のわたしは、そこにいる何かに忍び寄ろうとしていた。この家から逃げ出すのではなく。映画でよく見る陳腐な情景だけれど、わたしは巨乳でもなければチアリーダーでもないし、〈スクリーム〉に出てくるへなちょこたちなら簡単に片づけられる。

屋根裏の端にはいくつもの箱が天井に届くほどうずたかく積まれていた。いったいマージはここに何をしまっていたのだろう？　ワシントンのわたしの狭いアパートメントにあるのはクロゼットひとつだが、それだって武器を除いたら、四分の一もいっぱいにならないと思う。

箱のほうへ二、三歩近づいたところで、上にかけられているシーツが動いた。動いたのは肩ぐらいの高さだったので、わたしはぴたっと動きを止めた。箱が横壁ぎりぎりまで並んでいなかったとしたら、その後ろに人が簡単に隠れられる。箱のあいだからライフルでわたしの頭を狙う人間が。

瞬くような速さで、わたしは箱に突進しててっぺんからシーツを剝ぎ取り、相手がこちらに向かって発砲できないようすぐに身を低くした。ところが、いまわたしが直面している問題は、予想とまったく異なる種類のものであることがわかった。身を低くした瞬間、何か大きくて毛皮に覆われたものがわたしの肩に乗っかったのだ。見えたのはその白目と歯だけだった。

悲鳴はあげなかった。訓練された暗殺者は悲鳴をあげたりしない。歯を剝いた毛皮族に襲われたときも。でも、相手を仕留めようとして天井を銃弾で撃ち抜いた。失敗だった。歯を剝いた毛皮族は屋根裏の床を大急ぎで反対側まで走ると、古い本棚を駆けのぼり、窓を開け、外の木に飛び移った。

まだ木にいるところをつかまえられるかもしれないと思って追いかけたが、コートラックにつまずいてボール箱の山に突っこんでしまい、上から箱が崩れ落ちてきた。散らばった箱の下からすばやく這い出し、窓に駆け寄ったものの、歯を剝いた毛皮族はとっくに逃げ去っていた。むっとして窓を閉め、鍵もかけ、くるっと向きを変えたところで箱に足をぶつけた。頭にきて、その邪魔な箱を思いきり蹴ったら、古いボール紙が破れて中身が床にこぼれ出た。

勲章の輝きが目に留まったので、かがんで見ると、それが留められているのはとても古い、ヴェトナム戦争時代の陸軍の制服だった。よく見ようとその上着を持ちあげたところ、マージの名前が縫いとられていた。つまり、マージはヴェトナム帰還兵だったのだ。それも袖章と勲章からすると、向こうでマニキュアを塗っていたわけではないらしい。本物の戦闘に参加していたようだ。

軍隊にいたとわかって、この家の飾り気のなさと整頓ぶりに納得がいった。蔵書の謎が解明されたのは言うまでもない。さらに、わたしがこの家ではとても居心地よく感じる理由もなんとなくわかった気がする。ほかはどこに行っても場違いに感じるのに。

敬意と尊敬の念から、この輝かしい軍務の証を床に放置はできず、軍服をしまい直してから箱ごと持ちあげ、破れた部分に左腕をまわした。あしたアイロンをかけてから、もっとふさわしい容れものを見つけよう。

寝室に戻って、箱を机に置いた。時計を見ると、うめき声が出た。午前二時。わたしの体内目覚まし時計が作動して、シンフルでの至福の一日が始まるまで、あと五時間しかない。ルイジアナは眠りを求める人々にとっては地獄だ。ここで暮らしている人たちはヴァンパイアなんじゃないかという気がしてきた。

拳銃に弾を装塡し直してからヘッドホンを取りあげ、残されたわずかな睡眠時間を最大限に活用しようとした。ところが、ヘッドホンをつけるより先に誰かが玄関を激しく叩きはじめた。

今度はいったい何？

ドスドスと階段をおり、玄関ドアを開けた。ルブランク保安官助手が正面ポーチに立っていた。乱れた格好、疲れた様子、そしてわたしに劣らず不機嫌な顔で。

「今度は何？」

「このあたりで銃声が聞こえたとの通報があった」

「そしてあなたは当然、わたしだと思ったわけね」

「当然だ」

否定しようとしたものの、屋根の修理を誰かに依頼しなければならないので、どのみちばれると判断した。「屋根裏に何かいたの。撃とうとしたんだけど、逃げられたわ」

ルブランクは眉を片方つりあげた。「逃げたってどうやって？」

「そのいまいましいやつは窓を開けて、外の木を伝いおりたの。この湿地に野生の猿がいるとは知らなかったけど、正直言ってこの州のことはよく知らないから」

彼はため息をついた。「この州にいる猿と言ったら、動物園にいるのと政治家だけだよ。窓を開けたっていうなら、そいつはアライグマだろうな。やつらは猿みたいに親指とほかの指でものをつかめるし、頭がいい。基本的に無害でもある」

「わたしに襲いかかってきたのよ！　飛びかかってきて、わたしを踏んづけたんだから」

「襲ったんじゃない。あんたが驚かせたせいだ。そのうえ殺そうとしたから、慌てて屋根裏から逃げたわけさ。ここで本当に問題なのは、あんたが拳銃をどこで手に入れたのかってことのほうだ」

なるほど。「ウォルターからライフルを買ったの」

「あんたが発砲したのがライフルなら、おれが煩わされることはなかっただろう。この辺の住人はライフルと拳銃の音の違いを知ってる。さらに、マージの死後、おれが自分でこの家にあったあらゆる銃器を持ち出したから、ここにあったものじゃないのはわかってる」

「あなたが銃器を持ち出した？　わたしが相続したものなのに！　なんの権利があってそんなことしたわけ？」

「銃器は保安官事務所で安全に保管されてる。だが、誰もいない家に装塡された銃が置かれたままにしておくつもりはなかった。とりわけ、町の誰もがこの家に銃があることを知っているからには」

「わかったわ。でも、まだその銃をそっちで保管したままなのにはどんな理由があるの？」

「あんたがこの町に着いたときに返すつもりだった。だが、会ってみて考え直したんだ……一度ならず、二度三度と。おれの判断が正しかったようだな、あんたは自分ちの屋根を撃ち抜いて穴を開けたみたいだから」

説得力のある反論を考えようとしたが、悔しいことに、この件に関しては彼に分があるようだった。わたしの機嫌がよくなる事実ではまったくなかった。

「おれの推測だと、ウォルターがかわいい女性の力になろうって見当違いを起こして、あんたに拳銃を貸したんだろう。それをあしたウォルターに返すんだ。さもないとふたりそろっておれの尋問を受けることになるぞ」

ルブランクが違反切符帳を取り出したので、わたしは血圧があがるのを感じた。

「わたしに違反切符を切るつもり？　当ててみせましょうか——火曜日に自宅で野生動物を驚かせたのが法律違反なんでしょ？」

彼はわたしを完全に無視して走り書きを続け、紙を一枚破ってよこした。見ると、そこに書いてあったのは〝バディ〟という名前と電話番号だけだった。

「屋根はバディが直してくれる」ルブランクは言った。「やつがしらふで仕事を始めるよう気をつけてくれ。さもないと屋根から落ちて、脚が治るまで六週間、かみさんが邪魔なだけの亭主に我慢しなけりゃならなくなる。バディのことは生まれたときから知ってるが、そんな目に遭ったらやつのかみさんがかわいそうだ」

「しらふね。わかった。それと、ありがとう」

ルブランクはうなずいた。「さて、頼むからヘッドホンをつけて寝てくれ。何かが怪我をするか、もっと悪いことになる前に。少なくとも拳銃から弾を抜いておいてくれよ。目が半分見えないとか難聴だったりしない予備人員を、おれが見つけるまで。あんたが現れて以来、おれは夜ぐっすり眠れたことがないんだ」

彼はポーチをおり、トラックに向かって前庭を横切っていった。

「それはこっちも同じだから」わたしは車を出す彼に向かって大声で言った。

通りの反対側を見やると、家々のカーテンが閉じられるのが見えた。穿鑿《せんさく》好きが何人も。とにかく癪《しゃく》にさわったのでドアをバタンと閉めると、頭上の寝室で何かがドサッと床に落ちたのが聞こえた。急いで二階に戻ったところ、屋根裏で見つけた箱が床に落ちていた。ドアをひどく乱暴に閉めた振動で机から落ちたのだ。

階上の物音にも、屋根が撃ち抜かれた音にも、ルブランク保安官助手の訪問にも目を覚まさなかったボーンズが、いまごろになって吠えだした。寝室を出て見おろすと、ボーンズが階段をのぼってこようとしているのが見えた。見るからに無理そうで、二度目のトライではずるっと滑ったりしていたので、おりていってあきらめさせたほうがいいと判断した。わたしの身辺でまた死者が出たりしないうちに。

ボーンズを落ち着かせ、もう一度寝かせるにはおやつふたつと、彼がそれを歯茎で嚙み終えるまでの二十分がかかった。暗殺者として働いているときのほうがもっと体を休められるし、劇的な事件も起きないと考えつつ、わたしは二階に戻った。寝室の床にボール箱の中身が散らばったままなのを目にして立ち止まり、ため息をついた。

破れた箱、アライグマ、〝借りもの〟拳銃の件、そして今夜もまた大幅に睡眠不足になることを乗り越え、わたしは机に多少は整然と軍服を載せはじめた。最後の一枚を拾いあげたとき、なかから封筒の束が床に落ちた。戦時中、家族や友人からマージに送られた手紙だろうと思ったら、封筒に宛名は書かれていなかったので驚いた。

太い輪ゴムをはずし、一通の封筒を開けて、入っていた便箋を引っぱり出した。

一九六一年九月七日

ここジャングルでの状況は悲惨よ。でも、任務に集中しているかぎり、わたしは安全。仕事に全霊を傾けているつもりなのに、妙なときにあなたのことを考えている自分に気づく。毎年秋祭りへ一緒に出かけ、メインストリートを歩いていたときのあなたを思い出すときもあれば、郡主催の品評会で観覧車がてっぺんで止まってしまったときのあなたの顔を思い出したり。一緒にボートに乗ったときの笑顔、くだらない白黒映画を観て声をあげて笑っていたあなたがなつかしい。

昔からずっと愛してる。遠く離れていても、自由のために毎日たいへんな犠牲を払っているときでも、あなたへの愛は絶対に変わらない。わたしの胸の内を打ち明けられればいいのに。そうすれば、秘密をひとりで抱えているいまみたいに苦しくなくなるのに。

マージ

次の封筒から便箋を取り出してみると、似たような内容が書かれていた。愛する人を恋しく思う兵士の思いと夢。封筒の束を検《あらた》めたところ、手紙は五十通あったけれど、一通も宛名は書かれていなかった。

マージは愛する男性にこんなにたくさん手紙を書きつづりながら、どれも送らなかったのだ。

封筒を机の上の軍服の横に置き、ランプを消してベッドにもぐりこんだ。でも、暗闇のなかでわたしの頭は眠りへと落ちていくのではなく、ぐるぐる回転しつづけた。誰かをあそこまで心の底から愛するというのはどんな気分なのだろう？　悲惨な戦争の真っただ中にいながら、あとに残してきた人の笑顔へ心がさまようというのは？

　わたしはそんなふうに誰かを思ったことが一度もない。そんな気持ちになれるかどうかもわからない。

　過去に男性はいた。でも、わたしと彼らとの関係は恋愛関係とも呼べなかったし、ましてや不滅の愛などではなかった。あんなにたくさんの手紙を書いておきながら、それを送る勇気が出せないなんて理解できない。送ったところで失うものなんて何もないじゃない？　相手がこちらと同じ気持ちでなかったとしたら、それを知らずにいるより知ったほうがいいに決まっている。もしも同じ気持ちだったら、未来が開けるかもしれない。

　わたしはフーッと息を吐き、目を閉じて手榴弾を数えはじめた。対処する資格もなければ、かかわるべきでもないことにもうあれこれどっぷりつかっているのだ。この期に及んで五十年前の片思いの謎に首を突っこむなんて、絶対に避けなければならない。

　でも、うとうとしはじめながらも、わたしは気になった。マージは彼に気持ちを打ち明けたのだろうか。彼の返事のせいで、あの手紙は宛名が書かれることなく、何十年も彼女が持ったままになったのだろうか。

第14章

寝室のカーテンの隙間から明るい日差しが差しこんでいる。わたしは片目を開けてナイトテーブルの上の時計を見た。九時！ ありえない。もういっぽうの目も開けたが、間違っていなかった。9:00AMという大きな白い文字がわたしを見つめ返している。

感謝したらいいのか、心配したらいいのか。

わたしはようやくまともな睡眠を取れた。そのいっぽう、何時間も前にアイダ・ベルとガーティにドアをバンバン叩かれると思っていたから、どうしてふたりが現れなかったのかが気になる。これはどれくらい悲しいことなのだろう？ この町に来てまだ三日なのに、夜明けとともに人に起こされる生活に慣れてしまうなんて。

ベッドの上で身を起こし、ヘッドホンをはずしてストレッチをした。ボーンズがおなかを空かせ、トイレにも行きたがっているはずだ。そこで彼を寝床から引っぱり出すべく、一階へおりた。

ボーンズを起こすと、彼は外へ出るのではなく、居間に入っていったかと思うと階段の下でまた吠えはじめた。

「いったいどうしたっていうの？」わたしはボーンズを居間から引きずり出し、キッチンに連れて戻るために格闘した。

やっとのことでボーンズに向きを変えさせ、勝手口から出してやると、冷蔵庫を開けた。なんにも入っていない空っぽの空間がわたしを見返してきた。ナンバー・ツーから戻ったあと、わたしはウォルターが用意してくれたヘッドホンとその他の備品を受け取ったが、ほかにはパンと加工肉《ランチミート》、それにきのう捨てざるをえなくなったクッキーを大急ぎで買うあいだしかあそこに留まらなかった。死にものぐるいでシャワーへ急ぎ、そのあとでもっといろんな食料品を買いに戻るつもりでいたのだ。ところが、きのうはその後思いもかけない展開となり、二度と店に戻れなかった。

ウォルターに拳銃を返す必要もあるし、フランシーンにお金を払う以外の方法でそこそこ定期的に食事をしたければ、雑貨店に出かけるのが妥当だった。車のバッテリーがどうなっているかも確認できる。ニューオーリンズまで行くために、ジープを走行可能にしなければ。ガーティに連れていってもらう気にはならない。彼女がきのう自分の車で、ノアの洪水を起こしてみせたことを考えるととりわけ。それにアイダ・ベルから、ガーティは運転するとき眼鏡が必要なのにかけようとしないと警告されている。

おなかが鳴ったので、冷蔵庫の扉を閉めた。ＣＩＡのアシスタントのハドリーが以前、空腹状態で買いものに行くのはよくないと話していたのを思い出した。そこでフランシーンのところで朝食を食べるのは、あとで賢明な決断を下すために必要なことだと決断した。

靴下用の抽斗からお金を出し、ジーンズにＴシャツ、テニスシューズという格好になると、フランシーンの店までゆっくりめのジョギングで向かった。二ブロックをジョギングすれば、これから食べるカロリーの十分の一ぐらいは消費できるかもしれない。

カフェにはほかに四人――年配の男女ふた組――しかお客がいなかったけれど、隅の長テーブルはまるでわたしが来る直前に誰かが食べものを投げ合っていたようなありさまだった。チェックのテーブルクロスの上と周囲の床は、いたるところに食べかすが落ちている。テーブルの上には数十センチごとにミルクのグラスが倒れていた。テーブルマナーを学ぶべき人物がいるらしい。

わたしはきのう座ったのと同じ隅のテーブルを選び、今回は誰かが忍び寄ってきても気づかないほど本に夢中になったりするまいと心に誓った。厨房に通じるドアが勢いよく開いたのでフランシーンが出てくるものと思ったら、褐色の長い髪、きれいなグリーンの目をした若い女の子がわたしのほうに歩いてきた。注文伝票の帳面を手に。

二十代半ば、身長百六十五センチ、ほどよく筋肉がついたしなやかな体つき。

わたしとルブランク保安官助手に続いてシンフルで三番目に健康な人物であるのは確実だ。

彼女はテーブルまでやって来るとにっこり笑った。

「あなたがマージの姪御さんね。噂はあれこれ聞いてるわ」

「ルブランク保安官助手が何を言ったにしろ、それは誇張よ。たぶん」

彼女は声をあげて笑った。「噂をしてたのは彼じゃないわ。でも、いまの話であたしの好奇心が頂点に達したのは間違いなし。シーリア・アルセノーはあたしのおばなの。日曜日のバナナプディング争奪競走についてはさんざん聞かされたわ」

わたしはややうろたえて彼女を見た。「わたしの給仕はしないとか言わないわよね?」

「やだ、まさか！　あのおばさんたちがやってるばかげたことに、あたしはいっさいかかわらないことにしてるの。あのせいで、おばはとことんめんどくさい人になっちゃって。あたしはここで働いてるから、フランシーンにコネがきくと思われてるの」

「きかないの?」

「フランシーンには誰もコネなんてきかないわ、旦那さんでさえもね。彼女はものすごく実際的で、感傷に左右されることがないの。町の住人の大騒ぎにかかわらないって彼女の態度は、過去に例を見ない徹底ぶりよ」

「すごく賢明だと思うわ」わたしはぼやくように言った。この町の騒ぎにかかわらずにいられたら、過去三日間がどれほど楽だったか。

「あたしったら、マナーをすっかり忘れちゃって」スタッフの女性は言った。「あたしの名前はアリー」片手を差し出した。

わたしは彼女の手を握った。これまでのところ、この率直ではつらつとした女性に好感を抱いていた。

「わたしはサンディ＝スー」青ざめないように努力しつつ言った。「でも、みんなからはフォーチュンて呼ばれてるの」

「いいわね」

「ありがとう」わたしは散らかったテーブルを指さした。「何があったの？　料理が気に入らなかったとか？」

「ママたちが来てたのよ」アリーが目をぐるっとまわした。「みんな上の子を学校に送っていったあと、よちよち歩きの子たちを連れてここへ来るの。あのママたちの家がどうなってるかは想像するのも怖くて」

「何時ごろ来るの？」わたしはちょっと恐ろしくなって訊いた。「重ならないようにしたいから」

アリーは声をあげて笑った。「だいたい八時ごろに来て九時までにいなくなるわ。だから、その前かあとなら大丈夫よ。ありがたいことに、彼女たちが頻繁に訪れるのはカフェと公園だけだから、騒々しいのを避けるのは簡単よ」

忘れないようにしよう。

「さてと」アリーが言った。「オーダーをうかがわなきゃね。あたしはこのあと休憩に入るから、そうしたら料理人のオスカーがしばらく代わりを務めることになってるの。彼は社交的とは言いがたいのよ」

どうしてそんなことを言ったのかわからない——もしかしたら、アリーが親しみやすくて、予定がなさそうに見えたからかもしれない。もしかしたら、人恋しかったのかも。一番可能性が高いのは、町の住人について情報を引き出せそうだと判断したからだ。理由はともあれ、気がつくとわたしは朝食を一緒に食べないかと彼女を誘っていた。

アリーはふたたび笑顔になった。「喜んで。開店前にベーグルを食べたんだけど、その分のカロリーはとっくの昔に消費しちゃった。あなたの注文を取って、用意できたら運んでくるわ。そうしたら、一緒におしゃべりしましょ」

彼女に手渡されたラミネート加工の朝食メニューを見て、わたしは声をあげて笑った。シンフル・スペシャル、やましいところなし《ウィズアウト・シン》、大罪《モータル・シン》、七つの大罪《セブン・デッドリー・シンズ》、オリジナルの罪を創作せよ《クリエイト・ユア・オウン・シン》。

「ランチのメニューはこんなんじゃなかったけど」

「ランチだけは日曜日も営業するから、メニューが違うの。でも、日曜日に朝食は出さないから、朝食メニューはこういう不敬なのを使ってるわけ。フランシーンってユーモアのセンスがしゃれてるの」

「それに料理の味がすごくいい。セブン・デッドリー・シンズにするわ」卵にベーコン、ソーセージ、ビスケット、グレービーソース、ポテト炒め、それにパンケーキ。動脈が硬化する音が聞こえるようだ。

「了解。五分くらい待って」

料理ができるまで二、三ページ読み進められるだろうと思って、本を開いた。爆発物に関する章を何ページか読み進んだところで、大軍勢にふさわしそうな量の食事を持って、アリーが戻ってきた。トレイからテーブルへと皿が移されはじめると、おいしそうな南部料理の数々を見て、わたしは唾が湧いてきた。

「テーブルに全部載る？」

「あら、もちろん」とアリーは答えた。「並べ終わったら、ここはビュッフェですかって感じになるかもしれないけど、載るのは確かよ」

最後の皿がテーブルに置かれたときには、ちっちゃな丸い空間が残されるのみになり、そこに彼女はエプロンのポケットから出したケチャップを置いた。

「これがどんなに特別なことか、あなたにはわからないでしょうね」アリーはそう言って、わたしの向かいに腰をおろした。「六十歳未満の独身女性仲間と食事をするってことだけど」

「この二、三日の経験から、百パーセント理解できるわ」わたしはそう答えてから、フォークにたっぷり載せたポテト炒めを頬張り、絶妙な炒め加減のポテトとスパイス、タマネギのみごとなコンビネーションを味わいながら目を閉じた。

呑みこみ、ため息をついてから目を開けると、アリーがおもしろがっているような顔をしていた。

「あなたとポテトに個室を用意したほうがいい？」

「大丈夫。ポテトとは公共の場でいちゃつくことにしたから。でも、パンケーキを食べるときには個室のオファーを受けるかもしれない」

アリーが笑った。「あなたがシンフルに来るって聞いたときは、こんなに楽しい人だと思わなかった」

「どうして？」到着前の噂が気になって、わたしは訊いた。

「ミスコン女王で司書って聞いて、そういう人がおもしろい人だとか、あたしが朝食を一緒に楽しめる人だとは思えなかったのよね」ちょっとばつの悪そうな顔になった。「学校にミスコン女王がいたの。その子とはなんかそりが合わなくて」

「彼女のFacebookを見た気がする。そりが合わなくてもあなたのせいじゃないわ。彼女のページ、退屈だったもの。ついでに言っておくと、ミスコンの件はすべて、母のしわざだから。自活してからはわたし、ああいうものにいっさい参加してないの」

「了解」

「ところでこの町、若者で溢れてるってわけじゃなさそうね。ママたちはまだ小さい子どもと公園に行くか、家にこもってるんでしょうけど、彼女たちの旦那さんはどこにいるの？」

「ここだと働き口があんまりないのよ。だから男どもの多くは平日、ニューオーリンズの建設現場で働くか、石油の採掘現場に行ってる。建設作業員たちはたいてい土曜日に雑貨店にたむろしてるわ。石油の採掘作業員はふつう二週間働いて二週間休み。いまはちょうどいない時期。女は子育てと家計のやりくりで手いっぱい。だから、外で見かけることがあんまりないわけ。女性と仕事ってことになると、ここは時代遅れな町なの」

「独身の人は？」

「独身の男でたいしたのはいないわ。女の子はよさそうな男がいたらすぐ飛びつくか、ここにずっと住む気がなかったり、高校までに決まった相手が見つからなかったりしたら、もっと大きな漁場を求めて町を出ていくわね」

わたしは彼女の指輪のはまっていない手を見た。「それで、あなたは？　頭もいいし、〝すぐ飛びつく〟がどういう意味にしろ、難なくできたはずでしょ。でも、ここでこうしてる。子どももいなくて、町の平均年齢層からはずっと下」

アリーはため息をついた。「出ていくはずだったんだけど。父はあたしがティーンエイジャーのときに死んだの。母には手に職と言えるようなものがなかった。隣町の運送会社で受付係をしていたわ。大学に行かせてもらうお金はなかったから、高校を卒業したあと、このカフェで数年働いて最初の二年分の学費を稼いだの。残りはニューオーリンズで勉強しながらアルバイトをすれば、稼げるだろうって考えて。でも、三年生のときに母が倒れてしまったの」

「それでお母さんの面倒を見るために帰ってきたの？」

アリーはうなずいた。「フランシーンは恩人。またあたしを雇ってくれて。以来、オンライン授業が受講できるときはするようにしてるわ。ただ、看護師の資格を取れる授業ってあんまりなくて」

「それでお母さんは――お母さんの具合はどうなの？」

「長くないわ……癌なの。痛みが強くて、数カ月で亡くなるか、何年も闘病することになるかわからない種類。母の場合はいま三年目」

「そんな。本当に残念だわ。つらいでしょうね」

「でも、いまはもうわたしの手を離れて一カ月たつの。ついに相当具合が悪くなってしまったから、お医者さんからニューオーリンズのケアハウスに入れたほうがいいって言われて」

「それなら、あなたはどうしてまだここにいるの？」

アリーは肩をすくめた。「わからない。あのね、学校へ通ってたころ、あたしは看護師になって都会で暮らしたいって心の底から思ってた。でも、母の世話をしにこの町に帰ってきてみると、突然、前みたいな魅力を感じなくなって」

「学校へ戻るのが不安なだけかもしれないわ」

「かもしれない」アリーはそう言ったけれど、納得したようには聞こえなかった。オートミールをスプーンですくったものの、それを深皿に戻してわたしをまっすぐ見た。「何かに一生懸命になっているときはなんの疑問も持たなかったけど、一歩さがってみたら気づいたってことはない？　あれこれこなすのに忙しくて、それが本当に自分のやりたいことかどうか、立ち止まって自問してみたことはなかったって」

彼女の言葉は貨物列車のようにわたしの胸に突っこんできた。ワシントンにいたとき、わたしはいつも忙しくしていた。仕事をしていなければ、仕事について考えるか、仕事の準備をしているか、過去の仕事を振り返って改善の必要な分野を見きわめようとするかしていた。一歩さがってみるどころか、ペースダウンも自分に許さなかった。もしかしたら、アリーがしたのと同じことを自問してしまうのが怖かったからかもしれない。自分には納得のいく答えが出せないとわかっていたから。

わたしは質問に答えていないことに気がついたが、なんと言ったらいいかわからなかった。とうとう本当のことを答えるのが一番で、何もばれずにすむと判断した。「考えたことなかった気がする。ずっと何も考えずに生きてきたから」

アリーはうなずいた。「母が病気にならなかったら、あたしはニューオーリンズで勉強を終えて、あっちで就職していたはず。人って人生を変える出来事がないと、自分が選んだ生き方をじっくり見直すってことがなかなかないんじゃないかしら」

「それはありうるわね」

「あなたもいつか何かをきっかけにすべて考え直す日が来るかもしれないわ」

たとえば、自分の首に賞金がかけられて、元ミスコン女王のふりをして湿地帯に身を隠すことになったときとか？

「あなたは幸運な人かもしれない」とアリーは言葉を継いだ。「自分の選んだ生き方は正しかったって思うかも」

「なんとなく、それはないと思うわ。あとで振り返ってみたりしたら。自分がしてきたことすべてに満足してる人なんて、ほとんどいないんじゃないかしら」

わたしの父親は別だけど。ミスター・完璧だから。

「そうね」アリーも賛成した。

「それで、あなたはしたいことが見つかった？」

「たぶん。でも、言ったら、頭がおかしくなったと思われるわ」

「この町に来てから会ったなかで、あなたは頭がおかしいと呼ぶには一番遠い人よ。それのいいところは、あなたが何を言ってもわたしは驚かないってこと」

アリーの口が大きく横に広がった。「あたし、菓子店《ベーカリー》を開いて、上品な高級菓子を売りたいの」

「シンフルでじゃないわよね」

「ええ。シンフルでベーカリーはやっていけないわ。みんな、高級菓子を買うお金なんてないもの。それにこの町の女性の大半はお菓子作りがすごくうまいし。でも、ニューオーリンズのダウンタウンに小さなお店を持てたら、すてきだろうなと思って。一日中淹れたてのコーヒーが飲めて……お客さんがつぎつぎチョコレートを買いにきては、ウエディングケーキやパーティ用の盛り合わせを注文するリピーターになってくれるの」

彼女はため息をついた。「夢物語よね」

わたしは肩をすくめた。「どうして？　調理学校に通って、卒業するまでのあいだベーカリーで働くって手もあるじゃない。そうすれば、教室や本では教われないおもしろいことがいろいろ学べるわ」

「ええ、それは確かにね。あたしが行き詰まるのは開店資金のほうかな。ベーカリーで働いてもたいしたお金にならないはずだし、母の家を売ってもたぶん医療費をかろうじてまかなえる程度よ」

「だったら、もう少しここで貯金すればいいわ。ニューオーリンズで暮らすよりもお金がかからないはずだし。家賃が必要ないことを考えると特にね。学校に入って働き出したらさらに貯金して、奨学金にも応募すればいいわ」

アリーは眉間にしわを寄せて、しばらくわたしを見つめていた。具体的に考えてみている様子だった。最後に彼女はうなずいた。「あなたの言うとおりだわ。計画を立てはじめなきゃね、ここに座って自分を憐れんでるんじゃなく」

「大丈夫。こういう食事をしながらうだうだと自分を憐れまずにいられなくなったら、わたしが一緒に座って、やめなさいって言ってあげる」

アリーは声をあげて笑った。「約束よ」

「それとお菓子作りの練習を始めたくなって、味見係が必要になったら、それも引き受けるから」わたしはオートミールの深皿を見おろした。テーブルに載っている彼女の皿はそれだけだ。

「そのオートミールだけっていうのは、将来の菓子店オーナーにしては寂しい朝食な気がするわ」

「あたしはあなたみたいに代謝がよくないのよ。そんなに食べたら、昏睡状態に陥っちゃうわ。エクササイズを習慣にしてるの？」

「おもに走るのとストレスのせいね」最近は特に。

「ストレスが増えるのはごめんだけど、そんなに体型維持に効果があるなら、あたしも走りはじめようかしら」

「警察から走って逃げるって手もあるわね。それならランニングとストレスの両方の負荷がかかるわよ」きのうのわたしは間違いなくその恩恵にあずかった。

アリーは笑った。「あたしが考えていたのはもう少しおもしろみに欠けること」

ふつうそうよね？　「ところで、〈シンフル・レディース・ソサエティ〉っていったいなんなのか教えて」

アリーは隅のテーブルに座っている男女をちらっと見てから、わたしのほうに身を乗り出した。「母は昔から彼女たちをシルバー《ジェリトル》・マフィアって呼んでたわ。ほとんどの人の記憶にある昔から、彼女たちがシンフルを取りしきってきたんですって」

「でもどうやって？　だって、みんな害のないおばあさんにしか見えないもの」そんなことは一瞬たりとも信じなかったが、鈍いふりをしたほうが情報を引き出せるはずだ。

アリーは眉をひそめた。「そうなの。あたしも昔、母に同じことを言ったわ。でも母は首を横に振って言ったの。頭のいい女の人を侮ったら絶対にだめだって。アイダ・ベルがシンフルでこうしようと思ったら、必ず実現させる方法を見つけるんですって。でもあたし、彼女が声を荒らげたり、誰かに頼みごとをしたりするのだって一度も聞いたことがないの。いったいどうやってすべてをやってのけてるのか見当もつかないわ」

ルブランク保安官助手を家からおびき出すために、ガーティが疑うことを知らない夫に送った写真のことを思い出した。

「脅迫とか？」

アリーは肩をすくめた。「なんでもありうるんじゃないかしら。小さな町では人が想像するよりもずっといろんなことが行われてるから」

「着いたその日に裏庭から人骨が見つかったことを考えると、反論はしないわ」

「運が悪かったわね。あれはハーヴィ・チコロンのだってもっぱらの噂よ、保安官は確かなことを何も言ってないけど」

「ハーヴィはあまり好かれていなかったそうね」

「それってものすごい控えめな表現よ、冗談じゃなく。ハーヴィを五分以上知ってた人はほとんどが大嫌いだった」

「それなら、いい厄介払いができたって感じね」

アリーはうなずいたが、心配そうな表情だった。「問題は、ハーヴィの奥さんだったマリーが犯人らしいこと。みんなマリーが大好きだし、彼女がやったとしても責める人はいないわ。ただ、彼女が刑務所に行くのも、みんな嫌なのよね」

「マリーはなんて言ってるの？」

アリーが目を丸くした。「ガーティかアイダ・ベルから聞いてると思った——マリーは行方不明なのよ。ルブランク保安官助手はかんかんに怒ってる。表には出さないようにしてるけど」

「姿を現さないっていうのは弁明にプラスじゃないわね。みんな、彼女はどこにいると考えてるの？」

「誰にもわからないのよ。でもあたし、犯罪人引き渡しの取り決めがない場所にいてくれるよう祈ってるの」

わたしはパンケーキをひと口食べ、ため息を吞みこんだ。

わたしも同じように祈ってるわ。

第15章

フランシーンの店を出たとき、あまりにおなかがぱんぱんになっていたので、しばらくのあいだは食事を抜こうと決めた。少なくとも夕食までは。アリーとの会話が楽しかったことに、わたしはちょっと驚いていた。わたしが過去に一度ならず、かつ二分以上なんらかの会話をふたりきりでした女性は、ワシントンの検死官とハドリーだけだったからだ。アリーと話したせいでひらめいたこともあった。アリーは若いし、しばらく町を離れていた時期があった。だからこの町で過去に犯された罪や秘密をすべて知っているわけではない。でも、ウォルターなら絶対に知っている。

彼は毎日雑貨店でお客と世間話をし、住民たちの人生の満ち引きを見守ってきた。わたしの興味の対象にずっとプロポーズしつづけているのは言うまでもなく。アイダ・ベルがどうやって物事を思うように運んでいるのかを、ウォルターが知らなかったら、彼女はみんなを催眠術で操っているのだという説明で納得しよう。さらに、ハーヴィとマリーの関係について、男性から見た意見を聞くのもおもしろいはずだ。これまでのところ、程度に関係なく、この件に唯一かかわっている男性はルブランク保安官助手だけだが、彼は自分の意見をいっさい言わない。わたしに対する場合を除いて。

ルブランク保安官助手のことを思い出すと、ウォルターと話しているところを見つかったらどう思われるだろうと一瞬、気になった。でも、ウォルターに拳銃を返すよう言ったのは彼だ。だから理屈を言えば、わたしが拳銃を返しにいって、そこから会話が始まっても、それは彼の責任だ。なにしろ、店に行って店主に拳銃を返し、調子はどうかとも訊かなかったら、失礼というものだ。とりわけ南部では。

心が決まったので、家に戻り、ポーチで昼寝をしていたボーンズを起こしてキッチンに戻すと、拳銃を持って雑貨店へ向かった。

ウォルターはいつものようにカウンターの奥のスツールに座り、新聞を読んでいた。わたしが入っていくと、新聞の上からこちらを見てやれやれと首を振った。「ヘッドホンはあまり効果がなかったみたいだな」

わたしはカウンターまで歩いていくとスツールをひとつ引っぱり出して座り、彼が言ったのは不運なアライグマ事件のことだろうと察した。「ルブランク保安官助手がまたわたしの話をしていったんでしょ？　こういうことが続くと、彼はわたしに気があるんじゃないかって思えてくるわ」

ウォルターはにやりとした。「そうだな、まったくそのとおりかもしれん。ふだんのカーターは女という人種を避けようとするんだが、確かにあんたのことはいつもライフルの射程に入れてるみたいだ」

「そういえば」わたしはウェストバンドから拳銃を引き抜き、ウォルターに渡した。「これは返せって彼に言われたわ。あなたが困ったことにならなかったならいいんだけど」

ウォルターは拳銃をカウンターの下に突っこみ、気にするなと言うように片手を振った。「カーターなら、感心しないって顔をしただけだった。それ以上、言うのもするのもまずいと心得てるのさ。あいつの親父が死んでからは、おれが育ててやったも同然だからな。あいつはおれの甥っ子なんだ」

わたしは目をしばたたいた。どうして驚いたりしたのだろう。この町の小ささを考えれば、住民のあいだに血縁関係があっても不思議じゃない。

「あら、知らなかった。でも、当然よね」そう言って、話を持っていこうとしていた次の方向へと転じた。「この町には来たばかりだから、誰のこともよく知らないし」

ウォルターは声をあげて笑った。「そうだな、そいつはアイダ・ベルとガーティにまんまとばかげた騒ぎに引っぱりこまれたときからはっきりしてたな。たいていの人間はあのふたりにできるだけかかわらないようにしてる」

「本当に？　聞いたところだと、アイダ・ベルは事実上、この町を取りしきってるって話だけど？」

「そいつは本当だ」ウォルターは天井を仰いだ。「神よ、とある賢い女性の策謀からわれらを救いたまえ」

わたしはカウンターに肘をついて身を乗り出した。「でも、具体的にどうやってそんなことをやってのけてるわけ？」

ウォルターは肩をすくめた。「おれがアイダ・ベルの望みどおりにするのは、小学生のときから彼女に惚れてるからだ。ほかのやつらの理由は知らない。訊いたことがないからな」

ますます謎めいてきた。彼は本当のことを話しているか——だとしたらすてきだけど——嘘をついているかのどちらかだ。

戦術を変えよう。「ナンバー・ツーでマリーは見つからなかったって聞いたと思うけど」

「あんたたちが船着き場に着いたときのさえない顔を見た。そんなことだろうと思ったよ」

「どういうことなの？　ガーティとアイダ・ベルの話からすると、ハーヴィは人からあんまり好かれてなかったみたいよね。それなのに、みんながマリーのしわざだって決めつけてる理由がわからないんだけど」

ウォルターは目をすがめてわたしを見た。「ちょいと確認させてくれないか——よく知らない人間ふたりから、夫を殺したと思われる女が鼻の曲がりそうな島に隠れてるから、見つけるのに力を貸してくれと言われて、あんたはふたりと一緒に行くのは賢明だと思ったんだな？」

わたしは眉をひそめた。「そういうふうに言われると、ちょっと浅はかだったように聞こえるわね」

「ちょっと？」彼は呆れた様子で首を振った。「あんたはマージから聞かされていたのとまったく違う。おれたちが予想してたのは、引っこみ思案で田舎者をばかにするお嬢さんだった。アイダ・ベルとガーティとグルになって、殺人事件の容疑者を守ろうとするとは思いもしなかった」

「マージとわたしはそれほど親しくなかったのよ。大おばさんはわたしのことを母からの話でしか知らなかったはずだし、母は現実じゃなく、自分が信じたいことを信じるきらいがあって。なんて言ったらいいのかわからないけど、たぶんわたしにはガーティとアイダ・ベルが、助けの必要なふたりの気のいいおばあさんに思えたのよ」

「はん。ふたりの気のいいおばあさんか。あんたがそう考えるのもしかたないんだろうな。この辺の人間じゃないってことを考慮すると。だが、いまはもうあのふたりが持ってる技能について、意見が変わってきてるんじゃないかな」

「ええ、でも彼女たち、人を見る目はありそうだし、マリーはマージの友達だったわけでしょ。大おばさんが生きていたら、きっと力になったと思うの。だからわたしにできるせめてものことかなって。それにアイダ・ベルとガーティがマリーを危険だと考えていないなら、わたしが彼女を怖がる必要もないでしょ」

ウォルターはため息をついた。「マリーが危険ということはないだろうし、マージは間違いなくこの件にのっぴきならないほど深入りしていただろうな。さっき訊かれたことに答えると、ハーヴィ・チコロンはアチャファラヤ川（ルイジアナ州を流れてメキシコ湾に注ぐ川）のこっち側で一番ひどい人でなしだった。だが、おれが最後に確認したときには、人でなしだからって理由で人は殺せなかった」

「それって残念よね、ほんとに」

ウォルターが眉をつりあげた。「誰か殺したいやつがいるのか？」

「すぐには思いつかないけど、ちょっと時間をもらえば思いつくわ」

「アイダ・ベルがあんたを仲間に引き入れた理由がわかってきたよ」

わたしは首を横に振った。「すべて無駄骨って感じよ。マリーの居所はまったくつかめないままだし、みんながみんな彼女のしわざだと確信しているみたいだから、このごたごたの結末はもう決まったようなものだわ。残されているのは裁判だけ」

ウォルターが悲しい顔でうなずいた。「あんたの言うとおりだろうな。だが、そのことをシンフル住民は誰ひとり喜んじゃいない」

「あら、それは事実じゃないわ。ハーヴィの従弟のメルヴィンがこのあいだ、うちのドアと窓をバンバン叩いて、マリーを隠してるんだろうって罵って帰ったもの。なぜかわたしをマリーの弁護士だと思いこんで。彼女が自分のお金を使うことを禁じる書類を送達しようとしたの」

「メルヴィンは昔から使えないやつでな。どうしようもない怠け者で、何か金儲けを思いついちゃ、みんなに金を出させようとしていた。ハーヴィの金が手に入らなかったことにしょっちゅういらついてたよ。ずっとマリーがハーヴィの遺産を管理していたのは、やつにとっちゃ生き地獄だったろうな」

「それじゃ、マリーが刑務所に行ったら、お金はメルヴィンのものになるの？」

「ハーヴィが遺書を残したって話は聞いたことがないからな。金持ちとしちゃいささか間抜けな話だが、あいつはあんまり頭のいい男じゃなかった。おれの知るかぎりメルヴィンが一番近い血縁者だから、あいつが全部相続することになるんじゃないか」

わたしはヒューッと口笛を吹いた。「宝くじに当たったみたいなものね」

「ああ。そんなようなもんだな」

「ところで、どうしてみんなメルヴィンがハーヴィを殺したとは考えないの？」

ウォルターは顔をしかめた。「一、二度そんな考えが頭をよぎったがな、そう信じるには障害がふたつあるんだ。ひとつ目はマリーがハーヴィ殺しで確実に有罪にならなければ、メルヴィンは結局金を手にできないってことだ」

「そのとおりね。で、メルヴィンにはそれを確実にするだけの頭がないとあなたは考えるわけ？」

「ないな。あいつがやったなら、たぶん遺体発見の部分で失敗したんだろう。ハーヴィは死んだと証明できなかったら、マリーを夫殺しで有罪にはできない」

「でも、ハーヴィが全財産を残して行方をくらますなんて、ありえないでしょ」

「噂があったんだ――確かな証拠はないんだぞ、いいか――あいつはニューオーリンズの女と浮気をしていて、一緒に逃げる計画を立てていたって。ハーヴィの口座からかなりの額の金が消えたとも聞いたが、詳細をカーターから聞き出すことはできてない」

でしょうね。「さっき理由はふたつあるって言ったけど……」

「ああ、ふたつ目はな、ハーヴィが姿を消したとき、メルヴィンはニューオーリンズの刑務所に入っていたんだ」

「友達にやってもらったって可能性はないのかしら――メルヴィンには完璧なアリバイがあっ

たってことを考えると、特にありそうじゃない？」

「どうかな。おれの知るかぎり、メルヴィンに友達はいなかった。それを別にしたって、これだけの年月、遺体はどこにいっちまってたわけだ？　これが計画的犯行だったんなら、大失敗だ」

わたしはため息をついた。「あなたの言うとおりなんでしょうね。それじゃ、ハーヴィを殺そうとしたかもしれない人って、ほかにいないわけ？」

「そうさなあ——あいつを撃ち殺してやりたかった人間ならごろごろいるはずだ。ハーヴィ・チコロンがいなくなってせいせいした人間はシンフルじゃ事欠かない。まったく、おれもその一員だよ。しかし、誰かを憎むのと、そいつの頭に弾丸を撃ちこむのとのあいだには大きな隔たりがあるからな」

「ええ、そうね」ふつうの人にとっては。

そう言ってから、ウォルターの発言の残りの部分を咀嚼《そしやく》した。「あなたもなの、ウォルター？　すごく冷静に見えるのに。ハーヴィを撃ち殺したいと思った理由は？」

「メインストリートの不動産のほとんどはハーヴィの一族が建てて、所有していたんだ。おれと肉屋、教会、フランシーンもみんなそれを借りてたんだよ。こっちは長年、買い取ろうとがんばってきたんだが、ハーヴィの両親は売ろうとしなかった。その後、両親が死んでハーヴィが管理することになると、あいつはみんなを締めあげてやろうと考えた。賃料を二倍にしてな。おれたちは金を払うか、出ていくかを迫られた」

登場人物

レディング（フォーチュン）……CIA秘密工作員
サンディ＝スー・モロー……レディングのなりすまし相手、司書
マージ・ブードロー……サンディ＝スーの大おば、故人
ガーティ・ハバート……マージの親友
アイダ・ベル……地元婦人会の会長
ウォルター……雑貨屋の主人
フランシーン……カフェの店主
アリー……カフェの店員
ハーヴィ・チコロン……町の嫌われ者
マリー・チコロン……ハーヴィの妻
メルヴィン・ブランチャード……ハーヴィの従弟
シェリル……マリーの親戚
ベン・ハリソン……CIA工作員
カーター・ルブランク……保安官助手

わたしは呆れて首を横に振った。「ここにいたら、わたしがあなたの代わりにハーヴィを撃ち殺してたわ」

「ふだん、おれは平和主義だ。しかしハーヴィが死ねば、この町のみんながもっと幸せになると、一度ならず考えた。考えなかったと言ったら、嘘になる」

「それなら、彼が行方不明になったとき、その問題は解決したわけよね」

「ああ。遺産を自由にできるようになってからマリーが最初にしたのは、賃料を元に戻すことだった。そのあと、適正よりも安い価格で物件をおれたちに売ってくれた」

ウォルターは目をすがめてわたしを見た。「それにしても、どうしてこんなことに興味を持つんだ？　あんた、よくいう素人探偵か何かか？」

「こういうことに興味を惹かれるタイプなのよ」嘘がすらすらと口を突いて出た。「でも、大きな理由はマリーが犯人じゃないことを願っているからだと思う。みんなから好かれてるみたいだし、彼女について聞けば聞くほど、わたし自身、好きになるから」

「まったくそのとおりだ。ハーヴィ殺しでマリーが服役することになったら、みんなが悲しむ。おそらく、メルヴィンだけだろうな、喜ぶのは」

わたしはうなずいた。そのときなぜかマージの家の屋根裏で見つけた手紙のことが思い出された。「ひとつ訊いてもいい？」

ウォルターは声をあげて笑った。「かれこれ二十分はおれに質問しつづけてるじゃないか」

わたしも笑った。「そうだった。ほかにも訊いていい？」

「若くてきれいな娘さんと話す機会なんてそうそうないからな、好きなだけここでしゃべっていくといい」

「この町には年配の独身者が何人もいるわよね——アイダ・ベルにガーティ、マージもそうだったし、あなたも。どういうこと？　気を悪くしないでほしいんだけど、あなたたちはふつうなら結婚して〝子どもとゴールデンレトリーバーと白い柵で囲まれた家で暮らす〟って世代でしょう」

「アイダ・ベルとガーティ、それにあんたの大おばさんは時代の先を行くフェミニストだったんだ。社会が押しつけてくる役割以上のことを求めたからといって、三人を責めるわけにはいかんわな。おれ自身、人から言われたとおりにするのは好かん」

「わたしもよ。それじゃ、大おばさんは誰とも恋愛関係にならなかったの？」

ウォルターは顔をしかめて首を横に振った。「おれが覚えてるかぎりは。ただしヴェトナム時代に誰かいたんじゃないかと思ったことはたびたびあった」

「どうして？」

「帰国したとき、マージはときどき誰か……手の届かない相手のことを思いつめているように見えることがあったんだ。そういう気持ちをおれはよく知ってるからな」

「アイダ・ベルのこと？」

ウォルターはうなずいた。「生まれてこの方、おれにとって女はひとりしかいない。彼女が手に入らないなら、ほかの女はいらない」

「ウォルター、あなたってロマンチストね！」

彼はばつの悪そうな笑顔を浮かべた。「ま、世の中にゃもっと面倒な手合いもいるからな」

朝食に食べた量を考えたら、家までジョギングして帰るべきだったが、それだけのエネルギーがなかった。買い物袋をいくつもさげ、のろのろと家路についた。ウォルターが手伝ってくれたおかげで簡単に料理できる食材がたっぷりそろったし、ジープのバッテリーはもうすぐ届くと確認が取れた。店を出る前に、彼から無料で〈シンフル・レディース〉の咳止めシロップ一本とウィンクをもらった。アイダ・ベルったら、ウォルターとなら結婚してもそんなひどいことにならないのに。

歩きながら、これまでに起きたことすべてを振り返ってみた。気にかけたくなかったはずなのに、気がつくとハーヴィ・チコロンの死をめぐる謎とみんながマリーを犯人と決めつけている事実、ハーヴィは殺されて当然だったという点でも住民の意見が一致し、誰もマリーに罪を償ってほしいとは思っていないことばかり考えてしまう。

検察官を哀れに感じそうになったけれど、わたし自身が彼らに苦汁を嘗めさせられた経験があるので、百パーセント同情する気にはなれなかった。とはいえ、裁判が始まったら、検察側はシンフル住人からかなり激しい怒りをぶつけられるだろう。メルヴィンは例外だけど。あの間抜け男は毎日〝やったのはマリーだ！〟と書かれたプラカードを掲げて法廷に通うだろう。そんなことを裁判官が許せばだけど。

代わりの容疑者探しはなかなか進展がない。ウォルターと話せば新たな視点が得られるかと思ったものの、どうやらマリー以外にハーヴィを葬った可能性が高いのは、司祭、牧師、精肉店の店主、フランシーン、そしてウォルターのようだった。

ため息。ハーヴィについて知れば知るほど、マリーの有罪をみんなが確信しているのは早合点が過ぎるのではないかという気がしてきた。ハーヴィに消えてほしいと思うもっともな理由のある人はかなりの数いたように思える。

容疑者の可能性についてあれこれありえない想像をめぐらしていたわたしは、ふとあたりを見まわして、自分の家を通り過ぎてしまったことに気がついた。やれやれ。集中力の問題を真剣になんとかしなければ。たったいまだって、歩いているところを襲われたかもしれない。それでもわたしは相手が近づいてきたことに気づきもしなかっただろう。

てくてくと家まで戻り、玄関ドアをまわして鍵がかかっていることを確認すると、安堵のため息をついた。シンフルに来たせいでわたしのサバイバル本能がすべてだめになったわけではなさそうだ。

めずらしいことに、ボーンズが目を覚まして勝手口の前に立っていた。トイレの時間という意味だろうと考え、ドアを開けて外に出してやった。気持ちのいい日だったし、包丁がすぐ手の届く場所にあったので、ドアは開けっぱなしにしておいた。齢《よわい》百歳の犬が死体を掘り起こしていないときに何をするのか知らないが、ボーンズが用事をすませたら勝手になかに入ってこられるように。

ソーダを一杯注いだところで、ボーンズが早くものそのそと戻ってきて、隅に置かれたベッドに寝ころんだ。一連の騒ぎの発端を作ったにしては、ボーンズ自身はとてもよく眠れているようだ。わたしの概算では一日二十四時間のうちたっぷり二十三時間は眠っている。

ドアを閉め、鍵をかけると買い物袋の中身を空けた。食料品をしまうのはあっという間に終わったので、少し一階を歩きまわり、何かすることを見つけようとした。居間を四周したところで、リクライニングチェアにドサリと腰をおろし、息を吐いた。

退屈。

シンフルに来て以来初めて、わたしはいわゆるのんびりした生活というものをようやく味わっていた。ボーンズみたいな睡眠習慣の持ち主だったら別だろうが、こういう生活は世間でもてはやされているほどいいものに思えなかった。そのことはわたしについて何を語っているのだろうとしばし考えた。一度も会ったことのない女性がみんなに嫌われていた夫を殺した事件の捜査にかかわり、偽装がばれる危険を冒すほうを選ぶわたし。昼寝をするのではなく。

わたしはのんびりした生活向きではないのだと結論を出すのに時間はかからなかった。今回のちょっとした騒動は、ハーヴィが行方不明になって以後、シンフルが初めて経験することだろう。となると、わたしは気を紛らわすことがあるこのタイミングに感謝しなければならない。建前としては、家財の目録を作り、売るために梱包するのがわたしの仕事だ。でもそれは、ここに座っているだけよりもさらに退屈そうに思えた。

帰宅してから十回目になるけれど、ポケットから携帯電話を取り出し、画面をチェックした。

電話なし。メールもなし。ひょっとしたらアイダ・ベルもガーティもきょうは休日にしたのかもしれない。ありがちなことだ――わたしがこの件にどっぷりはまったとたん、ふたりは一歩後ろにさがる。

マントルピースの上の写真を見つめた。ガーティによれば、写っているのはマージとマリーだという。ふたりはメインストリートに立ち、どちらも笑っている。街灯から旗がさがっているので、何かのお祝いのときだろう。隣の写真は死んだ巨大な鹿の横にマージが男性数人と一緒に立っているところ。全員が迷彩服姿で、人生最高の瞬間といった顔をしている。

その写真を見て、マージの軍服が二階の机の上にしわになったままほったらかしになっていることを思い出した。そこで椅子からひょいと立ちあがり、寝室へ向かった。あの軍服をしわだらけのまま放置しておくのは忍びなかった。アイロンをかけて本来あるべき姿に戻す絶好のチャンスだ。アイロンがけが好きとは言えないが、ただ座っているよりはましだし、軍服をぱりっとした状態に修復したら、シンフルに到着以来まだ経験していないレベルの満足感を得られるだろう。

向かいの部屋で見かけたアイロン台とアイロンを持ってくると、寝室の窓の前に据えた。光の具合がよかったし、通りもよく見渡せる。

アイロンが温まるまでのあいだにキッチン横の貯蔵室から洗濯糊を見つけてきて、机の上から最初のスラックスと上着を取りあげると、仕事にかかった。ふつう家庭的なことはいっさいしないわたしだが、アイロンがけだけは別だ。前職が陸軍士官という父の元で育つと、身だしなみに気をつけるようになる。父はシーツや下着にもアイロンをかけろと言った。もちろん、そんなばかげたことは家を出るとすぐやめたが、軍服に関してだけはいまも影響が残っている。ときに、とにかくそうするのが正しいということもある。洗濯糊と熱くなったアイロンで武装したわたしは、まず上着に取りかかった。

ほぼ完璧にアイロンをかけ終えたところで上着を持ちあげて見ていると、こんなにきれいにアイロンがかけられた服をたたんでしまうのはあまりにもったいないと感じた。軍服はハンガーにかけておこうか。博物館かコレクターが興味を示すかもしれない。人が何を欲しがるかはわからない。

客用寝室にあったハンガーはわたしが自分のワードローブをかけるのに使ってしまったため——そのほとんどは袖を通してもいないけれど——空いているハンガーを探しにいった。ほかの客用寝室のクロゼットには整然とラベルが貼られて積みあげられた収納箱がしまってあるだけだったので、主寝室のクロゼットを見にいった。

そこは広いウォークイン・クロゼットで、両側に服を吊すポールとその上に棚がしつらえられていた。マージの服は形と色で分類されている。食品貯蔵室を見たあとだと、特に驚かなかった。奥のほうに空いているハンガーがいくつもさがっていたので、わたしはその一部をつかんだ。

どうやら一度につかめる量を頭が過大評価していたらしく、ハンガーがわたしの手から飛び出し、床に落ちた。ため息をついて、ハンガーを拾いはじめた。最後のひとつに手を伸ばして引っぱったが、それは何かに引っかかってしまったようだった。少し強く引っぱったところ、かすかなカチッという音がした。

次の瞬間、クロゼットの奥の壁板が扉のようにするりと開いて、壁面いっぱいの武器が現れたので、わたしは息を呑んだ。

何これ！

拳銃、ライフル、半自動式《セミオートマチック》と自動式《オートマチック》の銃、短剣、刀、手榴弾……わたしは心臓がドキドキし、軽い呼吸困難に陥った。なんて、なんてすばらしいコレクション。何カ月も前から欲しくてしかたがなかった擲弾発射器《グレネードランチャー》にうやうやしく指を走らせた。マージったらものすごくいい趣味してる。

ルブランク保安官助手はマージの秘密のコレクションについて知らないらしい。狩猟用のライフル数挺と拳銃を持っていって、貴重品を全部置いていくなんて。

壁から突撃銃《アサルトライフル》をはずして検《あらた》めてみた。いますぐ使える状態だ。ここまで武器に強い関心を持つようになるなんて、マージは軍でいったい何をしていたのだろう？ 彼女が狩猟家だったのはわかってるけれど、これは鹿を仕留めるために使うタイプの銃じゃない。

アサルトライフルを壁に戻し、みごとな9ミリ口径に手を伸ばした。挿弾子《クリップ》が装填されていて、本当に美しい銃だった。ここに滞在しているあいだ、彼女の銃を借りてもマージは気にしないはずだ。その銃をウェストバンドに突っこんでから、しゃがんで、ハンガーが引っかかっているところの壁板をさわってみた。思ったとおり、幅木の下に小さなスイッチがあった。ハンガーをどかしてスイッチを押した。壁板が音もなく元の位置に戻った。

マージの目的がなんだったにしろ、自分のコレクションを秘密にしておく必要があると考えたのは明らかだ。シンフルの一般住民のなかにこれについて知っている人がいたら、長いあいだ隠しおおせた種類の秘密ではない。そしてもし秘密じゃなかったら、ルブランク保安官助手はマージが亡くなったあと、この家からすべての銃器を持ち出したはずだ。

ハンガーをいくつか持ち、拳銃をウェストバンドに挟んで寝室へと戻りながら、わたしは笑顔になった。家の裏のバイユーをボートが一艘進んでくるのと、外の木に鳥が二羽留まったのが音でわかった――窓の外を一瞥《いちべつ》もせずに。一挺のいい拳銃が人間に起こす変化ときたら驚くべきものだ。わたしは通常モードに戻りつつあるのを感じた。

ルブランク保安官助手は知らなくても困らない。

第16章

軍服全部のアイロンがけが終わると、午後のかなりの時間をマージの武器コレクションを愛でて過ごし、そのあとは気持ちよくたっぷりと昼寝をしてから、ソファにだらしなく座ってチャンネルをつぎつぎ替えつつ低俗なテレビ番組を何時間も観た。誰ひとり電話もかけてこなければ、ドアをうるさく叩きも、うちの庭で骨を見つけたりもせず、わたしは何か興奮できることを心の底から求めはじめていた。

午後九時に携帯電話が鳴ったときには、安堵のあまり泣きそうになった。画面にはガーティの名前が表示されていた。

「メルヴィンについて情報をつかんだの」ガーティが言った。「五分で迎えにいくから」

わたしが何か理性的な質問をしたり、もっと賢明に同行を拒否したりするより先に彼女は電話を切った。

わたしはソファから勢いよく立ちあがり、靴を履きに二階へ駆けあがった。自分に正直になりなさいって。好むと好まざるとにかかわらず、わたしはこの事態にものすごく興味を惹かれているし、現時点では中東の暗殺部隊に見つかることよりも退屈死することのほうが怖かった。それにルブランク保安官助手よりも先にマリーを見つけ、ハーヴィを殺した可能性のある別の容疑者を差し出せたら、すごく気分がいいにちがいない。

階段をおりて居間に戻ったそのとき、ヘッドライトが家の正面の窓を照らし、車が私道に入ってくる音が聞こえた。低いエンジン音からガーティの年代ものキャデラックではないとすぐにわかった。表に出たわたしは、黒いセクシーなコルベットが自分の家の私道に停まっているのを見て思わず立ち止まった。

助手席側の窓が開いたかと思うとガーティがわたしに向かって腕を振った。「さあ、急いで」

玄関に鍵をかけ、車まで急ぐと、ガーティがおりてきて後部座席と思われる場所に乗るよう手ぶりで示した。わたしは片足を車のなかに入れて体をプレッツェルのように折り曲げ、後部座席に沿って滑るように動きながら体をほどいた。ガーティはただ助手席におしりを向けるとドスンと腰を落とした。

アイダ・ベルが顔をしかめた。「あんた、運動しないとだめだね。ほんのちょっとでも運動してれば、そこまで膝が悪くなりはしなかったはずだ」

「あたしの膝は運動なんてしなくても大丈夫。あなたが年相応の車に変えればね。この車ったら、座席が地面すれすれなんだもの」

「この車、めちゃくちゃセクシーだわ」わたしは言った。「あなたがコルベットに乗る人だなんて思いもしなかった」

「あんたはあたしについてまだまだ知らないことがあるんだよ」アイダ・ベルが言った。「でもふたつみっつ話しておこうか。第一に、これはあたしのガレージ車。っていうのはめったに乗らない車ってことだよ。人を乗せることはもっと少ない。毎日の用事にはピックアップトラックを使うからね。ところが、いまピックアップは修理中でね、なぜなら誰かさんに貸すっていう失敗をしたから」

ガーティはシートベルトをためつすがめつするふりをした。

アイダ・ベルは先を続けた。「そこへガーティが自分のキャデラックをプールにして、ひどいにおいを放つようにしちまったからね、あたしがこのかわいい車を出すしかなかったんだよ、緊急事態だから」

振り向いてわたしに、続いてガーティに指を突きつけ、両方をにらみつけた。「でも、あんたたちのどっちかがこの車に傷やへこみでも作ろうもんなら、撃ち殺してアリゲーターの餌にしてやるからね」

わたしはうなずき、分別を働かせて口をつぐんだ。先日アイダ・ベルの射撃の腕前を目の当たりにしたばかりなので、この車は壊れやすい陶磁器のように扱うべきだと判断した。ガーティもうなずいたが、アイダ・ベルが前を向くやいなや、わたしを見て目をぐるりとまわした。

「これはつまり、マートルから連絡があったっていうこと?」アイダ・ベルが車を出し、メインストリートに向かって走りだしたところで、わたしは訊いた。

「そうよ」ガーティが答えた。「メルヴィンが服役していたときの同房者の名前を教えてくれたわ。同房者は三人いたんだけど、そのうちふたりはハーヴィが姿を消したとき、まだメルヴィンと一緒に塀のなかだった」

「で、三人目は?」

「仮釈放になった翌日に交通事故で死亡」

「で、そのときハーヴィはまだ元気でぴんぴんしていたわけ?」

「残念ながらね」

また行き止まりだ。窓の外を見ると、車はシンフルの中心部を抜け、湿地の真ん中を通る人気のない道路を走っているところだった。「それなら、この車はどこに向かってるわけ?」

「メルヴィンがあなたに書類を送達しにきたってことは」ガーティが言った。「お金を自分のものにしたくて、うずうずしてたってことだとアイダ・ベルは判断したわけ。ハーヴィの遺体が発見されたときのために、準備万端整えていたにちがいないわ。これだけすみやかに、誰の手も借りずに、そんなことをメルヴィンができたはずがない。あの男はそんな頭を持ち合わせてないもの」

アイダ・ベルがうなずいた。「そこで考えたんだ。メルヴィンが誰か極悪人とつき合っていて、そいつが当時ハーヴィを殺せたなら、容疑者になるってね」

わたしはうめいた。「お願いだから、極悪人で溢れる場所へ向かってるなんて言わないでよ」

ガーティが手を叩いた。「〈スワンプ・バー〉へ向かってるところなの。あたし、あそこへ行くのは初めて」

ああ、嘘。「きのう、ルブランク保安官助手を駆けつけさせた場所？」

「そのとおり」ガーティは賞賛の目でわたしを見た。「あなたが黒い服を着ていてよかったわ。あたし、言い忘れてたから」

「ドレスコードがあるの？」

「いいえ。あたしたち、実際に店内へ入るわけにはいかないのよ。アイダ・ベルを嫌ってる常連客が多すぎるから」

「その理由を訊いておく必要ある？」

アイダ・ベルが肩をすくめた。「射撃コンテストをめぐるばかばかしい話さ。毎年品評会でやるやつ」

ガーティがうなずいた。「ばかばかしい部分はアイダ・ベルが毎年、彼らを打ち負かすってことなんだけど」

「そんなの当然でしょ」わたしはぶつぶつ言った。「で、店内に入れないなら、どうするつもり？」

「脱出しやすいよう駐車場の端に車を駐めて、窓からなかをのぞくの」ガーティがほとんど嬉嬉として言った。「携帯電話で写真も撮れるでしょ。ああいうのについてるカメラ機能ってほんとに便利よねえ」

「あなたにとってはわくわくすることなの？」わたしは訊いた。「湿地帯をこそこそ動きまわって極悪人たちをスパイすることが？　言っておくけど、こそこそ動きまわるのはわたしも住宅地でたっぷりやったけど、あんまりうまくいかなかったわよ。とりわけルブランク保安官助手のハンバーグに関しては。湿地でこそこそ動きまわるのは絶対、もっとまずい思いつきだわ」

「あなた、心配性ねえ」とガーティ。「健康によくないわよ」

ため息。生まれてこの方、心配なんて一番わたしの健康に影響したことのないものだ。

「一番忘れちゃならないのは」とアイダ・ベルが言った。「この車に戻る前に靴を脱ぐこと。トランクにごみ袋を用意してある」

信じられない。あれこれ計画したなかで、アイダ・ベルにとって一番心配なのは車が汚れることだなんて。わたしからすれば、今夜の終わりにわたしたちの靴以外のものがそのごみ袋に突っこまれ、トランクに投げこまれることになるのではと心配だった。

舗装された幹線道路をはずれ、湿地の中心へ突っこんでいくように見える土と貝殻だけから成る道に入ると、わたしの不安は十倍に増した。アイダ・ベルが車の速度をアイドリングのやや上程度まで落とした。タイヤの下で貝殻のジャリジャリいう音が聞こえる。何か問題が起きたら、アイダ・ベルが車の塗装よりもわたしたちの身を守ることを優先してくれるよう祈った。

進むにつれて道幅が狭くなってきた。あるいは草木の茂り方が濃くなり、道路近くまで迫ってきているだけかもしれない。どちらにしろ、真っ暗な空と、車のヘッドライト以外に明かりがまったくないことが相まって、わたしは閉所恐怖症になったような感覚と広大な砂漠で迷ったような錯覚を同時に覚えた。ふだんのわたしなら、そんなことは気にしない。感情はミッションにとって非生産的なものとして排除し、前進するだけだ。ところが、ルイジアナに来てからというもの、わたしはバランスを失っていた。奇妙なことに、アメリカのこの土地に比べたら、外国のほうが落ち着ける気がした。

真っ暗闇のなかにようやく一点の小さな瞬きが見えた。近づくにつれ、大きな建物の輪郭がぼんやりと浮かびあがってきた。雨風に打たれた木――ところどころ腐っている――と錆びて穴の開いたトタン屋根からできた建物。ちゃんとした女性はここに飲みにきたりしないとフランシーンが言った意味がよくわかった。最新の破傷風予防注射をすませ、拳銃二挺を構えてでなければ、この店に入っていく気はしない。

駐車場代わりの空き地の端にアイダ・ベルがバックで車を駐めた。バーのなかにいる人間からは、特大の車輪がついたトラックの陰になってまったく見えない位置だ――そもそも暗闇でものが見える人間がいればだけど。

後部座席から降りて体を伸ばすと、わたしは共犯者ふたりを見た。「で？」

「あなたの脚に血流が戻るのを待たないとと思ったんだけど」ガーティが説明した。アイダ・ベルを見る。「フォーチュンはほんとに健康みたいね」

アイダ・ベルはどうでもいいと言うように手を振った。「とっとと片づけちまおう。車にくっついた虫を払うだけで朝までかかりそうだけど、あたしは髪も巻かなきゃならないんだ」

「メルヴィンのトラックだわ」わたしは彼がうちから出すのを見た錆びたおんぼろ車を指して言った。

「よかった」とアイダ・ベル。「それなら、ここへ来たのは時間の無駄じゃなかったね」

わざわざ返事はしなかった。その点に関して結論を出すのは早すぎもいいところだ。

店に向かって空き地を歩きはじめてすぐ、問題に気がついた。「窓はどこ？」

建物の正面と横の一面がさえぎるものなく見えていた。真ん中にドアがある側面にはポーチライトが灯っていたが、窓はひとつとしてなく、壁からは明かりがまったく漏れていない。

「こういう場所にガラスを使いすぎると危険だからね」アイダ・ベルが説明した。「バイユー側に窓があって、店を休むときはそこにベニヤ板を張るんだ」

「すばらしい。「ずいぶんと面倒に思えるけど。店はいつ休むの？」

「前回休んだのは一九八二年だったと思うよ」

「なるほど。カトリーナが来襲したときは？」

「休むわけないだろう！　〝ビール一杯一ドル〟の日だったんだから」

後悔することになるのはわかっていたが、でも訊かずにいられなかった。「それじゃ、店を休んだときはいったい何が理由だったの？」

「ニューオーリンズでAC／DCのライブがあったんだよ。店のオーナー兄弟はAC／DCの大ファンで、どっちも店を開けておくために残るのを嫌がったんだ。ふだんなら父親が代わりに店をやってくれるから問題ないんだけど、そのときは常連のひとりを撃っちまって塀のなかだったのさ」

やっぱり。訊いたことを後悔した。

「その射撃好きの父親はまだ生きてるの？」

「ああ、店の用心棒をしてる。だが目が悪くなってきてるからね、ぶっぱなしたとしても命中する確率は低い」

〝確率は低い〟は可能性としてそんなに好ましくなかったが、アイダ・ベルの車に乗りこむ前に詳細を聞いておかなかったわたしが悪いのだ。今夜を無傷で乗りきれたら、今後は何かに同意する前に必ず、ミッションの詳細説明を――書面で――要求することにしよう。

「八〇年代ロックバンドの話と殺人犯ナンバー・ツーは置いておくことにして、バイユー側にしか窓がないなら、どうやってなかをのぞくの？」

「ボートを盗むのよ、もちろん」ガーティが言った。

「もちろんね」わたしはぶつぶつ言った。どうして尋ねたりしたんだか。わかりきったことだったのに。「それで、もし誰かに見られたら?」

「ああ、そうだった!」ガーティが巨大なハンドバッグに手を突っこみ、黒いスキーマスクを三枚引っぱり出した。「これをかぶれば誰かわからなくなるでしょ」

〈スワンプ・バー〉で誰かをスパイするためにボートを盗むような三人組――高齢者二名、若者一名――を、シンフル住民のなかから割り出すのはそんなにむずかしくない、という事実はわざわざ指摘せずにおいた。わたしはスキーマスクをかぶった。なるようになれだ。

アイダ・ベルとガーティを振り返ると、顔をしかめた。黒いスキーマスクに黒いスウェットパンツ、黒いタートルネックといういでたちは高齢者にとって、絶対に最新流行ファッションではない。アイダ・ベルが左を指して歩きだした。泥棒高齢者ふたりについて船着き場へとまわり、そこのかすかな照明に照らされた選択肢たちを観察した。どの船も五秒もすればタイタニックのように沈没しそうに見えた。そのとき船にはレオナルド・ディカプリオも彼にほんのちょっぴり似た人物だって乗っていないのは賭けてもいい。

「端に停まってるのが一番いいね」アイダ・ベルが言った。「音が静かで操縦が簡単そうだ」

どちらも船を盗もうとするときには好都合な条件だろう。

「よし」アイダ・ベルが指示を出した。「あんたたちはボートを出しな。あたしは店をぐるっとまわって裏手の岸から見張るよ」

「わたしにガーティとふたりきりでボートに乗れって言うの?」わたしは訊いた。「彼女がいまかけてるのはどの眼鏡?」

「船を動かすのはほんの三メートルぐらいだ。その程度なら、ガーティでも問題ない。だが、万が一のために訊いておこうか。あんた、車のキーを持ってる唯一の人間を一緒に船に乗っけたいかい？」

わたしはため息をついてボートに乗りこみ、アイダ・ベルは暗闇に姿を消した。ガーティが乗りこんできて床から長い棹を拾った。それをわたしに手渡し、自分はオールをつかむと船尾にまわった。

「棹を水に突っこんでボートを押してちょうだい。モーターを使うリスクは避けたいから」

リスクを避けたいという点は百パーセント賛成だったので、バイユーの底目がけて汚い泥に棹を差し、船を押しはじめた。じりじりと店に近づくにつれ、建物のほぼ半分は大きな脚柱に支えられて岸からはみ出しているのだとわかった。窓代わりの開口部からたばこの煙がもくもくと吐き出されていて、わたしは早くも肺が締めつけられるように感じた。ジュークボックスからカントリーミュージックが流れ、少なくとも一カ所で喧嘩が行われているのが音でわかった。

でも、窓の下に着くよりも先に、問題があるのが見えた。窓はわたしの頭よりたっぷり三十センチは高い位置にある。わたしは舳先に立っているのにだ。

「癪《しゃく》にさわる」ガーティが建物の下見板の突起をつかみ、船が動かないようにしながら言った。

「引き潮だわ」

「何か台になるものはある？」

ガーティの顔がぱっと明るくなった。「そうだった！　あなたは猫みたいにバランスがいいものね。ここにプラスチックのバケツがあるわ。これでどう？」

「それでいいわ」とにかく早く終わらせたくて、わたしはぼそぼそと答えた。

「急いで！」アイダ・ベルが岸の曲がり角からひそひそ声で言った。

白いバケツを逆さまにして舳先に置くと、しゃがんだ姿勢で慎重にその上に乗った。ガーティが彼女の小さなスマートフォンを渡してきたので、店の壁沿いにそろそろと立ちあがり、なかをのぞいた。

たばこの煙がすごかったため、弱めの風が吹いてきてなかが見えるようになるまで待たなければならなかった。間抜けのメルヴィンを探して店内を見渡し、ようやく彼が隅のテーブルに座って、ひとりの女性と熱心に話をしているのを見つけた。

女性をもっとよく見ようと目をすがめたが、しばらくして初めて見る女性だと確信した。

「メルヴィンが見える？」ガーティがささやき声で訊いた。

「ええ。女の人と話してる」

身長百六十二、三センチ、体重七十キロ弱、たぶんバーでの喧嘩に強い。

「メルヴィンより少し若い人」とわたしは続けた。「でも見た目がきつい感じ。ものすごく」

「そんなことだろうと思った。こっちがマリーのために別の容疑者を探しているあいだ、あの男は女と寝ようってわけね。とにかく、ふたりの写真を撮っておいて。あとで何が役に立つかわからないから」

開口部の上にスマートフォンを出し、メルヴィンと彼のガールフレンドにズームした。二枚写真を撮ったところで、メルヴィンが立ちあがり、カウンターへと向かった。

「メルヴィンがカウンターに行こうとしてる。ほかにも誰かと話してるところを撮れるかも」

「なんでも撮って。あとでよく見てみましょ」

メルヴィンがカウンターのスツールに腰をおろし、バーテンダーを手招きした。わたしでも接近戦では相手にしたくないようながっしりした男だ。身長百九十センチ、体重は優に百キロを超えている。徒競走でなら楽勝できる。でもなんとなく、あの男は距離の差を銃で縮めそうな気がした。

バーテンダーはビールをジョッキに二杯注ぎ、メルヴィンの前に出した。メルヴィンが話をするために身を乗り出すと、バーテンダーもほんの数センチの距離まで顔を近づけた。

わたしは写真を二枚撮った。あのバーテンダーはかなり怪しい。強面《こわもて》だし、どんな前科があるかわからないし、メルヴィンとひそひそ話をする理由などないはずだ。すでにビールは出したのだから。

「まだすまないのかい?」アイダ・ベルが訊いた。「車がつぎつぎやって来る。とっとと帰らないと」

「あともう少し」わたしはスマートフォンをおろし、カウンターを離れるメルヴィンを見た。テーブルに戻る途中で彼が誰かに話しかければ、もう一枚写真が撮れる。

と考えたのが間違いだった。

公共の場では見たこともないほど胸の谷間を露出した、あばずれっぽい赤毛の女が店に入ってきた。もっとよく見ようと、メルヴィンの頭がまるでゴムではじかれたみたいにくるっと女のほうを向いた。その直後、彼は禿げ頭の巨漢が座っている椅子にまっすぐ突っこみ、男の頭にジョッキのビールをぶちまけてしまった。

男は勢いよく立ちあがり、それだけで木の椅子が真っぷたつに砕けた。男はメルヴィンがへどもど謝るよりも先に一発見舞った。さらに三人の男が乱闘に加わったところで、わたしはいまこそ脱出するタイミングだと気がついた。

「乱闘が始まった」わたしはガーティにスマホを返した。

最後にもう一度店内をのぞくと、バーテンダーがカウンターの奥から出てくるところだった。殴り合う男たちは窓のそばまで近づいてきていたが、いま床の上で丸くなっているメルヴィンが勝利をおさめるのは明らかに無理だった。もう一度目を戻したちょうどそのとき、バーテンダーが乱闘している男たちに向かってバケツを振るのが見え、次の瞬間わたしの顔にどっと氷水がかかった。

「何してやがる！」バーテンダーが怒鳴った。

かすんだ目で、わたしはバーテンダーがわたしを見つめているのを見た。

「出して！」ガーティに向かって叫んだが、彼女は言われるより先にモーターをかけていた。バケツから飛びおりもしないうちにモーターがかかり、ガーティがボートをバックさせたので、わたしは水中へと投げ出された。

「泳ぎな！」アイダ・ベルが岸から叫び、ガーティはバックのままボートを進め、スピードを落としそうな様子は微塵も見せなかった。

バーの正面のドアが勢いよく開き、人々が走り出てくるのが聞こえたが、わたしはオリンピック選手並みの泳ぎで岸を目指した。腹を立てた常連客たちの叫び声が湿地にこだまする。

「誰かおれのボートを盗みやがった！」

「つかまえろ！」

「おれのライフルをよこせ！」

「あの女《あま》！」

岸に手が届くやいなや、わたしは陸に飛びあがり、流砂のような泥が許すかぎりの速さで走った。月明かりに照らされた一角にアイダ・ベルが立ち、必死に手を振っていた。彼女と一緒に車の陰に隠れて走り、アイダ・ベルの車が駐まっている端まで急いだ。

「みんなガーティを追ってる」アイダ・ベルがトランクの鍵を開けながら言った。「いまがここから逃げるチャンスだ」

彼女はトランクに手を突っこみ、ごみ袋を二枚、わたしに投げてよこした。「その服を脱ぎな」

わたしは彼女をまじまじと見た。「本気？」

「素っ裸にならないと、ここに置いてくよ。でも、スキーマスクはかぶったままで。帰り道で誰かに出くわしたときのために」彼女はタオルをほうってきた。「手の泥を拭きな」

捜索隊の人数と怒りがどんどん増加しているのが音からわかったが、アイダ・ベルはその場に立ったまま、車のロックを解除しようとしなかった。湿地の真ん中で個々に相手をする価値のない人々によって殺されるのは嫌だったので、わたしは服を脱いでごみ袋に突っこみ、二枚目の袋を体に巻きつけた。

アイダ・ベルがようやく車のロックを解除したので、わたしは助手席に飛び乗り、彼女は汚れた服をトランクにほうりこんだ。二秒後には運転席に乗りこみ、車を発進させた。ヘッドライトをつけずに。嘘でしょ。

「だめだめ!」アイダ・ベルが文句を言った。「なんにもさわらないで。それから足は絶対にフロアマットから浮かせたままにしておくこと」

わたしには見えもしないカーブをコルベットが横滑りしながら曲がったときには、背中に力を入れて、どうかこの下に道がありますようにと祈った。「あなた、異常よ。自分でもわかってるでしょ?」

「そうは言ってもね、あたしの車は藻のにおいなんてさせてないよ」

「ガーティは? 彼女を助けにいかないの?」

「ガーティなら大丈夫。この辺の水路は知り尽くしてるから。うまく逃げおおせて、ボートは乗り捨ててくるよ」

本人が認めていない視力の問題を考えると、それはアイダ・ベルが言うほど確かなことではぜんぜんない気がしたものの、わたしは反論する立場になかった。早く屋内に入ること以外、何もする立場にない。

「おっと」アイダ・ベルが言った。「車だ」

わたしは後ろを振り返ったが、バーの明かり以外、何も見えない。

「そっちじゃないよ」とアイダ・ベルが言った。

向き直ると、前方の湿地をヘッドライトがカーブを曲がりながら進んでくるのが見えた。

「違う道を走ってる可能性はないんでしょうね」

「ここに道は一本しか走ってない」

「冷静にいきましょ」わたしは言った。「たぶんバーに向かってるのよ。すれ違っておしまい」

「たぶんあんたの言うとおりだね」アイダ・ベルは言ったが、確信した声ではなかった。

しかし、わたしはすでに自分たちがおしまいだと知っていた。「シンフルでコルベットに乗ってる人ってほかには誰も……」

「いるに決まってるだろう。あたしがドイツ車じゃなくアメリカ車を選んだのはなんでだと思う？　当然あたしの車のほうがずっといい状態だけどね、麻薬の売人はみんな黒いコルベットに乗ってる。夜なら、誰だかわからない」

麻薬の売人のなかに紛れるというロジックについては、疑問を投げかけようとも思わなかった。いまこの時点では、わたしたちだとばれることに比べたらましな選択肢だ。コルベットがカーブを曲がりきり、もう一台の車と正面から向き合う格好になると、わたしは息を詰めた。車は横をすり抜けたりできないよう、道の真ん中に停車している。

アイダ・ベルはスピードを落として停車した。「まずすぎるね」

わたしは拳銃に手を伸ばそうとしたところで、拳銃もごみ袋のなか、トランクのなかだと思い出した。どのみち、水浸しになったせいで使いものにならないだろう。

誰かが助手席側のドアをノックしたので、はっとした。アイダ・ベルが窓を開けると、ルブランク保安官助手が腰を屈めてなかをのぞきこんだ。わたしたちを見ても驚いた様子は見せなかった――スキーマスクをかぶっていても、誰かは絶対わかったはずだ――が、わたしの最新の着衣に気づいたとたん、目を丸くした。

彼はため息をついた。「この車を見た瞬間、何があろうと、自分が絶対に答えを聞きたくない質問はするまいと誓ったんだ。しかし、正直言って、その格好にはあらゆる分別を忘れさせる力がある」

「この娘《こ》はバイユーに落ちたんだよ」アイダ・ベルが答えた。「濡れた服であたしの車に乗せるわけにはいかないからね、そこで間に合わせの服を考えさせたわけ。切符を切りたきゃあたしに切りな」

「で、バイユーに落ちたっていうのは具体的にどういうふうにして?」ルブランクが訊いた。

「バーでの喧嘩に巻きこまれないため」とわたしは答えた。本当のことだ。省略版だけど。

「なるほど。そもそも〈スワンプ・バー〉にいた理由は?」

「この辺のご当地カルチャーを調査するためよ」

「ご当地カルチャーを調査するときはいつもスキーマスクをかぶるのか?」

「家を出る前に美顔術を施したんだよ」アイダ・ベルが会話に割って入ってきた。「こうすると十歳若返って見えるらしい」

「わかった。つまり、〈スワンプ・バー〉に行ったのは、メルヴィンが服役中以外はたいていあの店に入りびたってるってこととなんの関係もなかったわけだな」

「メルヴィンが?」アイダ・ベルが訊き返した。「知らなかったねえ。とはいえ、あたしたちは長居しなかったから」

ルブランクは鼻で笑った。「そうだろうとも。いつもの共犯者はどこにいる?」

「ガーティは頭痛がしてね、休むために家に残ったんだ」とアイダ・ベル。

ルブランク保安官助手は眉をつりあげた。「それなら、いまここで家に電話したら、ガーティが出るんだな?」

「出るわけないじゃないか。休むよう言ってあるんだから」

「なるほど。それじゃ、彼女はおれが受けたボート盗難に関する通報については何も知らないはずだな」

「霊能者でないかぎりね」わたしが口を挟んだ。

ルブランク保安官助手はしばし目をつぶり、見たところ心のなかで十まで数えているようだった。ようやく目を開けたかと思うと、アイダ・ベルに指を突きつけた。「ヘッドライトをつけ、そのばかばかしいスキーマスクを脱いでまっすぐ家まで運転すること。今夜はもう一歩も家から出ないように。あんたがまともかつ思いやりのある人間なら、おれがひと息つけるように、まる一日家でおとなしくしているよう言うところだが、無駄なことはやめておく」

「それから、あんただが」わたしのほうを向いた。「今後もアイダ・ベルたちと行動をともにするつもりなら――賢明な助言に逆らって、とつけ加えてもいいかもしれない――せめて着替えを持ち歩くようにしろ。ほとんど裸のあんたを、おれは元カノの似たような格好よりも何度も見てるぞ」

アイダ・ベルが窓を閉めた。おそらく、状況からして気のきいた言葉を返す余裕がないわたしを救うために。ルブランク保安官助手はトラックまで戻ってバックさせると、アイダ・ベルが通り抜けられるようにした。

「ヘッドライト！」わたしたちが横を走り抜けるときに彼は怒鳴った。

アイダ・ベルはスキーマスクを脱いでヘッドライトをつけ、ごつごつした道を慎重に走った。わたしもスキーマスクを脱ぐと、濡れてべたべたした繊維から解放された肌が歓声をあげた。幹線道路に戻るやいなや、アイダ・ベルはわたしがシートの横をつかまずにいられなくなるほどコルベットの速度をあげた。

彼女はじろりとわたしの手を見た。「どこにもさわるなって言っただろう、このおばか」

わたしはシートから手を離して彼女をにらんだ。「あなたと話し合う必要があるわ。わたしがふつうの服を着て、なんらかの武器を手に入れたらすぐ」

アイダ・ベルはやり返そうとして口を開いたものの、携帯電話が鳴ったので、何を言おうとしていたにしろ、それは言わずじまいになった。いま現在のわたしの気分を考えると、そうなったのはたぶん本当に幸運なことだった。

「ガーティからだ」わたしに言いながら、アイダ・ベルは電話に出た。

「いまどこ?」と彼女は訊いた。

わたしは息を殺して返事を待ったが、アイダ・ベルは何度か電話に向かってぼそぼそと話しただけだった。

「マージのところで会おう」荒々しい口調でそう言うと、彼女は通話を切った。

「で?」わたしは尋ねた。

「ガーティはこれからシャワーを浴びるところだ。あんたの家であたしたちと落ち合う」

「シャワーってガーティの家の?」

「違うよ、ボートで帰る途中に出会ったセクシーな男と浴びるんだ——なんてことがあるわけないだろう。もちろん自分の家のシャワーだよ」

わたしはやれやれと首を振った。こっちは裸にごみ袋を巻いただけの格好で、この屈辱にあと二十分は耐えなければならないというのに、ボート泥棒の高齢者が熱くて気持ちのいいシャワーをいまにも浴びようとしているとは。この件に関しては納得のいかないことが多すぎるけれど、わたしにはそれを列挙する気力すらない。

帰路の残りは完全なる沈黙を守った。わたしの考えていることは頭のなかだけに留めておいたほうが賢明だった。家に着くと、淹れたてのコーヒーを片手にガーティが玄関を開けた。わたしは無言で彼女の横を通り過ぎ、シャワーを浴びて服を着るために二階へ直行した。うまくすれば、ふたりはこちらの気分を察し、わたしが二階にいるあいだに帰るだろう。ところが十五分後、一階におりていくと、ふたりはわたしがウォルターのところで買っておいたチョコレートパイを食べながらコーヒーを飲んでいた。

わたしがキッチンに入っていくと、ふたりは話すのをやめた。ガーティはわたしを見たが、アイダ・ベルは自分のコーヒーを見つめたままだった。テーブルの下でガーティに蹴られてから、アイダ・ベルはようやくこちらに視線を向けた。

「すまなかったね、裸にごみ袋なんて格好であたしの車に乗せて」ほんの少しもすまなそうに聞こえなかった。

「すまないなんて思ってないくせに」わたしは言った。「それに、あんな格好をルブランク保安官助手に見られたわたしに対して、謝るだけですむと本気で思ってるの?」

ガーティがはっと息を呑み、ぞっとした顔でアイダ・ベルを見た。「そこのところはあたしに話さなかったじゃない」

「そうでしょうとも。そこを話したら、自分が本当にひどい人間に聞こえるもの。あのあとのごたごたを、全部ルブランク保安官助手に押しつけてきたのは言うまでもなく。ボートが盗まれた直後、〈スワンプ・バー〉でびしょ濡れになった人間はほかにいなかったはずだから」

ガーティが眉をひそめてアイダ・ベルを見ながら、首を横に振った。「あの車を溺愛するのをやめるか、売るかしないとだめよ。あれはあなたをおかしくする」

「あら、アイダ・ベルはあの車を持っていて問題ないと思うわよ、わたしは」わたしは言った。

「レベル5の超大型ハリケーンがこっちに向かっていて、町にある車があれだけだとしても、わたしは二度と足を踏み入れないけど」

「フォーチュンがそう言うのももっともだわ」とガーティ。

アイダ・ベルは両手を宙に突きあげた。「わかったよ！　悪かったね。あたしは誰かに嫌な思いをさせたり、つかまったりしたかったわけじゃない。車については問題を解決するようにする」

アイダ・ベルがようやくほんのちょっぴり悔いているような顔になったので、ガーティはうなずき、わたしは自分の分のコーヒーを注いで腰をおろした。

「あなたの服は洗濯機に入れて洗ってるところ」ガーティが言った。「でも、終わったら乾燥機に移さないとだめよ。忘れないで。このあたりは湿気が強いから、すぐに嫌なにおいがついちゃうの」

ルイジアナのすばらしい特色がまたひとつ。

わたしはコーヒーをひと口飲んだ。「頼むから今夜の騒ぎは収穫につながったと言って」

「ああ、つながったわよ」ガーティの顔からしかめ面が消えた。

「よかった。あのバーテンダー、強面だったから。いい標的だと思ったのよね」

ガーティが首を横に振った。「あら、違うわ、バーテンダーじゃないの」

わたしは眉をひそめた。「あの女のほう？」

「ただの女じゃないわ。マリーの三従妹《みいとこ》のシェリルよ」

アイダ・ベルがうなずいた。「ずっと前にシンフルから逃げ出した、たちの悪いあばずれだ。昔からマリーを妬んでいた」

「なるほど。でも、彼女に機会とわずかな動機があったとしても、手段も持っていたと証明する必要があるわ。それに服役中のメルヴィンとどうやったら共謀できたのか」

「そこが一番肝心なとこなのよ」ガーティがにんまりした。「彼女、看守なの」

わたしはまじまじと彼女を見た。「メルヴィンがいた刑務所の？」

「そ。最高でしょ？」

わたしの頭のなかをさまざまな可能性が駆けめぐった。「なるほど、いいわね。最高だわ。わたしが撮った写真、ピントが合ってたって言って」

「ばっちり合ってたわよ」とガーティ。「これで計画を進められるわ。えっと、ひとつだけ小さな問題があるけど」

アイダ・ベルが目をすがめてガーティを見た。「小さな問題って？」

「あたし、メルヴィンに顔を見られたんじゃないかと思うのよ。スキーマスクをかぶったままじゃ、ボートを操縦できなくて。投光照明を浴びたのはほんの一瞬だったし、体を屈めたんだけど、メルヴィンは船着き場の一番端に立ってたから」

アイダ・ベルの眉がひそめられた。

「メルヴィンは仕返しをしてくると思う？」わたしは訊いた。

「そうは思わないね」アイダ・ベルが答えた。「あいつがばかなのは確かだが、かといってあたしたちがあいつを殺人罪ではめようとしているなんて考える理由はない。たとえあそこであいつをスパイしていたってことがばれても、メルヴィンから見て何か害があるかい？」

「そうね」わたしは賛成したものの、メルヴィンには何も知らないままでいてもらったほうがずっと安心だった。

「やったわね！」ガーティが手を叩きながら言った。

「ええ」わたしは言った。「マリーが見つかりしだい、彼女は逮捕されるけど、わたしたちで彼女に弁護士をつけて、こちらが立てた仮説とさっき撮った写真を披露すればいいんですものね」

ガーティの顔がちょっぴり曇った。「まだやらなきゃいけないことは少しあるけど、それでもこれは大きな進展よ」

「ええ」わたしは賛成した。「大きな進展」

「あとは」アイダ・ベルが言った。「マリーを見つけるだけだ」

わたしはフーッと息を吐いた。そう、それだけよね。

第17章

あれだけドタバタして、熱いシャワーを浴び、パイを食べたのだから、たちまち眠くなってもよかったはずだが、ベッドに入ってから何度寝返りを打とうと、眠りは訪れなかった。もしかしたらドタバタしすぎか、コーヒーの飲みすぎだったかもしれないけれど、とにかく眠れなかった。とうとう、本を持ってきて寝落ちするまで読書しようと決めた。

ベッドから出ると、読みかけの本を置いておいた机のところに行った。本に手を伸ばしたとき、マージの投函されなかった手紙の束を床に落としてしまった。束ねていたゴムがハードウッドの床に落ちた拍子に切れ、手紙が散らばった。

ため息をつき、わたしは屈んでそれを拾いはじめた。ベッドの下に滑りこんでしまった一通に手を伸ばしたとき、ほかの封筒には見られない印が描かれているのが見えた。立ちあがってから、その印をよく見てみた。絵のようだが、何が描かれているのかは判然としない。と思ったら、自分が封筒を逆さまに持っていることに気がついた。ひっくり返してみると、間違いようがなかった。

女性の顔のスケッチだ。すっきりとした素描。二十五セント硬貨ほどの大きさで、女性の頰にはひと筋の涙が流れている。ほかの封筒は机の上に戻し、本とその封筒を持ってベッドに戻った。この一通だけほかのと違うのは、理由があってのことなのだろうか。

手紙を読みはじめるとすぐ、答えがわかった。

フランシーンから聞いたわ。あなたが結婚するって。あなたみたいな人が一生独身でいるわけはないとわかっていたけど、ナイフで心臓を突き刺されたような気分。どうして、ハーヴィ？　耐えられないほどの苦痛だわ。

何もかも、もうどうでもいい。戦争も、わたしが帰還できることさえも。

二カ月のうちに、わたしはこの二年間で初めてシンフルに帰れる。でも、わたしは独りね。

こっちでジャングルのなかにいると、目的があることだけは確か。わたしには守るべき人々がいる。するべき大事な仕事がある。

メインストリートを一緒に歩くあなたたちを初めて見たら、自分がどんな反応をするか考えると怖い。残りの人生をどうやって生きていったらいいのか。すぐそばにいながら、あなたはほかの人の腕のなか。


読みながら、わたしは息を呑んだ。
ハ、ハ、ハーヴィですって？
マージが恋い焦がれ、何通もの投函されない手紙を書いた相手はハーヴィ・チコロン――州で一番の人でなしだったの？

唖然として、わたしは倒れるように枕にもたれた。これですべてがひっくり返る。マージが長年ハーヴィに片思いをしていて、彼がマリーと結婚し、その後、郡内のおおぜいの女性と浮気するのを見守ってきたとすれば、いったいどんな気持ちでいたことか。

どんな計画をめぐらしたか。

わたしははっと息を呑んだ。愛するあまり、彼を殺したなんてことはありうる？　愛はそういう方向には働かないはずよね――本物の愛は。でもひょっとしたら、長年にわたってもっと美しい、あるいは若い、あるいは従順な娘のほうを選ばれつづけた結果、抑えきれないほどの愛情が何かほかのもの――何か凶悪なものに変わった可能性はある。

マージがハーヴィを殺す武器を持っていたのは間違いない。さらに軍隊での経験から、それを使いこなす技能を身に着けてもいた。でも、自分の友人に暴力を振るい、相手かまわず寝ていた男のために、本当にそこまでやっただろうか？

マージのハーヴィへの気持ちを、ほかに誰が知っていたのだろう？　アイダ・ベルとガーティは知らないはずだ。さもなければ、そもそもマージを殺人の容疑者として挙げていただろう。友人を告発するのは気が進まないだろうけれど、この件に関しては、問題の友人はとっくにこの世を去っているし、告発されても害が及ぶことはない。

とはいえ、もしマージがハーヴィへの恋心をガーティとアイダ・ベル、そして誰よりもマリーに隠しおおせていたなら、彼女はこの世が始まって以来の名女優ということになる。

窓の外の暗闇を見つめて、わたしは首を横に振った。こんな小さな町でこんな複雑なことが起きていたなんて。わたしには想像もできなかっただろう。昔からわたしは人生を合理化することに心血を注いできた――複雑化しそうなことはすべて排除して。それはつまり、人とかかわらないようにすることだったと、突然気がついた。人間こそ、間違いなく、人生がわたしたちにぶつけてくる複雑化の最大の要因だ。

手紙を封筒に戻し、ナイトテーブルに置いた。ため息をついてランプを消し、ひんやりとしたシーツのあいだにもぐりこんで、自分の人生以外のことに気持ちを引き戻そうとした。シンフルに来てからというもの、わたしはすでに過剰なほど自分の内面をのぞきこんでは不快な気分を味わっている。また意外な新事実に向き合うには、ひと晩ぐっすり寝ないと。

うとうとしかけたところで、はっと身を起こした。

屋根裏でガサゴソ音がする！

ベッドから飛び出すと、雑貨店で手に入れた生活用品の入っている袋まで急いだ。今度はあの小型毛皮族に出し抜かれたりしない。こちらには投光器とエアガンがある。両方とも雑貨店で買ったものだ。どちらを売るにも、ウォルターは身元確認を必要としなかったし、どちらも屋根に損傷を与えたりしない。

合法的に入手した武器を携え、わたしは屋根裏へと続く階段をそろそろとのぼり、一瞬立ち止まって、暗闇に目が慣れるのを待った。窓から細い月光が差し、散らかった部屋をぼんやりと照らしている。

左右に目を走らせたが、毛皮に覆われた侵入者は影も形も見えなかった。部屋の奥に並んだ箱の後ろからかすかに引っ掻くような音が聞こえたので、床板がきしりそうにないところを慎重に選んでそちらへと進んだ。あと二、三歩で害獣を視野にとらえられるはずだ。

一歩、二歩、三歩……。

ジャンプした瞬間に投光器をつけ、並んだ箱を飛び越えた。暗闇を明かりが突き刺し、爆発が起きたみたいに屋根裏を明るくした。まぶしいほどの光のなかで、わたしはあたりを見るためにまばたきをし、隅から聞こえたこすれるような音に向かってエアガンを構えた。

「撃たないで！」女性の声が正面から聞こえた。

驚いたわたしは投光器を落としてしまった。投光器は床にころがり、光線がわたしの後方を照らした。暗闇に目を戻すと人影が現れたので、わたしは百パーセント確信した。〈シンフル・レディース〉の一員が、アイダ・ベルかガーティから出された、わけのわからない命令を実行中だったと告白するものと。ところが、衝撃に目を見張った。

「マリー！」

彼女であるのは間違いなかった。年齢にもかかわらず、マリーの顔はわたしが見た若いころの写真から少しも変わっていなかった。手をあげて、彼女はゆっくりとこちらに歩いてきた。

わたしはエアガンをウェストバンドに突っこんだ。「うちの屋根裏でいったい何をしてるの？　それから、手はあげなくていいわ。あなたを撃ったりしないから。ずっと捜してたのよ」

マリーは両手をさげてうなずいた。「知ってるわ。あなたがアイダ・ベルとガーティと話してるのを聞いたから。キッチンの通気孔はわたしの隠れ場所へとつながってたの」

「あなた、ずっとここに隠れてたの？」わたしは訊いたが、そう言うあいだにも、ボーンズがくり返し階段をのぼろうとしたことが思い出された。ボケたかアライグマのにおいのせいだろうと片づけてしまったが、あれはマリーがここにいたからだったのか。

「たいへんだったでしょう」わたしは投光器を拾った。

「それほどでもなかったわ」彼女はわたしの背後の一隅を指し示した。振り返ると、編みものが載ったロッキングチェアとその横に本が何冊か置いてあるのが見えた。椅子のそばの壁際に簡易寝台が置かれていて、毛布が載っている。

「ボール箱がわたしのこぢんまりした隠れ家を隠してくれていたし。あなたが本当に注意して見ないかぎり、きっと気がつかないだろうと思って……」

実際、わたしは注意して見なかった。たいした工作員だ。

こちらがマリーを捜して湿地をあっちへ行ったりこっちへ来たりしていたあいだ、本人はわたしが寝ている真上で編みものをしていたなんて。父が顔をしかめるのが目に見えるようだった。わたしの集中力と工作員としての技量がすっかり休眠状態だったとは、モロー長官に知られるはずのないことを心の底から感謝した。

「それじゃ、わたしがアイダ・ベルとガーティと一緒にあちこち駆けずりまわっているあいだに、あなたがこれだけのセッティングをしたの?」

「というわけでもないの。寝台と椅子はすでにここにあったから。マージはいささかPTSDに苦しんでいて、ときどきここにこもることがあったのよ。たぶん軍の駐留地にいるみたいに感じて安心できたんじゃないかしら」

「隠れるには間違いなく絶好の場所ね。誰もあなたを捜してここへ来るわけないもの」

「例のアライグマの一件を除けば、問題はなかったわ。わたし、みんなが調べるはずの場所はすべて心得ていたから。だからナンバー・ツーまで行って、あの毛布を置いてきたのよ。みんなをまければと思って。土曜日にはニューオーリンズに行く途中のモーテルにチェックインして一週間分のお金を払ったわ。ナンバー・ツー以外も捜索されたときのために」

わたしは信じられない思いで首を横に振った。マリーがずっとこの家の屋根裏にいたなんて。驚きがまだ抜けなかった。「でもどうして？　隠れたところで、避けられない結果が先延ばしになるだけなのに」

マリーはため息をついた。「どうしてかしら。卑怯だったのはわかってるの。でも、納得のいく説明が用意できるまで、質問攻めにされたくなかったのよ」

「でも、アイダ・ベルとガーティが力になってくれたはずよ」

「そうしたら、力になってもらったせいでふたりを窮地に立たせてしまうでしょ。だから、計画は自分で考える必要があったの。それは留置場に入れられたり、メルヴィンにつけまわされたりしていたらできなかった」

「それで、何か思いついた？」

見るからに悲しそうな顔で、マリーは首を横に振った。

「とにかく、階下《した》へおりましょう。あなたにはいっぱい説明してもらわなきゃならないし、アイダ・ベルとガーティに電話しなきゃ。ふたりともさんざん心配したんだから。コーヒーがいるわね」

「ひょっとしたらウィスキーも？」

「決まり」

ドタドタと一階に向かうと、ボーンズが尻尾を振りながら居間の階段の下に立っていた。人骨を発見したとき以来、こんなに活気溢れるボーンズを見るのは初めてだ。マリーが立ち止まって耳の後ろを掻いてやると、ボーンズは彼女の腕を舐めた。わたしを見あげたとき、誓ってもいいが、その顔には〝言っただろ〟と書いてあった。ボーンズはくるっと向きを変えるとキッチンへと戻っていき、わたしたちが入っていったときにはもういびきをかきはじめていた。

わたしはエアガンをカウンターに置き、コーヒーを出した。マリーはブレックファスト・テーブルの椅子にドサリと腰をおろし、ため息をついた。疲れきり、少なからぬ不安を抱えた様子で、それは状況を考えればまったく当然だったが、彼女にはわたしがまだ知らない悩みがあるのではないかという印象を受けた。

「何かわたしに話したいことはない？　ガーティとアイダ・ベルに電話をかける前に」

マリーはわたしを見て、無頓着な顔をしようとしたが失敗した。「いいえ。どうしてそんなこと訊くの？」

「あなたが、明白な事実のほかにも何か問題があるって顔をしているから」

「そりゃ、問題なら山ほどあるわ。心配な顔をしていなかったら、変でしょ」

わたしはコーヒーメーカーに挽いたコーヒー豆を入れ、水を注いでスイッチを入れた。それから皿とフォークを出し、チョコレートパイの残りの横に置いた。この消費速度からすると、パイを三つ買っておいたのは正解だった。

マリーをしばらく観察していると、彼女はじろじろ見られて落ち着かなそうに身動きした。

ややあって、わたしは彼女の向かいに腰をおろした。

「あなたの顔に浮かんでるのは心配の表情じゃない。後ろめたさよ」

マリーは目を見開いた。「わたしには後ろめたく感じなきゃならないことなんて何もないわ」

わたしはにやりと笑った。「あなたが後ろめたく感じなきゃならないなんて言ってないわ。あなたがそう感じてるって言ったのよ。でも、うまいごまかし方ね」

「いったい何が言いたいのかまったくわからないわ」

チョコレートパイをひと切れカットしてマリーの前に置いた。「あなたの夫を殺したのはあなたじゃない。でしょ？」

「わたしじゃないわ」

「でも、誰が犯人かは知っている」

マリーはため息をついた。「最初は知らなかったのよ、誓ってもいいわ。でも時間がたつにつれて、もしかしたらって思いはじめて」

わたしは立ちあがってコーヒーをふたり分注ぎ、片方のカップをマリーの前に置いた。もう一度腰をおろし、自分にも大きくひと切れパイをカットした。これはわたしへのご褒美だ。

「何か証拠は見つかったの？」

「いいえ、それに尋ねもしなかった。やっぱりそうだったと知るのが嫌で」

わたしはパイをひと口大きく頬張り、それをコーヒーで流しこんだ。「それでも、間違いないと思ってる」

マリーは自分の皿を見つめてうなずいた。

「マージ大おばさん、でしょう？」

「おそらく」かろうじてささやくような声だった。「あなたにこんなことを言わなくちゃならなくてつらいわ」

彼女の悲しそうな声にわたしは困惑した。フォークを皿に置き、マリーの顔を観察した。

「理解できないわ。だって、ハーヴィが嫌な男で、彼がいなくなったほうがあなたの人生はよくなったわけだけど、マージはあなたの友達だったわけでしょ。彼女はあなたの夫を愛し、彼があなたと結婚したことを恨んでいた。そんなことがあったら、あなたは少し頭にこなかった？」

わたしを見あげたマリーの顔は明らかにショックを受けた表情だった。「そんな……どうして……いったいどうしてそんなふうに考えたの？」

「屋根裏で手紙を見つけたのよ。マージはヴェトナムにいるあいだにハーヴィに手紙を書いていたんだけど、一通も送らなかったの。今夜、そのうちの一通にハーヴィの名前がはっきりと書いてあるのを見つけたの。それを読むまでは、マージが誰に宛てて書いていたのかわからなくて」

わたしは二階に駆けあがり、寝室の机の上から手紙の束をつかみ取ると一階に急いで戻り、最後に読んだ手紙を引っぱり出してマリーに見せ、彼女の椅子の横に立った。

「ここを見て」何通もの手紙のなかで唯一、マージの愛情の対象が明らかにされている箇所を指さした。

フランシーンから聞いたわ。あなたが結婚するって。あなたみたいな人が一生独身でいるわけはないとわかっていたけど、ナイフで心臓を突き刺されたような気分。どうして、ハーヴィ？　耐えられないほどの苦痛だわ。


「マージは彼にあなたと結婚することにした理由を訊いてる」わたしは言った。「あなたが夫を愛したことがなかったにせよ、友達が彼を自分のものにしたいと思ったら、それってある意味侮辱でしょう」

手紙を読むと、マリーのショックの表情がふたたび悲しげになった。「いまはもう、本当のことを話しても誰も傷つかないでしょうね。わたしはずっと、隠し、悩んできたけど……」

わたしは彼女の向かいに腰をおろした。「本当のことって？」

手紙の宛て先を知る決め手となった部分を、マリーは指さした。「〝どうして〟のあとの点は読点じゃないわ。古くなったせいで便箋に浮き出たしみか、ペンが引っかかっただけ」マリーはテーブルに手紙を置き、わたしを見た。

「マージはハーヴィにどうしてわたしと結婚したのかと訊いているんじゃない」マリーは静かな声で言った。「わたしに、どうして結婚相手がハーヴィなのかと訊いてるのよ」

「えっ」わたしはマリーの顔をまじまじと見た。「あ！」

マリーはうなずいた。「そうなの。当時はそういうことは認められない時代で」

「でもあなたは……あなたの気持ちは……」

「いいえ。マージのことは友達として愛していたけど、彼女に対してそういう感情は持ってないの。彼女はそれを知っていたし、わたしとはずっと友達でしかいられないということを受け入れていた。わたしがいい人と――やさしい人と――結婚していたら、彼女はそんなにうろたえなかったと思うの。でもハーヴィは、その……」

「あなたにひどい仕打ちをした。そして、彼女はそのことに腹を立てた」

「ええ。マージは彼と別れさせるために、わたしに住むところとお金まで工面すると言ってくれた。でも、チャーリーの面倒まで見る余裕はなかったの。それに、彼女の気持ちを知りながら、甘えるわけにはいかなかった。それは正しくないって気がして」

たったひとりのきょうだいの面倒を見るために性根の腐った男に依存し、逃げ出せない生活を送っていたマリーの気持ちを想像しようとした。でも、彼女の絶望の深さを理解することは、わたしにはまったくできなかった。わたしは自立しすぎて――自己完結しすぎて――いるので、とにかく理解不能だったのだ。

同様に、マージの気持ちも想像できなかった。ある人を長年愛し、その人が不当な扱いを受けていると知りながら、愛についても、不当な扱いについても何もできないなんて。とはいえ、不当な扱いについては最終的に行動を起こしたのだろうけれど。だから、わたしたちがいまこうして面倒に巻きこまれているわけで。

「わかったわ、マージはハーヴィのあなたへの仕打ちに腹を立てていたはずだけど、何年ものあいだじっと見守っていたのよね。彼女がついに彼を殺したんだとあなたが考えた理由は何？」

「わたし、ふつかほどインフルエンザで寝こんだの。それで、ハーヴィがいつもの時間に夕食を食べられるよう、マージがキャセロール料理を持ってきてくれることになって。彼女、料理が得意とは言えなかったけど、ハーヴィはどのみち味のわからない人だったから。テーブルに料理が載っていさえすれば気にしなかった。ところが、ボーンズが事故に遭って脚を折ってしまったの。そこでマージは料理を届ける前に、急いで獣医さんのところへボーンズを連れていかなければならなくなって」

「それでハーヴィが癇癪《かんしゃく》を起こしたの？」

マリーはうなずいた。「ハーヴィはいつもすべて自分の思いどおりにならないと気がすまない人だったから。たとえわたしが死んでも、夕食は五時に食べられなければだめなの」首をかしげ、額にしわを寄せた。「そういえば、ハーヴィが姿を消してから、わたしは一度も五時に夕食を食べたことがないわ。たった一日も。早い時間に食べるか、ずっとあとに食べるかで。いままで考えたことなかったけど、潜在意識がそうさせたんでしょうね」

「不思議じゃないわね。それで、何が起きたの？」

マリーは顔をしかめて、また下を向いた。「ハーヴィはわたしを殴ったの。わたしが何か失敗したと思うと、いつもそうしたように。でもあのときは顔を殴ったのよ。たいていは体にしかあとが残らないようにしてたのに。わたしが隠せるよう。マージは裏庭を歩いてきて、キッチンの網戸《スクリーンドア》のところに立っていたの、ハーヴィがわたしを殴ったとき。すべてを見ていたのよ」

「マージはあなたの家でハーヴィを殺したの？」

「いいえ。キッチンに飛びこんでくると、キャセロールをハーヴィの顔に投げつけたの。それから、出ていけ、警察に電話するわよと怒鳴ったわ。マージが通報したりしないのはわかっていた。だって、そんなことをしたら、わたしにとってことがこじれるだけだったから。でも、ハーヴィは信じた。わたしと彼女を殺してやると脅しながらドタドタと出ていったわ」

激しい怒りがこみあげてくるのを感じた。夕食が遅れたくらいで人を殴る？　わたしがその場にいたら、きっと彼をこの手で殺していただろう。「それで、そのあとは？」

「マージが傷の手当てを手伝ってくれた。眉の近くが切れていたの。しばらく目のまわりにあざも残ったけれど、体調を崩していたから、ふつかぐらいはほとんど誰にも会わずにすんで。そのあとはガーティとアイダ・ベルがお化粧で隠す方法を教えてくれたわ、日曜日に教会へ行けるよう」

「教会へ行くことが、この町ではそんなに大事なの？」

マリーはわたしの顔を見た。「あのときはね。ハーヴィがすでに姿を消していたから、アイダ・ベルとガーティはわたしが彼に殴られたことが知れたら、ハーヴィ殺しを疑われるんじゃないかと心配したのよ。ふたりはバハマに口座を作って、わたしにハーヴィのパスワードを使ってそこへ送金もさせたわ。彼が浮気相手のひとりと逃げたように見せかけるために」

「ほんとに？」

アイダ・ベルとガーティったら、ハーヴィ失踪事件への関与について、話してくれてない部分がずいぶんあったんじゃないの。マリー以外の容疑者を見つけるのにふたりが必死なのも不思議じゃない。行方不明になる直前にハーヴィがマリーを殴っていたことがみんなに知られたら、裁判にかけられる前からマリーの有罪が決まってしまうと知っていたのだ。それにハーヴィの遺体の一部が見つかったからには、送金したのはハーヴィであるはずがなく、となれば残るはマリーだけということになり、ふたりも首までどっぷり事件に関与していたことがばれてしまう。

「それじゃ、そのお金はずっとその口座に入れっぱなしだったの？」

「いいえ。アイダ・ベルが、ハーヴィがよそへお金を動かしたみたいに見せる必要がある、でも追跡はできないようなやり方にしないとって言って。国から国へと複雑な送金をして、怪しげな弁護士ふたりほどともやりとりして、あのお金で最終的にはタヒチにビーチハウスを買ったの」

「冗談でしょ」

「まじめな話よ。ガーティとアイダ・ベルとわたしで、毎年ひと月そこへ行くの。みんなには南米で伝道の仕事をしてくると説明して。日焼けの言い訳が必要だから」

「それはそうでしょうね」

マリーがばつの悪そうな顔をした。「ガーティとアイダ・ベルは、あなたに全部を話していたわけじゃなかったのね」

「ええ。二、三、話してないことがあったみたいよ。まず、自分たちの立場がまずくなるようなことはすべて」

あのふたりったら！　わたしにこんなに隠しごとをしてたなんて、ただじゃすまないから。わたしは頭のなかでリストを作りはじめた。ガーティにはここにいるあいだ一日おきにパウンドケーキを焼いてもらうだけの貸しがある。アイダ・ベルにはあのコルベットを使わせてもらわないと。

「それで、警察はハーヴィが駆け落ちしたと信じたわけね？」どこかまだ腑に落ちないものを感じつつ、わたしは尋ねた。

マリーはうなずいた。

突然、思い当たった。「アイダ・ベルとガーティに、マージが何を目撃したかは話した？」

「いいえ。マージが話さないでくれと言ったから。だからきょうまで、わたしは秘密を守ってきたの」

ばらばらだったピースが嚙み合いはじめて、わたしは目を見張った。「つまり、いままでずっと、ガーティとアイダ・ベルは、あなたがハーヴィを殺したと本気で信じていたわけね？」

「ええ、でもわたし、マージを裏切りたくなかったの。しばらくすると、みんなも騒がなくなったし、この話を蒸し返す必要もないと思って。それに、マージはわたしを守ってくれたんだもの。彼女の身が危うくなるようなことはできなかった」

「これまでは。これから真実を明るみに出さなきゃならないのはわかってるわよね」

「わかってるわ。でも、嘘を重ねたあとだけに、誰もわたしを信じてくれないんじゃないかと心配だわ」

わたしは勢いよく息を吐いた。「それはわたしも心配」

第18章

寝ているところを叩きおこされたにもかかわらず、ガーティとアイダ・ベルはわたしが電話をかけてから二十分もしないうちにやって来た。ふたりともバスローブに室内履きという格好で、アイダ・ベルは頭にカーラーをいくつも巻いていたが、目はしっかり覚めていて、事態の急展開に見るからに唖然としていた。

すべてを説明するには少々時間がかかり、ガーティとアイダ・ベルはマリーが無事であったことを喜んだかと思うと、彼女が実際にはハーヴィを殺していなかったことに衝撃を受け、マリーがマリーを愛していて、どうやら手を下したのは彼女らしいということに驚き、言葉を失った。

「それで全部納得がいくね」アイダ・ベルが言った。「でも、誰に推測できた？」

ガーティが首を横に振った。「本当に悪かったわ、マリー。あたしたちずっと、あなたがハーヴィを殺したんだと考えていたの」

「いいのよ。海外の口座の件で力になってくれたときにわかったわ」

「でもどうして話してくれなかったの?」ガーティが尋ねた。

「マージをかばうためだったのよ」わたしが言った。

マリーはうなずいた。「彼女はわたしを守るためにハーヴィを殺したんだもの。わたし自身がずっと昔になんとかしておかなきゃいけなかったことが原因で、マージが責めを負うはめになるなんて、許せるわけないでしょう? わたしに対する彼女の気持ちを知っていたからにはとりわけ。彼女の心と背中をナイフで突き刺すようなものだもの」

「大きな賭けだったね」アイダ・ベルが言った。「マージが死ぬ前にハーヴィの遺体が見つかったら、あんたは選択を迫られたはずだよ」

「そうかしら」わたしは言った。「もしマージがまだ生きていたら、自白したと思うわ。マリーを刑務所に行かせたりは絶対にしなかったはず。それどころか、マリーの立場からすると、マージがまだ生きていて自白してくれたほうがずっと好都合だったわ。あれこれごまかしてきたことを考えると、みんなに本当のことを信じてもらうのは至難の業よ」

「たぶんあんたの言うとおりだね」アイダ・ベルがため息をついた。「全部ちゃんと証明できればいいんだけど。陪審が見逃しようのない証拠があれば」

突然、わたしの頭にあることがひらめいた。突然立ちあがったため、ほかの三人がびっくりした。

「マージの遺産を管理してる弁護士から、このあいだわたしに電話があったの。マージの死後、渡すことになっている書類があるって」わたしはガーティの肩をつかんだ。「彼女が自白書を遺していたとしたら？　自分の死んだあとに問題が起きた場合に備えて」

期待に満ちた顔が三つ、わたしを見返した。

「マージのやりそうなことだわ」ガーティが言った。「名誉を重んじるのが彼女の生き方だったもの」

アイダ・ベルがうなずいた。「で、その書類はいつ手に入るんだい？」

わたしは腕時計を見た。「弁護士事務所はあと二時間くらいで開くわ。着替えて朝食を速攻で食べて、ニューオーリンズへ向かえば、ちょうど事務所が開く時間じゃないかしら」

アイダ・ベルとガーティがはじかれたように椅子から立ちあがった。

「いいわね」ガーティが言った。「車はあたしのを使いましょ。一日かけて燻蒸《くんじょう》消毒したから」

アイダ・ベルがうなずいた。「マリー、あんたはここに残ったほうがいい。あんたの隠れ場所はまだ誰にも突きとめられてない」ばかにした顔でわたしを見る。「この家に住んでる人間だって気がつかなかったんだから。人に見られないようにしているかぎり、あんたは安全だ。メルヴィンはフォーチュンがこの家にいる理由を勘違いしてるから、あいつがこそこそ嗅ぎまわりに来たとき、姿を見られるんじゃないよ」

「夜が明ける前に屋根裏に戻ることにするわ」マリーは誓った。「さっとシャワーを浴びて、服を着替えたいだけ。バスルームをゆっくり使えたら、嬉しいわ。あなたが出かけたあと、大急ぎですませていたから、見つからないように祈って」

ガーティが眉を寄せた。「もう屋根裏に隠れる必要はないんじゃない？」

「いいの」マリーが言った。「あなたたちが戻るまで、あそこにいるほうが安心できるわ」

「マリーの言うとおりよ」わたしは言った。「真っ昼間に家宅侵入をするほどばかじゃないと思いたいけど、メルヴィンと話したときのことを思い出すと、保証はできない」

ガーティがマリーの腕をポンポンと叩いた。「書類を持って戻りしだい、あなたを迎えにきて、まっすぐ保安官のところへ連れていってあげる。この厄介事にきっぱり片をつけましょ」

わたしは背中と首がこわばるのを感じた。存在すら定かではない書類に多くがかかっている。ガーティの予言どおりになるといいんだけど。


大おばについての人物評が披露されるあいだ、ミスター・ウォーリーに礼儀正しくほほえみかけ、気長なふりをしているのには自制心を総動員する必要があった。みんなが口をそろえて小さな町の暮らしの特色だと言うのんびりしたペースが突如現実になった感じだった。何もかもが電光石火の勢いで進んでほしいときにかぎってなのは言うまでもない。ああ、日曜日の説教の時間もこうだったっけ。

わたしの向かいに座っているミスター・ウォーリーは、体重六十五キロの体が巨大な革張りの椅子に呑みこまれそうに見えた。聖なる封筒を片手に持ちつつ、話題に事欠く気配はまったくない。彼が話を途中で切りあげてくれるよう、コーヒーでアクシデントを演出しようかという気になりかけていたとき、受付係がオフィスに頭だけ入れて、次のクライアントが到着したと告げた。ミスター・ウォーリーは驚いた顔で時計を見てから、紙を一枚わたしのほうに押してよこした。

「失礼しました」と彼は言った。「あまりにお話が楽しくて、時間を忘れていました」

五十六分。十秒。十一秒、十二秒……。

「結構ですのよ」わたしは言って、彼が差し出したペンを受け取り、受領書にサインした。紙をミスター・ウォーリーのほうへ押し戻すと立ちあがった。彼も慌てて立ちあがり、書類を渡してから、わたしとの握手にさらに五分ほど時間をかけた。弁護士事務所を出るとき、わたしは心臓発作を起こしそうなレベルまで脈拍が激しくなっていた。ガーティのキャデラックまで文字どおり走っていくと、後部座席に飛び乗った。

　ふたりとも期待の目でわたしを振り返った。

「それで？」アイダ・ベルが訊いた。

「まだ読んでないのよ」わたしは封筒を破って開けた。「ミスター・ウォーリーの話が終わらなくて」

「急いで」ガーティが運転席のシートの上で両手を握りしめつつ言った。

「急いでるわよ」わたしはぶつぶつ言いながら、手紙を封筒から引っぱり出して開いた。

　手紙の文字を見て、アイダ・ベルがフーッと息を吐いた。「よかった、ふつうの手書きだ。筆跡が鑑定できる」

「早く読んで！」ガーティが叫んだ。

わたしは深く息を吸いこみ、声に出して読みはじめた。

サンディ＝スーへ
要点に入る前に、こんな負担をあなたに押しつけてしまうことを謝ります。あなたがこちらに留まってこの問題の詳細を調べれば、わたしがシンフル住民である友人たちを巻きこむわけにいかなかった理由がわかるでしょう。

わたしはハーヴィ・チコロンを殺しました。

キャセロール料理を届けにいったとき、ハーヴィが妻のマリーを殴るところを見てしまったんです。前からそんなことじゃないかと思っていたけれど、それまでは証拠がありませんでした。実際に目の当たりにすると、怒りで目の前が真っ赤になり、ハーヴィに二度とマリーを殴らせるものかと心に誓いました。

マリーには家を出るという選択肢がありませんでした。ハーヴィのお金がなければ弟の面倒を見られなくなってしまうし、弟の世話を続けるためならどんな侮辱的扱いにもマリーは耐えたでしょう。

そこでわたしはハーヴィを殺し、彼が別の女と逃げたかのように見せかけました。マリーがお金を手に入れ、残りの人生を静かに暮らせるように。彼女にはそうする資格があるのだから。

わたしのとった行動が、わたしが死んだあとシンフルの誰かを悲しませることになったら申し訳ないけれど、行動そのものについては後悔していません。

この手紙を保安官に見せてください。これ以上マリーが疑われることのないように、これからは、ようやく、責められるべき人間が責められるように。

あなたを愛する大おば
マージより

しばらくのあいだ、三人とも無言だった。ガーティの目に涙がこみあげてきて、彼女はグスグス言いながら指で鼻の下をこすった。アイダ・ベルは車の床をじっと見つめ、必死に隠そうとはしているものの深く悲しんでいるのがはっきり見てとれた。

わたしはこれだけ死を悼まれている女性の身内であるふりをしている自分に、強烈な罪悪感を覚えた。これまでマリーとハーヴィをめぐる問題は、わたしにとってゲーム——解くべき謎——のようなものだった。自分がシンフルに来るきっかけになったマージの死について、立ち止まって考えてみることがなかった。ガーティやアイダ・ベルにとって、彼女の死がまだどれだけ悲しいことか。たとえふたりがその悲しみを隠していても。

次に、わたしは悲しくなった。アイダ・ベルとガーティ、マリーのことを、ほかにもマージを隣人であり友人であると考えていた女性全員のことを思って。マージは自分を守れない人々の自由を守るために力を尽くし、それは軍務だけにとどまらなかった。生きているあいだに彼女に会えなかったことが残念だった。わたしはきっと彼女が好きになっただろう。もうすでに敬意を抱いている。

「さて」とアイダ・ベルが言ったものの、また口をつぐんでしまった。

「大おばさんをもっとよく知らなかったのが残念」わたしは言った。「それにあなたたちが大切な友達を亡くしてしまったことも」

ガーティの目から涙がひと筋こぼれ落ちた。それを指でぬぐってから、彼女はわたしにほほえみかけた。「マージはあなたを愛したと思うわ。あなたがどんな大人になるかさんざん心配していたけど。きっとびっくりして、とても喜んだはずよ」

胸がちくりと痛んだ。もちろんわたしはマージの姪のふりをしているわけだけれど、ふたりはそれを知らない。マージが喜んだはずだというガーティの言葉にはじんときた。心から褒めてもらえたのは、母が亡くなって以来初めてだ。こういうとき、どんな気持ちになるかもすっかり忘れていた。

「もうマリーが刑務所行きになる心配はなくなったわね」とガーティ。

「ええ」わたしは同意したけれど、いまこの瞬間、それはわずかな慰めにしか感じられなかった。

ニューオーリンズからシンフルまでの帰り道は誰もあまり話さず、厳粛な雰囲気が漂った。誰もマリーに携帯電話を置いてくることを思いつかなかったので、わたしたちがマージの家に着くまで彼女にわかったことを知らせる術《すべ》はなかった。これでよかった気がする。マージの手紙を携帯電話越しに読みあげるのは、敬意に欠ける行為に思えた。これは直接会って知らせるべき類いのことだ。

シンフルに着いてからのほんの数日のうちに起きた紆余曲折を思い出すと、わたしが出会った女性たち、そしてすでに他界したひとりの女性の精神的な強さに驚嘆した。マリーにこの手紙を見せるのは気が引ける。彼女は罪悪感を覚えるにちがいない。

マージの家に着いたのは、正午を少しまわったころだった。わたしたちが家に入ると、マリーは階段の上から階下《した》をのぞいていて、アイダ・ベルがブラインドを閉めるやいなや駆けおりてきた。彼女の思いつめた表情を見て、わたしはちょっぴり胸が締めつけられた。いったいどんな気持ちだろう——自分の自由と、弟が経済面でも医療面でも安心できるかどうかが、大切な友達が恐ろしい犯行を自白するか否かにかかっているなんて。これまでの年月を、マリーはどんな思いで生きてきたのか。毎日マージに会いながら、おたがい何も問題はないというふりをしてきたなんて。

「手に入れたわよ」ガーティが言った。「コーヒーを飲みながら話しましょ」

ルイジアナの夏の暑さを考えると、午後にコーヒーというのは奇妙に響いた。とはいえ、ニューオーリンズからの帰り道、わたしたちが一度だけ車を停めたのはバーボンを一本買うためだった。おそらくマリーのカップにはあれがたっぷり注がれるにちがいない。それは絶対に悪くない思いつきだし、ガーティが取り出したのはふつうのコーヒーではなくデカフェのものだった。

「きょうは何か食べた？」ガーティがコーヒーを淹れはじめてからマリーに訊いた。

「オレンジジュースを一杯飲んだわ」マリーが答えた。

ガーティはマリーに向かって一度うなずいた。「バターなしトーストを焼いてあげる。何か食べないと。あなたが病気になったら、誰にとってもいいことないわ」

ボーンズが目を覚まして伸びをし、マリーが座っているところまで歩いていって彼女の手を鼻先で突いた。マリーが耳の後ろを掻いてやると、彼女の膝にあごを載せ、猟犬特有の大きく悲しげな目で見あげた。

「ボーンズはこれからどうなるの？」

マリーが目を丸くした。「あら、それはあなたしだいでしょ。マージのほかの遺産と一緒にあなたが相続したんだから」

わたしはマリーの向かいの席にドスンと腰をおろした。「そうか。そんなふうには考えてもいなかったわ」なにしろ、わたしはサンディ＝スーじゃないし、実際には何も相続していないのだから。それなのに、法的な手続きが必要であるにもかかわらず、他人の財産をどうするか決断を下そうとしている。

「ボーンズをよそへ連れていくなんて考えられないわ」わたしは言った。「都会で幸せに暮らせるとは思えないもの」

マリーの顔を見た。「飼ってもらえる？」

マリーは老いた猟犬を見おろし、ほほえんだ。「喜んで。ボーンズはわたしが一緒に暮らしたことのあるなかで最高の男だもの」

「まったくね」アイダ・ベルが言った。「それを教訓にするといいよ。あと五年であんたも〈シンフル・レディース・ソサエティ〉の一員だ。ボーンズと編みもの以外には手を出さずにおきな。そのほうが無難だ」

誓ってもいい。老いた猟犬は一部人間にちがいない。テーブルの下を通ってこちらに歩いてきたかと思うと、わたしの手を舐めてからキッチンの隅の寝床に戻っていった。マリーがひとりぼっちでなくなると思うと気分がよくなって、わたしは笑顔になった。アイダ・ベルはよくやったと言うようにわたしに向かってうなずき、ガーティは鼻をグスグス言わせてから、鼻がかゆいふりをしつつマリーの前にバターなしトーストを置いた。

「コーヒーはまだ?」アイダ・ベルが訊いた。

「すぐ用意できるわ」ガーティが言い、コーヒーをカップに注ぎはじめた。

マリーはトーストを手に取り、ひと口食べたが、食欲はあまりなさそうだった。しかたないだろう。わたしもストレスが高じると食欲が落ちる傾向がある。ふだんはありあまるほどなのに。ガーティはマリーのカップにたっぷりバーボンを注いでから、コーヒーをテーブルに運んできて腰をおろした。

マリーはコーヒーをひと口飲むなり少し顔をしかめた。「ちょっぴり濃すぎじゃないかしら、ガーティ。お砂糖をちょうだい」

ガーティは砂糖入れをマリーのほうへ滑らせた。わたしたちはみんなしばらく無言でコーヒーを飲んだ。アイダ・ベルとガーティはマリーがもう少しトーストを食べ、コーヒーを摂取するのを待ってから手紙を見せるつもりなのだろう。

わたしはコーヒーをちびちび飲みながら辛抱強く待とうと努力したけれど、我慢が限界に達しかけた。そのときちょうどマリーがトーストの最後のひと口を呑みこんだので、ガーティがわたしの顔を見てうなずいた。わたしは手紙を引っぱり出し、マリーの前へと差し出した。わたしが読みあげるのはなんとなく出すぎたことに感じたからだ。

マリーははっきりと怯えた表情を浮かべ、ためらったが、ようやく手紙を手に取ると読みはじめた。読み進むにつれて目が赤らみ、潤んで、テーブルに手紙を置いたときに、ひと筋の涙が頰を伝い落ちた。

「これを保安官のところへ持っていくのは、あすまで待てる?」彼女の声はひび割れていた。

「もちろんよ、あなた」ガーティがマリーの手をポンポンと叩いた。

アイダ・ベルもうなずいた。「いままで何年も明らかにされなかったんだ。あと一日このままにしておいたところで誰も死なないよ」

「これで充分かしら?」マリーが尋ねた。「その……」

「そう思うわ」わたしが答えた。「もちろん警察はあなたたち全員から話を聞きたいと言うでしょうけど。でも、この件に関して検察があなたを訴追することはないはずよ。検察官も含めて、誰の利益にもならないもの。この手紙が存在するかぎり、あなたを有罪にできる可能性はゼロと言っていいわ。陪審の意見を決するには間違いなくこれだけで充分」

「とにかく、これを保安官に見せるのが第一歩ね」とガーティ。

「そのとおり」アイダ・ベルが賛成した。「それと、あたしたちはいつでもそばにいて力になるからね、この件だけじゃなく、そのあともずっと」

マリーが立ちあがって、わたしたち全員に小さくほほえみかけた。「何もかも心から感謝してるわ。あなたたち三人がいなかったら、どうしていたかわからない。本当にすばらしくて、わたしにはもったいない友達だわ。わたし、もう一度隠れようと思うの、万が一メルヴィンが目を光らせていたときのために。ひとりでじっくり考える時間が必要だし……それとマージと話をする時間が」

なぜかはわからないけれど、屋根裏であの寝台に腰かけ、亡き友——彼女を助けるために人殺しまでした女性——に話しかけているマリーを想像すると、わたしは喉が締めつけられた。鼻と目のあいだを押されるような感じがして、何が起きようとしているのか気づいたときには驚いて口が開いた。

目からこぼれ落ちる前に涙をぬぐい、わたしは自分の濡れた指先をまじまじと見た。二十年前の母の葬儀以来、涙を流したことは一度もなかった。これはわたしについて何を物語っているのか。会ったこともない女性のために涙を流すいっぽう、父が死んだときには一滴の涙もこぼさなかったという事実は。

「帰るわね」ガーティが言ったので、わたしは彼女とアイダ・ベルが立ちあがり、バッグを手にこちらを見おろしているのに気がついた。

「何か必要があったら電話をかけな」つねに人の面倒を見るタイプのアイダ・ベルが言った。

でも、彼女の目にも涙が浮かんでいた。こぼすまいと必死に努力していたけれど。ガーティはこらえようともぬぐおうともせず、日に焼けた肌に涙が伝うにまかせていた。まるで感情の表れを誇るかのように。

ふたりが帰っていくとき、わたしはキッチンテーブルを見つめながら思っていた。わたしももっとガーティみたいになれたらいいのに。

第19章

忙しくしていようと思ったけれど、コーヒーカップを片づけ、コーヒーメーカーをきれいにし、キッチンテーブルを拭くのにはほんの数分しかかからなかった。部屋から部屋へとさまよい歩きながら、わたしは午後をどう過ごしたらいいか決めあぐねた。マリーは屋根裏にこもったままだし、あすの朝までとは言わなくても、しばらくはおりてくることがないだろう。

家財の梱包をするという作業が、やるべきことのひとつとしてつねにあるわけだが、他人の財産について決断を下すことを考えるといまだ変な気分になるし、めずらしいことにいまは空腹でもなかった。ため息をつきながら、マリーを隠すために閉めきっていたキッチンのブラインドを開け、裏庭とバイユーを見渡した。一見すると平和に見えるが、あのゆったりと流れる濁った川には、この小さな町を大混乱に陥れた秘密が隠されていた。

庭の右端、岸のすぐそばにイトスギが集まって生えており、太い枝が庭とバイユーの一部に木陰を作っている。幹の真ん中にロープで編んだハンモックが吊されていた。そのハンモックを見つめているうちに、わたしは心が決まり、二階へと駆けあがった。本を持ってあのハンモックに寝ころがり、二時間ほど現実逃避をしよう。あすの午前中は厄介な仕事が待っている。三人と一緒に保安官のところへ行く前に、気持ちを集中できるようにしておかなければ。

ショートパンツにはきかえ、本を持ち、靴は面倒なので履かなかった。ハンモックは大きくて寝心地がよく、わたしはたちまちのんびりとくつろいで、一章も読まないうちに眠気に誘われた。

まぶたがくっついたちょうどそのとき、ボートが近づいてくる音が聞こえた。面倒くさいので目は開けなかった。いつもと違って、いまは違法なことをしているわけでもないし、ボートに乗っているのが誰にしろ、通り過ぎるだろうと思ったのだ。ところが、数秒後にエンジンが止められたかと思うと、わたしの正面の岸をバシッと叩く音が聞こえた。

片目を開けると、アリーが平底船のなかに立ち、こちらを見て笑っていた。

「聞こえなかったかと不安になってきてたところ」と彼女は言った。「そこまでよく眠ってたのに邪魔してごめんなさい」

わたしはハンモックからひらりと脚をおろし、水際まで歩いていった。「いいのよ。ほんとは本を読んでたんだけど、暖かいし、気持ちいいしで、気がついたら……」

アリーもうなずいた。「あたしがボートに乗ったのはなんでだと思う？　ローンチェアからよろよろ立ちあがったときにはくっきり寝癖がついてたわ。ほんとはペストリーのレシピを考えるはずだったんだけど。ここで立ちあがらなかったら、二度とあの椅子から立てなくなると思って」

「それでシンフルをボートでめぐってるわけ？　それってほんとに眠気が覚めるほどおもしろい？」

アリーは声をあげて笑った。「ぜんぜん。ただ、釣りなら目を覚ましていられて、いい夕食の材料も手に入るかもしれないし、少なくともいつもと違う景色を眺められると思ったの。どう？　あたしとバイユーで釣りをしてみる？」

釣りがわたしのやりたいことリストに載っていないのは確かだったが、アリーのことは間違いなく好きだし、これまでのところ、彼女といてトラブルに巻きこまれたことはない。

「雨が降りそうじゃない？」わたしは遠くに見える黒っぽい雲を指した。

「たぶん夜までは大丈夫。ああいう雲は夏のルイジアナにつきものなの」

「わかった」わたしは決めた。「家に鍵をかけてくるから待ってて。でもわたし、釣り道具を持ってないの。マージのが物置にあるかしら」

「心配無用。釣り竿はあたしが何本か持ってるから」

家まで走ってもどり、タンクトップに着替えて、居間に脱ぎ捨ててあったビーチサンダルを履いた。釣りに最適の履きものじゃないだろうけれど、アリーもビーチサンダルを履いていた。たぶん本気で釣りをしたいというより、しばらく外に出たいというほうが強いのだろう。そういうところは間違いなくわたしと波長が合う。わたしは外に出られるときは出たい派だ。

出かけることをマリーに言ったほうがいいかと迷ったが、そっとしておくことにした。何か必要になったら、アイダ・ベルかガーティに電話をかければすむ。わたしはボーンズを軽く撫でてから表に出て、勝手口に鍵をかけた。

わたしの格好を見て、アリーはよしよしというようにうなずいた。「釣りに行くなら日焼けしなくちゃね。ノースリーブを着てきてくれてよかった。でもあなた、もうすごくよく焼けてるわね。北部から来たことを考えると特に。日焼けサロンとか行くの？」

わたしの日焼けの〝秘訣〟は中東の砂漠での勤務だったので、筋の通った返事を考えようと知恵を絞ったが、なかなかいい答えが思いつけなかった。とそのとき、女優になるためシンフルを出たという、うつろな作り笑いを浮かべたミスコン女王のFacebookページが脳裏にフラッシュバックした。

「家庭用のマシンを持ってるのよ」ミスコン女王の自己賛美に溢れた記事を思い出してくり返した。「春に使うことにしてるの、夏になって外へ出たときに焼けすぎないように」

「頭いいわね。焼けすぎちゃうと悲惨だもの。ずーっとひりひりして、このあたりの暑さと湿気だと、治るまでエアコンのきいたところにしかいられなくなる。あたし、狭いところに閉じこめられるのって大の苦手」

わたしはボートを岸から押しやり、自分も飛び乗ると舳先側のベンチに座った。「菓子職人になりたいのは間違いない？　外で焼き菓子作りしてるところって見たことないけど」

アリーは笑った。「自分のお店を持つときは絶対、作業場に大きなピクチャーウィンドウを作るわ。それまではたっぷり苦しむことにする」

彼女はモーターをスタートさせ、ゆったりした速度でバイユーを進みはじめた。岸にいる人たちに手を振りながら。わたしは目を閉じ、顔に当たる風と日差しの感触を楽しんだ。泥のような川のにおいもなぜか気持ちをくつろがせてくれるように感じ、住民がここでの暮らしを気に入っている理由がわかってきた。

「わ、おっきい」半分意識を失いかけていたときにアリーの声が聞こえて、片目を開けると、ボートから十センチ程度のところを巨大なアリゲーターが泳いでいた。

「うわ、三メートル半はあるわね」わたしはその猛獣をまじまじと見つめた。頭から尻尾の先まで水面に出し、バイユーをゆるゆると泳いでいる。アリゲーターが水中に潜りはじめるのを見て、ここでの暮らしが気に入る件を考え直した。ルイジアナでくつろぎすぎると、食べられてしまう恐れがある。

「この辺じゃ、人はあんまり泳いだりしないんでしょうね」わたしは言った。

「あら、アリゲーターってたいていは人間にちょっかい出してこないのよ。水上スキーをやる人は年中やってるし、子どもたちは桟橋のそばで泳ぐわ」

「親は子どもにしっかり保険をかけてるとか？」

アリーは声をあげて笑った。「それは考えてもみなかった。でも、うちの母もわたしを桟橋のそばで泳がせてくれてたから、気になるところね」

ボートはメインストリートの裏を過ぎ、振り返ると町が遠ざかっていくのが見えた。ようやく開けた場所に出たので、アリーはボートを木の下に入れた。エンジンを切り、釣り竿二本を手に取ると、一本をわたしに手渡した。

「釣り針の投げ方は知ってる？」と彼女は訊いた。

「長いことやってないけど、思い出すと思う」釣り竿をすばやく検《あらた》めながら、わたしは父に一度だけ釣りに連れていかれたときの記憶を無理やり呼び覚ました。男の子ではないから、ちゃんとできるわけがないと、最初から決めつけられていた。

知らないうちにあごに力が入ったが、わたしはバイユーの真ん中に非の打ちどころなく上手に釣り針を投げ入れた。

アリーが口笛を吹いた。「すごいじゃない。さあ、リールを巻き戻して。魚が釣れるよう餌をつけましょ」

「そうだった、餌をつけなきゃね」わたしはもごもご言い、釣り糸を巻き戻した。

アリーがクーラーボックスに手を突っこんだかと思うと、わたしに小エビとビールを渡してよこした。「小エビは釣り糸につけるためよ」にやりと笑って言った。

わたしは釣り糸に餌をつけてからもう一度投げ入れ、ビールの口を開けた。「釣りも悪くないかもね」

「ま、釣りっていうのは実のところ、外に出てビールを飲む口実なんだけどね。釣り糸に餌をつけないときもあるくらいで。ただ釣り針を投げ入れて寝たり」

彼女は自分の釣り糸をバイユーに投げ入れると、船尾側のベンチにもたれるように座った。アリーはわたしがシンフルに来て出会ったなかで飛び抜けて賢い人だと思う。わたしもベンチにゆったりと座り、イトスギの木陰とバイユーを渡るそよ風を楽しんだ。

きっとうとうとしていたにちがいない。気がつくとあたりにエンジンの音がとどろいていた。ベンチの上にしっかり身を起こすより先にボートが大きく傾き、わたしは床に振り落とされた。

「あいつら!」アリーが船尾側から叫んだ。

立ちあがると、高速でバイユーを遠ざかっていくボートが見えた。「何者?」

「ロウェリー兄弟。絶対、あのふたりとは知り合いになりたいと思わないわよ。礼儀知らずのブタなんだから。釣り人がいたら、バイユーじゃみんなスピードを落とすのに。あいつら以外は」

またエンジンの轟音が聞こえてきたので、また倒されたりしないよう身構えたが、振り返るとルブランク保安官助手がエンジンを切って、惰性でわたしたちの横まで進んできた。

「大丈夫だったか?」彼はわたしに訊いた。

「ええ」わたしは答えた。

「あいつらに違反切符を切ってやる」彼はアリーに向かって言った。「罰金は払わないだろうが、二、三日留置場にほうりこむ材料にはなるからな。これからニューオーリンズに行く用があるんだが、その前につかまえてやる」

「頼むわ」アリーが言った。

ルブランクはわたしに目を戻したかと思うと、頭から足先までじろりと見た。「きょうはいつもよりまともな相手と一緒にいるんだな。服まで着てるとは驚きだ。そのまま品行方正でいてくれ」

にやりと笑うと、エンジンをかけてロウェリー兄弟を追いかけるためにバイユーを遠ざかっていった。

「カーターに服を着てないところを見られたの？」アリーが目を丸くして訊いた。

「ごみ袋を着ているところを見られたの。でも、話すと長くなるから」

アリーはベンチにドスンと腰をおろした。「ビールの十二本パックはあるし、きょうは一日休みだし。その話は聞かずにすませられないわ」


アリーとの時間はとても楽しかったので、ふたりでビールを六本空け、夕方まで一緒にいた。大きな魚が六匹も釣れ、アリーによればカワマスとのことで、彼女は今度ご馳走すると約束してくれた。最終的にわたしは〈スワンプ・バー〉へ行ったときのことを、行くことになった理由とわたしが水没した正確な原因については話が及ばないように気をつけつつ語って聞かせた。アリーは涙を流すほど笑ってもまだ笑いが止まらなかった。

わたしが経験した究極の屈辱をアリーが心からおもしろがっている様子を見て、ようやくわたしもあの状況の滑稽《こっけい》さが理解でき、声をあげて笑った。そして、知り合ったばかりの女性といて、こんなにくつろいでいる自分に驚き、不思議に思った。ワシントンの知り合いといるときだってここまでくつろげたことは一度もない。ハドリーはわたしを子どものころから知っていて、自ら母親代わりを買って出てくれた。モロー長官は父が亡くなったときのパートナーで、わたしを正しい方向へ導こうと最大限の努力をしてきてくれた。それでも、わたしはどちらにも、秘密を打ち明けることはおろか、自分が恥をかいた話を進んで語るなんてことはしないだろう。

その裏にはわたしが分析したいとは思わない情緒的な問題がぎっしり詰まっている。特にきょうみたいな日にはのぞきこみたくない問題が。気持ちのいいそよ風が吹き、すばらしい連れがいて、ビールもある快適な日には。たっぷり日焼けをし、ビールでおなかがぱんぱんになったころ、アリーがボートでマージの家まで送ってくれて、あすの朝、遅めの朝食を食べにいくとわたしに約束させた。

家に帰ると、わたしが階下で動きまわる音を聞いて、マリーが屋根裏からそろそろとおりてきたので、グリルドチーズ・サンドウィッチを作った。マリーはあまりしゃべらなかったが、彼女の目を見れば、心にのしかかっていることの重さが見てとれた。あすマリーが何をしなければならないかを考えると、ほんのわずかもうらやましいという気持ちは起こらなかった——引き換えにハーヴィの全財産が自分のものになるにしても。彼女が一生分の罪悪感に苛まれているのは明らかだった。

ちょうどわたしがシャワーから出たとき、携帯電話にショートメッセージが届いた音がした。いったいなんだろう？　きょうは一日とても静かだったので、これがあすまで、少なくとも保安官に会いにいくまでは続くよう心から祈っていたのに。

バスタオルを体に巻いて寝室に行き、メッセージをチェックした。ようやく説得に応じて向かいの客用寝室に移っていたマリーが急いでわたしの部屋まで来た。

「誰から？」と彼女は訊いた。

わたしは画面を見た。「アイダ・ベルよ」

〝新しいブランケットのデザインで悩んでいる。編みものの得意なあなたの意見が必要。急いでガーティの家へ〟

脈拍が一気にあがり、顔から血の気が引くのがわかった。ガーティとアイダ・ベルはわたしには編みものができないことを知っている。メッセージの文面はわたしに中東にいたときのことを、窮地に陥り、暗号とさまざまな手段を駆使してハリソンと連絡を取り合ったときのことを思い出させた。

即座にこのメッセージはおかしなところだらけだと感じた。

わたしをガーティの家へおびき寄せることが目的なのは間違いない。

「罠だわ」わたしは言った。

マリーが目を見開いた。「何がどうしたの？」

「わたしたちは間違ってた……間違いもいいとこ」わたしがアイダ・ベルとガーティとつるん

でいることを知っているのはウォルターとルブランク保安官助手、マリー、そしてメルヴィンだけだ。そのうちで、わたしたちを一カ所に集め、そのことを秘密にしたいと思う人物はひとりしかいない。

その瞬間、わたしは真相に気がついた——いままでずっとみんなが信じてきたことは何もかも、的はずれだったのだ。わたしたちはマリーから容疑をそらすためにメルヴィンを利用しようとして駆けずりまわっていたわけだが、そもそも彼が殺人犯だったのだ。絶対に間違いない。

「どうしたの、フォーチュン？　何がどうしたのか教えて」マリーの声がうわずった。

わたしはベッドに携帯を投げ、バスルームに駆けもどって服を着た。それからもう一度寝室に戻ってテニスシューズを履いた。わたしがナイトテーブルの抽斗からマージの拳銃を出し、挿弾子《クリップ》を確認してからウエストバンドに差すのを見て、マリーが息を呑んだ。

わたしは彼女のところへ走っていって腕をつかんだ。「聞いて。ニューオーリンズから戻ってるかどうかわからないけど、ルブランク保安官助手に電話して、ガーティとアイダ・ベルがガーティの家で人質になってると言って」

マリーの顔から完全に血の気が引いた。「人質って、いったい誰に？」

「間違ってなければ——メルヴィンよ」

マリーが両手で口を押さえた。「ああ、どうしよう！　すべてわたしのせいだわ」

「誰が悪いかはあとで決めて。ルブランク保安官助手に連絡がついたら、わたしが拳銃を持ってふたりを救出にいったと伝えて。わかった？」

「ええ」マリーは答えたが、蚊の鳴くような声だった。

わたしは彼女の体を揺さぶった。「しっかりして、マリー。ガーティとアイダ・ベルのために、あなたにはしっかりしてもらわなきゃならないの」

突然、マリーのなかで何かのスイッチが入った。彼女の目を見ればわかった。いまにもこぼれそうになっていた涙が蒸発したようだった。背筋がぴんと伸び、あごに力が入り、おそらく人生で初めて、マリーは怒っていた。

「あなたの言うとおりだわ。保安官助手に電話する」と彼女は言った。「さあ、あなたはあの下司野郎を撃ちにいって！」

わたしは彼女ににっと笑ってから家を飛び出し、通りを渡った。正面にまわって呼び鈴を鳴らす前に、裏窓からガーティの家のなかをのぞいておきたかった。メルヴィンにこっそり近づいて優位に立つ方法があるなら、それを利用する。ほかに方法がないとき以外、殺される危険のある場所に礼儀正しく出入口から入っていっても無駄なだけだ。

音もなくガーティの家の塀を乗り越え、裏庭を忍び足で進んだ。ありがたいことに、裏手のポーチの明かりはついていなかった。庭を照らしているのはかすかな月光だけだ。生け垣の影のおかげでキッチンの窓までの進路は闇に包まれている。

心臓がドキドキして胸が爆発しそうだった。呼吸に意識を集中しても変わらない。家に接近する前に気持ちを落ち着けようと、いったん立ち止まった。いったいどうしたのだろう？　これがわたしの本職なのに。この五年間、こういうことをして生計を立ててきた。それなのに、初めて暗殺の任務についた工作員みたいな気分だ。

次の瞬間、わたしは雷に打たれたように感じた。今回は個人的な感情が絡んでいるからだ。わたしはこの家のなかにいる人たちを大切に思っている。だから、これまでにたずさわったどんな任務よりも、今回のことが重要に感じられるのだ。失敗は許されない。大切な命がかかっているのだから。

第20章

裏窓からなかをのぞいたが、キッチンには誰もいなかった。見える照明といえば、居間へと通じる狭い廊下からぼんやりと差している明かりだけだ。たぶんメルヴィンは居間にガーティたちを拘束し、ランプしかつけていないのだろう。彼にとってはわたしが家に入ってきたときに暗いほうが有利だし、こちらが戦いに備えてくるとは考えてもいないはずだ。

自分がプロの殺し屋の友人にちょっかいを出してしまったとは、絶対、夢にも思っていない。

一階から侵入するのは問題外だ。メルヴィンにとって一階の部屋を調べてまわるのは簡単だし、窓から侵入するときの体勢は銃撃に適しているとは言いがたい――とにかく、発砲する必要がある側にとっては。裏庭の木を調べていたとき、一日中怪しい雲行きだった空に稲妻が走り、雷が落ちて耳をつんざくような音がとどろいた。窓がガタガタと鳴り、家全体が揺れた。

次の瞬間、激しい雨が降りはじめた。

わたしは小躍りしたくなった。家に忍びこむ際、かすかな音を立てるのは避けられないが、嵐が音をかき消してくれる。家の横に立つ太く高い木へと駆け寄り、屋根の高さまで登った。枝の上で次の雷鳴がとどろくまで待ってから屋根に飛び移った。てっぺんまで這い登り、家の側面に身を乗り出して屋根裏の窓を引っぱってみる。

鍵がかかっていない！

窓を開け、深呼吸をしてから窓枠を両手でつかんだ。流れるような動きで屋根の端を乗り越えるとそのまま窓を通り抜けた。ガーティが窓下にとがったものや壊れものを置いていないよう祈りながら。ボール箱の山に肩から着地した。わたしの体重で箱はすぐに破れたが、音を立てずにつぶれ、中身の衣類がわたしの着地の音を消してくれた。

これまでのところ、万事が順調だ。このまま最後までうまくいくにちがいないという期待と、最悪のタイミングで運が尽きるのではないかという不安のあいだで心が揺れた。屋根裏の床がまず最初に乗り越えなければならない障害だ。この辺の家は普請はいいけれど、古くてきしみやすい。

足音を小さくするためにテニスシューズを脱いだが、宙に浮きでもしないかぎり、体重で床板がきしるのは避けられない。次の雷鳴がとどろくまで待ってから屋根裏を走り、階段へと向かった。ドアを開けてみると、蝶番《ちょうつがい》にきちんと油が差してあり、音がしなかったので安堵のため息をついた。表ではまだ低い雷鳴がとどろいていたので、そろそろと階段をおり、少しでも板がきしるたびに立ち止まった。

階段をおりきったところで足を止め、物音が聞こえないかとドアに耳を当てた。何も聞こえない。アイダ・ベルたちが一階にいるよう祈りながら、わたしはドアを押し開け、廊下をのぞいた。誰もいない。

そろりと廊下に出ると、階段へ向かって滑るように進んだが、靴下だけのわたしの足は木の床の上でまったく音を立てなかった。階段の上まで来ると、腹ばいになって端から居間をのぞきこんだ。

状況はよくなかった。正面の壁に沿って置かれたソファにアイダ・ベルが両手両脚をロープで拘束されて座っている。がちがちに緊張した様子で、わたしが出会って以来初めて不安そうな顔をしていた。ガーティは部屋の真ん中に置かれた椅子に座らされ、両手両脚を縛られている。頬に早くも黒っぽいあざが浮き出していて、それを見たとたん、わたしは血が煮えくり返った。

彼女の頭にショットガンを向けて、メルヴィンが立っていた。

「あの女はどうした?」彼はガーティに向かってわめいた。「メールを送ったのは十分以上前だぞ。あの女の家は角を曲がってすぐだろうが」

「シャワーを浴びていたか、もう寝てたかもしれないわね。あるいは、そもそも家にいなかったか」ガーティが言った。「メールじゃなく電話をさせてくれれば、わかったのに」

「あの女に警告するチャンスなんか、おまえらにやるわけねえだろ。サツの影がちらっとでも見えてみろ、まずこいつをぶっぱなしてから逃げてやるぜ」

「逃げおおせらんないよ」アイダ・ベルが言った。

メルヴィンはばかにした顔で笑った。「よく言うぜ、ばばあ。ハーヴィを殺して五年、こちとらつかまっちゃいないんだ。おまえらクソばばあが死体を隠したりしなけりゃ、マリーのやつはいまごろ塀のなかでやせ細ってたんだよ。でもって、おれさまは従兄の全財産を抱えて、バハマのどっかにいたわけさ」

「あんたにハーヴィが殺せたはずはない」アイダ・ベルが言った。「あんたは刑務所のなかだったろう。やってないことを自分の手柄にするのはやめな」

「黙れ、ばばあ。さもないと撃ち殺すぞ。計画はおれが考えた。そいつを首尾よく実行してくれる仲間を見つけてな。引き金を引くなんざ、一番簡単なことだ」

「それにしたって、あたしたち全員を殺したら、どう説明するつもり?」ガーティが尋ねた。

「警察が理由を知りたがるとは思わないの?」

「ああ、そこが最高なとこなのさ」メルヴィンはにやりと笑って言った。「マリーが姿を消したあと、おれはあいつの家からこのショットガンを持ち出したんだ。横にハーヴィの名前が刻まれてる。誰もがマリーは、ハーヴィ殺しをばらされないようにおまえらを殺したと考えるだろう。あの女が行方をくらましてるおかげで願ったり叶ったりだ。アリバイがないってだけで警察にとっちゃ充分だろう」

わたしは頭を引き、一回深く息を吸いこんだ。それをゆっくり吐き出しながら、気持ちを落ち着け、計画を練ろうとした。メルヴィンの思いつきは単純だが、癪《しゃく》にさわるほど的を射ている。マリーには弁護の余地がまったくないだろう。彼女に唯一アリバイを提供できる、わたしたち三人が死んでしまった場合は特に。マージの手紙だって、死体三体と凶器の前では無力なはずだ。

このめちゃくちゃな状況のなかで唯一明るい面は、結局マージは誰も殺していなかったということだ。彼女はメルヴィンの仲間がハーヴィを殺したあと、死体を見つけたにちがいない。そしてマリーがやったものと思いこみ、死体をバイユーに隠した。さらに自分が死んだあとマリーを無実にできることを期待して、自白書を遺した。

わたしは呆然として頭を振った。彼女たち四人がそれぞれ、友人がハーヴィを殺したものと思いこみ、それを隠蔽しようとしたせいで事態がここまで複雑化したのだ。こんな友達がいたら、小国だって制圧できる。

いまこの瞬間、わたしが制圧しなければならないのは小さな居間だけだ……誰にも命を落とさせずに。メルヴィンは例外だけど。脳裏にガーティの頰のあざがまざまざとよみがえってきた。あの男は大喜びで殺してやりたいけれど、そんなことをしたら絶対わたしの立場がいっそうむずかしくなる。自分に呆れて首を振った。むずかしくなるですって？　メルヴィンを殺したら、偽装が完全にばれる。でも、そんなことはあとで考えればいい。

まずやるべきはメルヴィンに見られずに居間に入ること。

わたしは仰向けになって天井を見つめ、彼の注意をそらしてそのあいだに居間に入りこむ方法を思案した。頭上にあるテーブルを見ると、大きなクリスタルの花瓶が置いてあった。たちまち、あるアイディアがひらめいた。

音を立てずに立ちあがり、テーブルから花瓶を持ちあげた。厚手の重い花瓶だったが、先祖伝来の品物でないよう祈った。二方向に分かれている階段は、いっぽうがアイダ・ベルとガーティがいる居間とは反対側のフォーマルな食堂へと続いている。わたしは見えるかぎり一階の隅々まで目を走らせたが、メルヴィンの共犯者シェリルの姿はどこにも見えなかった。彼女は賢明にも、今夜の計画には加わらないことに決めたのかもしれない。

足が滑らないように靴下を脱ぎ、階段から花瓶を突き出すと、食堂のダイニングテーブルの真ん中目がけて落とした。まだ花瓶が落下しきらないうちに、わたしは床に腹ばいになり、階段の端から身を乗り出した。花瓶がテーブルにぶつかって砕け、家中にその音が響き渡った。

メルヴィンが食堂を調べに飛び出していった瞬間、わたしは階段の上からくるっと回転して居間におりた。ガーティとアイダ・ベルが目を見開いたが、ふたりとも声も出さなければ、ぴくりとも動かなかった。メルヴィンがこちらを振り返るより先に、わたしは彼に拳銃の狙いを定めていた。

「動いたら終わりよ」メルヴィンが身を翻《ひるがえ》し、わたしを唖然として見つめると言ってやった。「おとなしくショットガンを床に置きなさい」

メルヴィンは二、三秒のあいだ迷い、選択肢を秤にかけているのが見てとれた。リスクが大きすぎると判断したにちがいない。ショットガンを床に置くと、両手をあげて身を起こした。

「後悔するぞ」彼は言った。

「そうかしら？　わたしからすると、そうは思えないんだけど」

キッチンに通じる廊下から何か物音が聞こえたときにはすでに遅かった。シェリルが9ミリ口径でガーティの頭をまっすぐ狙いながら居間に入ってきた。

「ぎりぎり間に合ったみたいだね」シェリルが言った。

彼女はわたしを見た。「あたしを撃ってもいいよ。だけど、あんたが引き金を引くより先に、こっちはひとり殺せるだろう。それからあんたが選択肢を天秤にかける前に言っておく。あたしは刑務所の看守なんだ。毎週何時間も射撃練習をしてる。あたしはこの田舎町の間抜けな貧乏白人とはひと味違うんだよ」

「違わないね」アイダ・ベルがぼそっと言った。

「黙りな、このクソばばあ」シェリルが叫んだ。「威張りくさりやがって、この町のお偉いさん気取りでさ。おまえらがいなくなったら、みんなせいせいするさ、面と向かってはそう言わなくてもね」

シェリルは空いているほうの手でわたしに指図した。「拳銃を床に置いて、あたしのほうに蹴りな。ばかなまねをしたら、ガーティを撃つからね」

一秒でも時間を稼いで何かいい案を思いつくために、わたしはすぐには動かなかった。どのみち相手はこちらを殺そうとするはずだから、武器を渡したところでなんの意味もない。そろって生き延びるには、メルヴィンにショットガンを拾う隙を与えず、シェリルの銃を奪う方法を考えるしかない。シェリルの横のアクセントテーブルにガーティの編みものかごが載っているのが目に入った。

ある案がひらめいた。

「とっととやんな！」シェリルがわめいた。

わたしはガーティとアイダ・ベルをちらっと見た。ふたりとも小さくうなずいてみせた。わたしに劣らず現状を正しく把握しているようだ。いまのうなずきは、たとえ大博打であろうと、ベストを尽くせという意味だと解釈することにした。

わたしは体を折って拳銃を床に置いた。

「こっちに蹴ってよこしな」シェリルが言った。

わたしは息を吸い、拳銃の横に足を置いた。それを蹴って床に滑らせた瞬間、思ったとおり彼女が下を見たので、わたしは行動を起こした。シェリルがこちらに狙いを定めるより先に、かたわらのかごから編み針をつかみ取り、彼女の胴体目がけて飛びかかると、床に組み敷いた。倒れながらシェリルは9ミリ口径をわたしの頭に向けたが、わたしは引き金を引く間を与えず、彼女の頸静脈に編み針を突き刺した。

シェリルがあえぐのと同時に喉から血が噴き出したが、手は拳銃を固く握ったままだったので、わたしはそれを引き抜こうと必死になった。

顔をあげると、ちょうどメルヴィンがショック状態から抜け出し、ショットガンを拾おうとするのが見えた。彼がそれをつかむより先にガーティがはじかれたように立ちあがり、メルヴインの顔に蹴りを入れた。メルヴィンは一歩後ろによろけたが、前に飛び出したかと思うとガーティのあごを殴った。ガーティが倒れ、メルヴィンはショットガンをつかんだ。

メルヴィンがわたしにショットガンを向けた瞬間、シェリルの手からようやく拳銃が抜けた。わたしはそれを奪いとって即座にメルヴィンの額を撃ち抜いた。メルヴィンが倒れたときショットガンが暴発したが、ありがたいことに弾はわたしの頭上を越えて食堂のシャンデリアを撃ち落としただけだった。わたしがシェリルの脈を確認するあいだに、ガーティがキッチンに走っていってナイフを取ってくると、アイダ・ベルの手足のロープを切り、そのあとアイダ・ベルがガーティの縛られたままだった両手のロープを切った。

シェリルの脈を確認したのは形だけだった。うつろな目と床の血溜まりを見れば、彼女がとっくにこの世を去っているのは明らかだった。

「死んでたかい？」アイダ・ベルが自分の手首をこすりながら訊いた。

「ええ」わたしは立ちあがった。

「どうやってなかに入ったの？」ガーティが訊いた。

「木をよじ登って、屋根裏の窓からなかにおりたの。さっきのはすごい蹴りだったわね。どうやってロープをほどいたの？」

「メルヴィンに縛られたとき、脚を交差させといたのよ。あの男はばかね。ロープから足が抜けるのはわかってた。チャンスを待ってたんだけど、なかなかそのときが来なくって」

「で、蹴りは？」

「ああ、あんなのなんでもないわ」ガーティは言った。「しょっちゅうブルース・リーの昔の映画を観てるから。失うものは何もないと思ったの。そのとおりだったでしょ？」

彼女はわたしの目を見ようとしなかったので、何か隠しているのは間違いなかったが、尋ねる間もなく低いエンジン音がこのブロックに近づいてくるのが聞こえた。

わたしは凍りついた。「ルブランク保安官助手だわ！　マリーに、彼に電話してあなたたちが人質になってると伝えるよう頼んであったの」

二体の死体を見て、わたしはめまいに襲われた。

ま、まずい！

まずすぎる。わたしが指紋を採られ、連邦データベースで調査されずにすむ可能性は万にひとつもない。身元を偽っているのが完全にばれる。たぶん職を失うことになるのは言うまでもなく。

「逃げな！」アイダ・ベルが叫んだ。

「ええっ？」

アイダ・ベルがわたしから拳銃を奪いとってソファに一発撃ちこんだ。わたしは気でも変になったのではないかという顔で彼女を見た。

「あんたが巻きこまれる必要はないよ」アイダ・ベルは言った。

ガーティもうなずいてわたしを勝手口のほうへと引っぱっていった。「その血だらけのジャケットはうちの堆肥の山に突っこんどいて。雨でびしょ濡れになりなさい。それから、あたしたちが玄関からカーターを入れたのが聞こえたら、勝手口をこじ開けようとするのよ」

「でも、いったいどう説明——」

「なんとか考えるから」アイダ・ベルが言った。「さあ、行きな！」

わたしはキッチンカウンターの前を通ったときにバターナイフをつかんで勝手口から飛び出した。外は何も見えないほどの嵐だったが、庭を走りながらジャケットを脱ぎ、隅の堆肥の山に突っこむと、勝手口へと引き返した。バターナイフを側柱とのあいだに差しこみ、勝手口をこじ開けようとしているふりをした。

突然、ドアがぱっと開いたかと思うと、ガーティがわたしを見つめていた。

「メルヴィンはどこ？」ルブランク保安官助手が聞いていたときのために、わたしは何も知らないふりをしてささやいた。

「死んだわ。溺れ死ぬ前になかにお入りなさい」

急いでなかに入ると、ガーティについて居間に向かった。そこではルブランク保安官助手が二体の死体を見おろし、顔をしかめて首を振っていた。編みものかごが載ったテーブルとガーティが縛りつけられていた椅子が、シェリルの死体に前より一メートルほど近づけられている。食堂から引っぱってきた第二の椅子が第一の椅子の横にころがっているが、アイダ・ベルとガーティを縛っていたロープはどこにも見当たらない。

「ふたりとも、自分たちがどれだけ幸運かわかってるんですか？」

アイダ・ベルがうなずいた。「サンディ＝スーが来たら、あたしたち全員が殺されるのはわかってた。ところが、遺産の取り分をめぐってメルヴィンたちが喧嘩を始めたもんだから、何か手を打つ最後のチャンスだと思ったんだ。ガーティがうなずいてみせたんで、あたしはいまだって瞬間を待ったのさ」

すかさずガーティが口を挟んだ。「メルヴィンがショットガンを置いて、言い合いをしにシェリルのほうへ来たとき、あたしはいましかないと思ったの。編み針をつかんで彼女の首に突き刺したわけ」

「ガーティがシェリルを刺すやいなや」アイダ・ベルが先を引き取った。「あたしは立ちあがって、シェリルが落とした拳銃をつかんだ」

「メルヴィンはショットガンをつかんだのよ」ガーティが興奮した顔で言った。「でもアイダ・ベルが、あたしたちに狙いを定める間を与えず、あいつを倒したの。品評会の射撃コンテストみたいにね。命中させたのは陶器のハトじゃなかったけど」

アイダ・ベルがうなずいた。「お茶の子さいさいだったよ。ともあれ、メルヴィンはあたしに撃たれたあと、引き金を引いたんだ。不随意なんとかってやつだろうね。でも、こっちにとっちゃ運のいいことに、発砲したのはあいつが倒れる途中だった。おかげでシャンデリアがさんざんな最期を迎えることになったけど」

ガーティがぱっと手を振った。「あのシャンデリアは昔から気に入らなかったの」

わたしはふたりの雄弁さと有能さに完全に言葉を失って、彼女たちをまじまじと見た。いかにももっともらしい話をでっちあげ、おまけにそれを本当に起こったことのように話してみせる。こんなみごとな演技は映画でも観たことがない。

わたしはふたりのあいだに進み出て、彼女たちの肩をぎゅっと握った。「ふたりとも無事で本当によかった。あのメッセージを受け取ったとき、何かおかしいって気づいたの。玄関のドアをノックしてなかに入ったら、全員困ったことになると判断して。それでバターナイフで勝手口を開けようとしたんだけど、なかなかうまくいかなくて」

死体を見おろし、首を振った。「何もかも信じられないわ」

ルブランク保安官助手はため息をついた。「ルイジアナへようこそ」

「ふう。まったく、こんなに刺激的な経験をさせられるとは思ってなかったわ。間違ったイメージを持ってたみたいね、小さな町は静かだと思ってたから」

「よくある間違いさ」ルブランク保安官助手は言った。「ところで、マリーが救助要請の電話をかけてきたってことは、彼女はどこぞの隠れ家から戻ったということかな?」

「あらやだ、マリーに電話するの忘れてた!」ガーティはキッチンへと走っていった。マリーにこの五年間の悪夢が永久に終わったことを電話で知らせにいったにちがいない。

「実を言うと」わたしが言った。「マリーは一度もこの町を離れてなかったの。わたしの家の屋根裏で暮らしていたっていうか」

カーターが唖然とした。「それなのにきみは気づかなかったなんて話を信じろと言うのか?」

「わからなかったのよ。誓って。きょうになるまで」

「つまり、彼女は死人のまねをしてたとでも? なにしろ、この辺の家は上の階で人が動きまわるとギシギシ音がするからな」

わたしは両手をあげた。「ええ、音はしたわ。でもアライグマだと思ったのよ。もう一回上《う》階《え》に行って調べてみようとは考えなかったの。最初のとき、あなたにこっぴどく叱られたから」

ルブランクの口元がひくついた。笑わないよう努力しているのだ。「なんの音か確かめにいったことを叱ったんじゃない。音の原因を撃とうとしたことを叱ったんだ」

「そんなの関係ないわ。どっちでもわたしには同じ意味だもの」

「まあ、前回屋根を撃ち抜いたことを考えると、あんたにほっといてもらえて、マリーは幸運だったな。ところで、メッセージの件だが、どこからそんなに怪しいと感じたんだ？」

わたしはポケットから携帯電話を取り出し、文面を見せた。「おかしいと思ったのは、ガーティとアイダ・ベルがわたしは編みものができないことを知ってるから。それに〈スワンプ・バー〉でメルヴィンとマリーの三従妹《みいとこ》を見かけていたから、わたしたちに罪を暴かれるんじゃないかと思ったメルヴィンが、ふたりをどうにかしようとしてるんじゃないかと心配になったの」

「なるほど。あんたたち三人の調査活動についてはじっくり話し合わないとな。そこまでやるエネルギーをおれがかき集められたらすぐ。だがひとつだけ訊きたい。もしこれが本当に編みもの絡みの急用で、あんたの騒ぎすぎだったらどうするつもりだったんだ？」

わたしは肩をすくめた。「そうしたら、あなたに時間を浪費させて、わたし自身は雨でびしょ濡れになって骨折り損ってことになってたでしょうけど、それぐらいのリスクを冒してもいいと思ったの」

ルブランクが笑顔になった。「まあ、この一週間にあんたがやらかしたことのうちで、今回は唯一法律に違反してないから、これは進歩なんだろうな」

わたしはただほほえみ返してうなずいた。本当のことを知ったら、彼はなんて言うだろう。

家の正面から車のドアがバタンと閉まる音が聞こえたので、ルブランク保安官助手は救急隊員を迎え入れるために玄関へと向かった。わたしはアイダ・ベルとガーティと一緒に正面の窓から外をのぞいた。ブロック中の住人が家から出てきて、前庭に集まりだしている。

「警官が来たから、みんな外に出てきたのよ」とガーティ。「銃声が聞こえたときは誰も出てこなかったくせに」

「臆病者」玄関から、アイダ・ベルがわめいた。

わたしはにやりと笑った。このふたりのおばあさんたちのことは好きにならずにいられない。

第21章

ルブランク保安官助手、検死官、その他もろもろの人々が仕事を終えて、ガーティの家をあとにしたときにはとっくに真夜中をまわっていた。ガーティとアイダ・ベルが今後まだいくつもの質問に答え、何枚もの書類にサインしなければならないのはわかっていたけれど、わたしたちが安泰なのは間違いなかった。ルブランク保安官助手はガーティたちの作り話をためらいなく信じた。そればかりか、マリーがハーヴィを殺したのではないとわかって、ほっとしたように見えた。彼女を逮捕することになるのが嫌だったのだろう。メルヴィンは誰からも好かれていなかったので、町中が安堵のため息をつき、これから四十年間は今回のことを話のタネにしていけるはずだ。

ガーティが電話をかけるとマリーが飛んできて、赤ん坊みたいに泣きじゃくりながら、ルブランク保安官助手も含めてみんなを絞め殺すんじゃないかと思うくらい固く抱きしめた。ルブランクはマリーの騒ぎ方にいささか困惑顔だった。

わたしを抱きしめながら、マリーはささやいた。「マージがいまのあなたを見られたらよかったのに。ものすごく喜んだはずよ」

最後の車が私道から出ていき、ルブランク保安官助手も通りを渡って自宅に帰ると、わたしは荒れた居間を見まわし、首を振った。

「着替えを持ってきて」ガーティに言った。「今晩はわたしのところに泊まってちょうだい」

ガーティは反論しようとしたものの、アイダ・ベルに止められた。「フォーチュンの言うとおりだ。あしたになったら、みんなでここの片づけを手伝うよ。でも今夜は、この家にいるのはよくない」

「あなたたちふたりに家があるのは知ってるけど」わたしはアイダ・ベルとマリーに言った。「部屋ならいっぱいあるから、よければあなたたちも来て」

ガーティがパチパチと手を叩いた。「パジャマパーティね。子どものとき以来よ」

アイダ・ベルが眉をひそめた。「大人の女はパジャマパーティなんてやらないよ。これは仲間内の会合だ」

わたしはうなずいた。「まず最初にするのはうちのキッチンに集まって、コーヒーを飲みながらガーティの焼いたお菓子を食べること」

ガーティがキッチンのカウンターからチョコレートケーキを持ちあげた。「それじゃ、さっさと行きましょ」

みんなお祝い気分で、わたしがコーヒーを淹れ、ガーティがすばらしくおいしいチョコレートケーキをみんなに切り分けた。全員がテーブルにつくと、マリーが空咳をした。

「みんなに言いたいことがあるの。今回も、これまでも、あなたたちがしてくれたことには心から感謝してるわ。ガーティとアイダ・ベルには、わたし、マージがハーヴィを殺したんだと思っていたことを何年も前に話しておくべきだった。マージのほうはわたしがやったと考えていたのよね。そしてわたしたちは全員、ずっとおたがいをかばい合っていた」

「あんたはマージのためを思って黙ってたんだ」アイダ・ベルが言った。「そのことをあたしたちは立派だと思うよ。それに、たとえ知ってたにしても、あたしたちは同じことをしただろう。どっちにしろ、あんたから容疑をそらす必要があったからね。ハーヴィの行方がわからなくなったら、あんたが第一容疑者になるのは決まっていた。誰が犯人だろうと」

マリーの顔を安堵の表情がよぎった。「あなたの言うとおりね。わたしはそういうふうに考えたことがなかっただけで」

わたしはマリーを見た。「ところで、ハーヴィはいつどこで殺されたのか、思い当たるふしはある？」

マリーはうなずいた。「うちのキッチンでだと思うわ。わたし、体調を崩してたでしょう？ハーヴィに殴られたあと、マージが傷の手当てをしてくれて、わたし、睡眠薬を飲んでベッドに行くよう言われたの。あっという間にぐっすり眠りこんだわ。あの夜、目が覚めてから一階のキッチンにおりていくと、かすかに漂白剤のにおいがしたのを覚えてるの。マージが片づけをしてくれたんだと思って深く考えなかったんだけど。というか、あとになって、疑問に思いはじめるまでは」

アイダ・ベルが首を横に振った。「片づけをしてくれたんだよ――メルヴィンの計画でシェリルが犯行に及んだあと――あんたがやったんだと考えて。人生で一番の衝撃だったろうね、あんたの家に戻ってみたら、キッチンの床でハーヴィが死んでたんだから」

「想像もできないわ」マリーはポケットに手を突っこみ、わたしが屋根裏で見つけた手紙を取り出した。

「取っておきたい気持ちは山々なの。わたしが尊敬し、大切に思っていた人が、これほどまでにわたしを愛してくれたことを思い出させてくれるから。でも、これもほかの手紙も全部、焼いてしまう必要があるわね」

わたしはうなずいた。「明るみに出た場合、面倒な問題を起こすだけですものね」

立ちあがってキャビネットから鉄の鍋を出すと、投函されることのなかった手紙の束を取ってきてなかに入れた。マリーが持っていた手紙も受け取って一緒になかに入れ、火をつけた。手紙が燃えるのを立って見守っていたマリーが、燃えがらをシンクに捨てて洗い流した。手紙がこの世に存在した痕跡を残さないために。

「わたし、きょうはこれでもういっぱいいっぱい」彼女は言った。「だから、かまわなければ、休ませてもらうわ」

アイダ・ベルとガーティは寝室に行く気配を見せなかったので、わたしは全員のマグカップにコーヒーのお代わりを注ぎ、もう一度腰をおろした。まだ体中をアドレナリンが駆けめぐっていて、そちらのほうがコーヒーよりも刺激が強かったし、リラックスして眠れるようになるまでには何時間もかかりそうだった。

アイダ・ベルがガーティを見やり、ふたりがテレパシーで会話しているように見えるとき特有の秘密めいた表情を交わした。ガーティがうなずいたので、ふたりのあいだで何が話し合われたにしろ、それがついに明かされるとわかった。

「話があるんだ」アイダ・ベルがわたしに言った。

「いいわよ。何?」

「あんたの正体について」

わたしは凍りつき、呼吸すら止まった。「どういう意味かしら」どうにか言うことができ、ふつうの声が出せたのでほっとした。

ガーティが手を伸ばしてきて、わたしの手を包んだ。「あなたの正体を〝暴露〟したいわけじゃないのよ。あなたを守りたいの」

アイダ・ベルがうなずいた。「でも、何から守ったらいいのかわからないかぎり、ちゃんと守れないからね」

「最初は」とガーティが言った。「夫の虐待とかそんなようなものから逃げてきたのかと思ったのよ。でもあなたのことを知るようになると、それはありえないとわかった。虐待するタイプの夫はあなたのそばじゃ五分ともたないわ」

わたしは首を横に振った。「わたしは自分で言ってるとおりの人間じゃないって、どこから考えたの？」

ガーティが声をあげて笑った。「つけ毛でしょ、化粧っ気なし、それに服にちっとも興味がない」

アイダ・ベルもうなずいた。「あんたは座るときも立ってるときも壁に背を向け、建物の入口を向く。百八十センチ程度の塀をまるで減速のための道路のこぶ《スピードバンプ》みたいに軽々と飛び越えたし、タイニーと対決しても息を切らしもしなかった」

「走れば短距離の選手みたいだし」ガーティが先を続けた。「猫みたいなバランス感覚に武道の上級者みたいな身のこなし。あたしは自分の家の屋根裏がどうなってるか心得てるけど、あの窓にただ〝おりる〟なんてできるわけないわ」

「初対面の人間に会うと」アイダ・ベルが言葉を継いだ。「あんたはすぐさま相手の体格を見定め、弱点を探す。武装した襲撃者ふたりをひとりで倒した。ひとりは編み針で、もうひとりは額の真ん中を銃で撃ち抜いて。どっちも身構えたりせず、すばやく動きながら。ふつうの人間は立ち止まって考えてしまう。あんなふうに反応できない」

ガーティがうなずいた。「殺人、人質、銃撃なんてことが一気に起きたのに、そのあいだずっと冷静なままだった」

「要するに」とアイダ・ベル。「あたしたちは同類に会えば、それとわかるんだよ。あんたの所属は軍じゃないかもしれないが、軍事訓練を受けたことがある。それもたっぷり」

わたしはおそらく人生で初めてショック状態に陥り、ふたりの顔をまじまじと見た。ルブランク保安官助手に疑われるかもしれないとは考えていた。でも彼だって、いまこのキッチンに座っている罪のなさそうなおばあさんふたりがやってみせた細かい分析はできなかったはずだ。

同類に会えば。

その言葉に頭が反応すると、わたしはふたりの顔を交互に見比べた。「あなたたち、軍隊にいたことがあるの?」

「いたに決まってるじゃないか」とアイダ・ベル。「〈シンフル・レディース〉の創設メンバー五人は全員軍隊出身だったんだよ。最近まであたしとガーティ、マージがその生き残りだったのさ。いまはあたしとガーティだけになっちまったけど」

わたしははたと気づいた。「みんなヴェトナムに従軍したのね」

ガーティがうなずいた。「悲惨な戦争だったけど、あたしたちはあそこで国のために働くのが務めだと感じたの。ここシンプルで、ばかな男に夕食を作ってやるんじゃなくね」

「それで、何をしていたの？　その、どんな任務についていたの？」

「わからないかい？」アイダ・ベルが訊いた。

ふたりはにやりとほほえみかわしてから期待の表情でわたしを見た。

「残念ながら」

アイダ・ベルが声をあげて笑った。「書類上、ガーティは秘書だった。あたしは看護師助手。マージは在庫管理担当事務員」

「でも、それは本当の任務とは違っていた……」

アイダ・ベルはうなずいた。「いまとは時代が違ったからね――女は男より弱くて、同じ仕事はこなせないと見なされていた。あたしたちの部隊長はそこを利用して、戦略に生かしたんだ」

突然、この五日間の数々の場面がYouTubeの動画みたいに脳裏によみがえってきた。アリゲーターを撃ち殺したアイダ・ベル、メルヴィンの頭にブルース・リー並みの蹴りをお見舞いしたガーティ、マージの武器コレクション。

わたしは口をあんぐり開け、ふたりを見つめた。

ようやくどうにか口がきけるようになってから言った。「ふたりとも防諜工作員だったのね」

「〝スパイ〟って言葉のほうが好きだね」アイダ・ベルが言った。

ガーティもうなずいた。「そのほうがかっこよく聞こえるものね」

わたしは椅子にもたれ、深く息を吐いた。「スパイ。信じられない」目をすがめてガーティを見た。「あなた、ボケてもいなければ、不器用でもないんでしょう？」

ガーティは声をあげて笑った。「もちろん違うわ……」

「おや……」アイダ・ベルが口を挟んだ。

「あたしはどっちでもないわよ！」

「昔ほど切れ味がよくなくなった、そう言おうとしただけだよ」

ガーティはアイダ・ベルをにらんでからわたしに目を戻した。ガーティの目がそれるやいなや、アイダ・ベルはわたしを見て首を横に振った。

「あたしは学んだの」とガーティ。「ばかだと思われてたほうが、ほかの人があたしの前でどんなことでも言ったりしたりするって。そうしても大丈夫だって考えるから」

わたしはアイダ・ベルを見た。「それじゃ、お父さんから射撃を教わったっていうのも嘘だったんでしょうね」

アイダ・ベルはかぶりを振った。「父親の話は本当だし、言ったとおりの嫌なやつだった。入隊した時点であたしはすでに射撃が得意だったけど、軍隊でさらに腕があがったってわけ。狙撃手同士にしかわからないレベルまでね」含みのある目でわたしを見た。

「なるほど」わたしはどこまで情報を明かし、どこまで黙っているか決めかねていた。ふたりを信用していないからではなく、危険な目に遭わせたくないがために。

「ねえ」ガーティがやさしい口調で言った。「あたしたち、真実を知ったところで敵から見たら単なるおばあちゃんよ」

彼女の言うとおりだし、それはわかっていた。でも、わたしはこれまでずっと誰も信用せずに生きてきた。ここで人を信頼するのはとてつもなく大きな一歩だった。

「わたしは軍人じゃないけれど、訓練を受けたことがあるのは事実。CIAで働いてるの」

ガーティがパチパチと手を叩いた。「秘密工作員ね！　ここシンフルに秘密工作員。なんてすてきなの」

わたしは思わず笑みがこぼれた。「そんなにありえないことじゃないでしょう、ヴェトナム帰還兵の防諜工作員が女性だけの秘密結社を運営してるのに比べたら」

「そのとおりだ」アイダ・ベルがそう言ってから、まじめな顔になってわたしを見た。「あんたの職務を尋ねはしないよ、もう当たりはついてるし、わざわざ話す必要もないことだ。それにあんたがサンディ＝スーになりすますために本人を殺したとも思えない。でも、彼女の無事と、あんたが何から隠れてるのか正確なところを知りたいね」

「サンディ＝スーは間違いなく無事よ。おじさん――というのはわたしの上司でもあるんだけど、その人のお金で長期の休暇に出たの。今回のことは何も知らされてないわ」

「結構」アイダ・ベルはわたしの説明に百パーセント満足した様子だった。

「わたしがここに隠れているのは、厄介な悪党たちがわたしの首に賞金をかけて、さらに上司によれば、CIA内部からのたれこみでわたしの正体がばらされたためなの。前回のミッションからは帰還できないはずだったのよ」

ガーティが眉をひそめた。「それじゃ、あなたは組織と完全に連絡を絶ってるの？」

「ええ。居場所を知ってるのも上司と同僚の工作員ひとりだけ。プラス、あなたたちね、いまは」

ガーティが口笛を吹いた。「もしルブランク保安官助手がサンディ＝スーの経歴を詳しく調べすぎたら、彼女はよそにいることがわかるかもしれなくて、そうしたらあなたの身元が暴かれてしまうわけね。だいたいそんなことだろうと考えていたのよ、あたしたち。だから、助けてもらったあと、あなたを外に出して、話をでっちあげたの」

わたしはうなずいた。「証言しなければならなくなったら、わたしはサンディ＝スーと名乗っただけで偽証の罪を犯すことになるわ」

「あんたを追ってるって悪党たちだけど――目を光らせなきゃいけないのはどんな相手なんだい？」アイダ・ベルが訊いた。

「武器商人。シンフルでやつらが目立つのは間違いないわ。スポットライトを浴びてるみたいに」

「中東系？」ガーティが訊いた。「あなたよく焼けてるから……」

わたしはうなずいた。

「だったら、警戒しやすいね」とアイダ・ベル。

「今後は」ガーティが言った。「あなたを巻きこまないように最善を尽くすわ。ルブランク保安官助手の注意を惹きそうなことにわたしの体に小さな震えが走った。「シンフルではそんなに怪しげな活動が盛んに行われているの?」

「いや、まさか」アイダ・ベルが答えてからガーティに目くばせした。

わたしは両手で耳をふさぎ、立ちあがった。「聞きたくない」そう言って、浴びる権利が大いにある熱いシャワーを浴びに二階に向かった。階段をのぼりきっても、ふたりの笑い声がまだ聞こえてきた。

ちょっとのあいだ足を止め、わたしは階下からのぼってくる笑い声を聞きながら笑顔になった。ふたりともいい人たちだ。強い女性で友情に篤い友。彼女たちのおかげで、わたしは人類をもう一度信じる気持ちになれた。そのためにわたしが払った代償と言えば、つけ毛が少し抜けたことと、ちょっと恥ずかしい思いをしただけ。

一週間未満でこれだけ達成できれば悪くない。

訳者あとがき

型破りでキュートな登場人物たちが騒動をくり広げる、愉快なミステリを読みたいあなたへ。本書『ワニの町へ来たスパイ』は、そんなあなたにぴったりの作品です。

本書の主人公レディング（通称フォーチュン）はＣＩＡ秘密工作員、いわゆるスパイです。当人の自負するところでは凄腕らしいのですが、ちょっぴり暴れすぎるのが玉にきず。今回の国外任務でもちょっとした立ち回りを演じてしまい、帰国するなりボスである長官に呼び出されます。クビにされるのかと思いきや、とある事情が関係して「長官の姪になりすまし、ルイジアナの小さな町で少しのあいだ静かに暮らすこと」を命じられるのでした。

自分とは正反対のおとなしい女性を演じつつ、退屈な田舎で暇をもてあましながら過ごすつもりで、シンフルという名の町を訪れたフォーチュンでしたが、そこで待っていたのは任務以上に厄介な事態と、個性的にもほどがある住人たちだったのです……。

著者はこれが日本初紹介となるジャナ・デリオン。故郷であるルイジアナやその周辺を舞台とした、複数のシリーズを書いている作家です。本書が第一作である〈ミス・フォーチュン・ミステリ〉はその中でも特に人気のシリーズで、二〇一七年十一月現在、十作が刊行されています。

本書の舞台となるルイジアナ州シンフルは架空の町ですが、バイユーと呼ばれる濁った川が町の中や近くを通っていたり、まわりを湿地で囲まれていたりするのは、アメリカ南部の町では珍しくないようです。そうした土地では、ワニ（アリゲーター）が人家のすぐそばに出没することがあるのも事実どおり。住人の人柄は……さて、どうなんでしょうか。

戦闘のプロにして美人（本人はあまり自覚なし）、ただし分別という点でちょっと……？な主人公のフォーチュンもインパクトがあるキャラクターですが、それ以上に強烈なのが町を仕切る婦人会〈シンフル・レディース・ソサエティ〉の主要メンバー、アイダ・ベルとガーティでしょう。フォーチュンを引きずりまわして事件に巻きこむパワフルなおばあちゃんたちは、本国アメリカで大人気。インターネット上にはTシャツやマグカップなどの公認グッズを購入できるウェブサイトなんかも存在します（http://sinfulladiessociety.com/）。

これは担当編集者さんからの又聞き情報ですが、本書のゲラ刷りを読んだ校正のかた、イラストレーターさん、それにデザイナーさんが口々に面白いとおっしゃって、いっぺんでこのシリーズのファンになったとか。これから読む（もしくはもう読まれた）あなたも、そうなってくれることを願います。

さて、どたばたが一段落し、今度こそシンフルの町で静かに暮らすことを決めたフォーチュンですが、休む間もなく次なる事件に巻きこまれます。第二作 *Lethal Bayou Beauty* は、本書で何度か触れられていた、町を出たミスコン女王が突然帰ってくるところから始まる騒動を描いた物語。もちろんアイダ・ベルとガーティも引きつづき登場します。どうぞお楽しみに。

●〈ミス・フォーチュン・ミステリ〉シリーズ一覧

1 Louisiana Longshot（2012）『ワニの町へ来たスパイ』（創元推理文庫）　**本書**
2 Lethal Bayou Beauty（2013）
3 Swamp Sniper（2013）
4 Swamp Team 3（2014）
5 Gator Bait（2014）
6 Soldiers of Fortune（2015）
7 Hurricane Force（2015）
8 Fortune Hunter（2016）
9 Later Gator（2016）
10 Hook, Line and Blinker（2017）

検印
廃止

訳者紹介　津田塾大学学芸学部英文学科卒業。英米文学翻訳家。主な訳書にマーカス「心にトゲ刺す200の花束」、ポールセン「アイスマン」、デイヴィス「感謝祭は邪魔だらけ」、ジーノ「ジョージと秘密のメリッサ」、スローン「ペナンブラ氏の24時間書店」など。

ワニの町へ来たスパイ

2017年12月15日　初版

著者　ジャナ・デリオン

訳者　島《しま》村《むら》浩《ひろ》子《こ》

発行所　(株)東京創元社
代表者　長谷川晋一

162-0814/東京都新宿区新小川町1-5
電話　03・3268・8231-営業部
03・3268・8204-編集部
URL　http://www.tsogen.co.jp
DTP　キャップス
理想社・本間製本

乱丁・落丁本は、ご面倒ですが小社までご送付ください。送料小社負担にてお取替えいたします。

© 島村浩子　2017　Printed in Japan

ISBN978-4-488-19604-2　C0197

大恐慌で財産を失った兄妹の成長を爽やかに描く
1930年代を舞台にした人気シリーズ

〈グレイス&フェイヴァー シリーズ〉

ジル・チャーチル◎戸田早紀 訳

創元推理文庫

風の向くまま
夜の静寂《しじま》に
闇を見つめて
愛は売るもの
君を想いて
今をたよりに

人はいいが才能はない主の警部補をこっそり助け、
事件を解決する家政婦＋使用人たちの探偵物語

〈家政婦は名探偵〉シリーズ

エミリー・ブライトウェル◎田辺千幸 訳

創元推理文庫

家政婦は名探偵

消えたメイドと空家の死体

幽霊はお見通し

節約は災いのもと

ニューヨークの書店×黒猫探偵の
コージー・ミステリ！

〈書店猫ハムレット〉シリーズ

アリ・ブランドン◎越智 睦 訳

創元推理文庫

書店猫ハムレットの跳躍
書店猫ハムレットのお散歩
書店猫ハムレットの休日

第二次大戦下、赤毛の才媛が大活躍！
ニューヨーク・タイムズのベストセラー！

〈マギー・ホープ〉シリーズ

スーザン・イーリア・マクニール◎圷 香織 訳

創元推理文庫

チャーチル閣下の秘書
エリザベス王女の家庭教師
国王陛下の新人スパイ
スパイ学校の新任教官
ファーストレディの秘密のゲスト
バッキンガム宮殿のVIP

アガサ賞生涯功労賞作家による
万人に愛された傑作ミステリシリーズ

〈シャンディ教授〉シリーズ

シャーロット・マクラウド◎高田惠子 訳

創元推理文庫

にぎやかな眠り
蹄鉄ころんだ
ヴァイキング、ヴァイキング
猫が死体を連れてきた